ちくま文庫

十六夜橋 新版

石牟礼道子

房

目次

十六夜橋　いざよいばし

第一章　梨の墓

三味線が早弾きの乱調になった。皿小鉢が鳴り出した。ほいっ、ほいっと掛け声が湧く。おんじょう殿が唄うな、と一同が思っていると、掛け声を割ってさびの利いた高い声が唄い出した。

はいやぁーえ
はいや！

ひと声出たら座はもう全部囃子《はやし》方《かた》になって、あっち揺れこっち揺れしながら、皿やら徳利《とつくり》を叩いている。

はいやぁーえ
はいや
かわいや
今朝出した舟はえ
どこの港に
さま　入れたやら
えーさ
牛深三度ゆきゃ
三度はだか
鍋釜売っても
酒盛りゃ　して来い

「おっ、出た出た。はいや節が出たからにゃ、銭《ぜん》じゃこも出ろ」

「おう銭じゃこ、出ろ出ろ」

「三やん出ろ、三やん」

三之助は四つん這いにつんのめるように、一座が総囃子方になった真ん中に押し出された。とろんとした顔をしている。向う鉢巻《はちまき》をしたまんまの、稚《おさ》な顔だった。いま十六になる。

「ほれ鉢巻、三やん踊れ、銭じゃこ踊れ」

三やんこと、三浦三之助の銭じゃこ踊りというのを、先頃みんな見ているのだった。人が集まれば酒になる土木請負業の家だが、この家の初孫の紐解き祝いに、一人一芸出さねば寿司もおはぎも喰わさぬと言われて、盃《さかずき》半分ほどの焼酎をひっかけ、用意の竹筒を持ち出して踊ったのが人気の的となった。十里ばかり離れた薩摩の島から、石工《いしく》の修業に来た少年だった。小学校を出て、父の漁を手伝い漁師になるつもりだったらしいが、湾口《わんこう》からほんのちょっと外海に烏賊《いか》釣りに出て突風に遭い、父親だけが死んでこの子は助かったのだと、連れて来た人が話したという。

紐解きをすまして数えの四つになった綾が、顔を見てすぐから、三やん三やんとよくなつき、ぐり石を入れ替えたりする河川工事の現場が近いと、後ろから見え隠れについて行ってしまったりした。

じゃらんと音がして、紅白の切り花を両端にくっつけた銭じゃこの竹筒が、畳の上をくるくる舞いながら、寝ぼけたような目をしばたたいている三之助の前に転がり出た。白三毛の小猫が切り花の舞うのを追っかけて抱きつき、筒の中にどんな銭がはいっているのやら、猫の躰《からだ》ながらちゃらちゃらちゃらと鳴った。それがどんちゃん騒ぎの中でのどかに聞える。

「こらっ、タマっ、かじるなえっ」

三之助が自分で作った花筒を、羞《は》ずかしがりながら大切にして、着物棚の下に隠し込んでいるのを、みんな知っていた。三味線が賑わい節のはいやえになったので、誰かが取り出して転がしやったものと見える。

はいやぁーえ
来たかと思えば
また南風《はえ》の風ぇ
えーさ
黒島沖からやって来た
新造か　白帆か
白鷺《しらさぎ》か
よくよく見たれば
わが夫《つま》さまだよ

三味線の調子が一段と高くなって、酔っぱらいたちが、あぐらに組んだ膝の調子で叩く皿小鉢の音で、家鳴《やな》り震動するのだが、珍しいことではない。開け放された表縁から、港通いの戻り馬車が止まって、のぞき込んでいる。その表から張りのある女の声で、歌の続きが飛び込んで来た。

五島へゆくなら
わたしにゃおひま、ハッ、
買いなされ　買いなされ
五島女郎を

先隣りの花月楼で店を張っている吉弥姐《きちやねえ》さんの声だ。こんな風に賑わってくると、先隣りの縁台からときどき出張ってくる。躰はもう踊りになって、こちらの客人をひやかすのである。

「よおっ」

振り返っていっぺんに座が沸いた。

「ひゃあ、姐さん上《あが》んなっせ、上んなっせ」

真っ白けに塗って、背中を抜いた衿足《えりあし》を姐さんはくねらせた。結いたての銀杏返《いちょうがえ》しだ。

「上ろかな」

そう言ってみせたが、たちまち片袖を振った。

「おほほ、わたしが上っちゃ商売にならん。店《うち》い来て、一艘づれ賑わいなっせ」

どっとまた声があがる。

「ゆくぞ、ゆくぞ、賑わいにゆくぞ」

「こらあ吉、どこで商売する気か、お前や」

若あるじの国太郎が大声をあげたが、叱っているわけではない。

「まあまあ国太殿《どん》、たったの一度も来てくれんで、誘いぎゃ来申したがな」

天草ことば丸出しで、姐さんも負けてはいない。

「ばか、先隣りの女郎屋に、どの面下げてゆかるるか」

「そのまんまの顔でよかたぁ」

若い衆たちが肩をゆすりあってひっくり返ってみせる。その拍子にお膳の上のものがはね飛んだ。

「よーいっ、お前どもは、よその家じゃけんと思うて、踏みほがすなや」

家鴨《あひる》が中腰になったような恰好で、燗瓶《かんびん》をつまみ上げたまんま、飛松船長が爪先から踊り出した。はいや節が出るとかならずまっ先に、山太郎蟹のような顔をしたこの船長が踊り出すのだ。

「そうじゃ、そうじゃ、この家もだいぶ、根太《ねだ》が傾いとるけんのう」

帳付けを手伝っている巳之喜兄《みのきあん》やんが、さし出された燗瓶を受けとって隣りへつぐ。

「ほんに、ほれ、飛松船長がゆらゆらされるばっかりで、家鳴りしよるぞ」

「十一文半じゃけんなあ、船長の足は」

開けたばかりの港から、船長は牛深通いの定期船を出しはじめていた。根太のゆらぎ出したこの本家にくらべて、飛松小父だけは無傷で、先の見える商売になったといわれている。

「どうした、どうした。三やん、そうれ、ほれ」

タマがまだしがみついている花筒を取りあげて、誰かが三之助に押しつけた。朝晩の挨拶をするのさえもまだぎこちなくて、伏し目がなかなか上らない。それがこの前、銭じゃこを踊ったときの飄々《ひょうひょう》とした愛敬で、並みいるものをひきつけてしまった。あれをまたやらせたいとみんな思っている。

「そーれ、そーれ」

「そーれ、そーれ」

三之助にさっきまでくっついていた綾が、壁ぎわに後すざっている。声がかかるたびに、まるで自分が押し出されたように羞《はに》かんで、息をつめているのがおかしかった。座敷と居間の襖《ふすま》がとりはらわれ、上り框《がまち》に近い納戸《なんど》に囲炉裏が切ってある。そのぐるりに、ずらりとならべた徳利に囲まれて、大きな鉄瓶がしゅんしゅん鳴っていた。

「ほら、綾しゃまが、踊ってみせろちゅうとる。はようせんかい」

半分あぐらの中に、小猫と花筒を遊ばせていた三之助がちらと綾を見て、白い小猫をそっちへ抛《ほう》ると、鉢巻を締め直した。頬を赤くして伏し目のまんま、大根鱠《なます》の入っていた皿を二つ取りあげて左手の指にたばさみ、右手で銭じゃこ筒を拾いあげると中腰になった。三味が止んで戸惑ったような爪弾きになった。おんじょう殿は、銭じゃこ踊りにつける調子を、とっさには思い出さぬらしい。

三之助は照れた顔のまんま、紅白の切花が両端についている竹筒をくるくるまわし、肩で拍子をとっていたが、腰をかがめて身軽に舞いはじめた。片手の指で二枚の皿をカチカチ合わせ、片手で大きく花筒を振ると、じゃらっ、じゃらっと筒が鳴った。うろうろしていた三味線がついて来て、おんじょう殿が、つややかに唄い出した。

国はどこかと問わるれば
花の長崎よりゃ　まだ遠い
　えいさ　えいさ
親は誰かと問わるれば
唐は天竺　岩山育ち
　えいさ　えいさ

唐は牡丹《ぼたん》の花どころ
獅子の珠《たま》舞い　花の夢
えいさ　えいさ

渦のように舞い出した花筒が、軽々と三之助の膝の下をくぐり抜ける。賄方《まかないかた》の小母さんたちが、燗つけの手をやすめてふうと溜息をついた。あらためてその舞姿を見れば、だぶだぶの土方ズボンの裾を、野袴《ばかま》のように短くくくりあげている。いたみの激しい仕事で、膝には幾段にも色の違う継ぎが当っていた。親元を離れた若者たちが、雨の日に覚つかない手付きで針を持つのを見かねて、若女房のお咲やおなご衆たちがつくろってやるのだが、それも間に合わなくて膝坊主が見えている。

上着は肌着まがいの紺シャツで、はだけっ放しの若々しい胸幘の前を、二つの皿と切花のひらひらする竹筒が、リズムのよい音をひびかせてゆき来した。

「こりゃまあ、人は見かけによらんちゅうが、何ちゅう兄《あぼ》じゃろか」

「長崎あたりの踊りかねえ」

「さあ、こういう踊りを、船人《ふなと》の衆に聞いたことのあるよ」

「兄《あん》しゃまぶりが上って来たなあ」

「ほんに、来たときはまあ、子どもも子どもしとったが」

「あきれた、あきれた。こりゃあ、お釈迦《しやか》さまのお弟子の金伽羅《こんがら》童子ちゅうは、こういう姿かにゃ」

「へーえ、金伽羅童子ちゅうは、こういう姿かえ」

「ボロも着る人次第でよう似合う。うちらでは一向、着晴れもせんが」

「男もおなごも、花の綻《ほころ》び初《そ》めはよかもんじゃなあ。綻び初めじゃ、三やんも」

「稚児《ちご》ざかりじゃなあ」

「ほんに」

「じ、い、さまになる人が舟乗りで、じさまから習うたげなよ」

「道理でなあ」

「舟の衆は世界のひろかけん」

「あら見ろ、綾しゃまが喜こうで、鈴振りよるぞ、ほら」

「自分も踊りのつもりじゃ」

「ほんと、見ろ見ろ、鈴振って踊りのつもりじゃ」

「紐解きのすんだらまた、おしゃらしゅうなったなあ、お咲さん」

「はぁい、おしゃらしゅうなってもう、困ります」

煮染めの大山盛りを、おなご衆たちにつぎ分けていたお咲が、くっくっと思い出し笑いをした。

「ほんにもうこの前は、気の毒で気の毒で」

それで思い出して、女たちの座に笑いがはじけた。彼岸の供養ごとをととのえていたら、言いつけもしないのに、綾が町内の一軒一軒に案内をしてまわったのだ。

「まあ、きちんと両手を揃えて、お辞儀してなあ、お河童《かっぱ》さんが」

「お茶飲みばしますけん、重箱にお初米を入れて、風呂敷に包んで、お詣りして下はりまっせ、というて」

途中から吹き出しながらお福さんが言った。手間賃稼ぎに、石塔磨きに来ている職人の女房だ。

「ほんにほんにもう、だあれも教えませんとに、そういう案内をしてまわって、ああいう気の毒な目に逢うたことはなかった」

「あははは、綾しゃまからご案内受けて来ましたと挨拶されて、気の毒やら、おかしかったやら」

供養ごとや飲み事を手伝ってくれるのは、同じおなご衆ばかりだから、あの時のお咲の恐縮ぶりがおかしくて、女房たちはさんざめいた。

「ほら、自分のこと言われとると思うて、羞《はじ》ろうて」

「上がおらんもんですけん、三やんになついてなあ」

裏手の石塔小屋の方から風が入ってくる。

「よか匂いよ、何の匂いじゃろ」

「藤でしょうて」

「そう言えば、今年は早うに咲いたなあ」

「ふうん、よか匂いじゃあ」

踊りがすんだ三之助が、納戸の隅に行って、どたりと大の字にひっくり返った。花筒めがけて、綾の膝からまた猫が飛び出した。

「ほんとに酔うたばいな。若かねえ」

「あれだけ舞えば、酔いもすろうよ。盃半分も飲めば酔うとじゃけん」

「めずらしか、よい兄《あぼ》じゃ」

「ふむ、雨かな、明日は。藤が匂うけん」

「ほんによか匂いよ。今夜どもは雨じゃ」

「ああた方も早よ、ご膳ば上んなはりまっせ。もうあとは冷や酒でよかですよ。酔食《えくら》いさんばっかりで、ほうはなかですけん」

「ごちそうになろうかな。さっきから味見ばかりして、味見腹になっとるばってん」

「どうぞ、なんでも好きなだけ取って食べて下はりまっせ。男衆たちにつき合うとれば、夜の明けます」

「ほんに酔食い殿《どの》たちに構うとれば夜の明くる。はよはよ、仕舞いにしよ。わたしはこの蒟蒻《こんにゃく》と、無塩《ぶえん》ずしば貰《もら》お」

「今日のは特別、すしがようでけました、鯵《あじ》の新しかったけん」

「鯵も新しかったが、国太郎殿のついておって、塩を炒《い》らせなはった」

「もう注文の多か人で」

「塩をしんから炒りさえすれば、魚臭うはならんちゅうは、本当じゃなあ」

「それも魚が新しければじゃ」

「魚も無塩の上等、塩は香ばし。ああ、こういうすしをば、うちの婆さまに、ちいっと貰うてよかろか」

「よかでしょうか」

「あれまあどうぞ。よかしこ貰うて下はりまっせ。残ればねまりますもん」

「ようございますとも、余っとるけん」

「そすれば、今夜は、なあんもせんでよか。遠慮はしいしい、貰うてもどろ」

「魚の腹子も骨のなかけん、どうぞ婆さまに。ほら、ここのところば」

「有難さよ。そんならちいっとでよか、もうよかです。わたしばっかり、欲の深かごたる」

　取り分けて丼に入れながらお福さんは顔をあげた。

「ときに、さっきは、花月の吉弥が客引きに来たが、面の皮の厚かおなごじゃ」

「あははは、吉弥さんな気性のよかけん、口ばっかりですがな」

「なんの口ばっかりじゃろか。たいがい客引きの上手ばい。あれでなかなか男ちゅうはひっかかるよ。厚う厚う塗って、化ければ役者顔じゃけん。素顔はなあ、色の黒かブシユカン面《づら》じゃが」

ブシユカン面というのは言いすぎと思ったのか、おなご衆たちは微苦笑したまんま返事をしない。

「若か者どもの居る家は、要心せんばなあ。淫売どもから、よか病気貰いどもすれば、仕事のはかもゆかんばい」

お福は、すしと腹子の煮付のお礼を、吉弥の悪口で返すつもりらしい。

「おーい、お福女《じょ》や、吉弥が、おまい方の前で客引きしよるぞ。婿殿な大丈夫か」

国太郎が笑みを含んだ声で、そう怒鳴った。

「あれま、地獄耳よ。こっちの声も聞えとる」

借りた丼を前かけにくるんで、お福さんは、下駄をつっかけた。

「ああ、よその世話どころじゃなか、わが婿殿が心配じゃ。わたしゃそんならこれで。後片づけもせずに、ご馳走になりなり、それじゃあな」

そそくさと現金な挨拶をして帰りの早いのも、みんな笑いながら知っている。

河川改修の請負工事が、とりかかりのところで一段落して、次の節目に入ろうとしていた。普通の改修工事とちがって、二俣ある流れの合流点から向きを変える築堤の、基礎打ちの根石のための、魂入《たましいい》れの酒盛りだった。

三味線をうしろの床に戻したおんじょう殿に、あるじの直衛が盃をさした。

「相変らず冴ゆるのう。玄能《げんのう》握りの指が、ようも伸びるもんじゃ」

廻船業の時代からなにかと直衛を助けて来た、いわばこの家の相談役である。

「玄能よりはそりゃ、ちっとは、三味線の方が可愛かもんのう」

「三味線ばかりじゃなか、石鑿《いしのみ》までも唄うけん、こなたの手にかかれば」

「なんのなんの、石の方で、唄おうと思うて待っとるわい」

若い職人たちに、石が割れてくれる表目と裏を教えるのも、この「洗い切りのおんじょう殿」だった。おんじょうとは、普通の年寄りにはめったに言わない。別格の人柄と技倆《ぎりよう》で唸らせるものがなければ、こういう尊号はもらえない。

「洗い切り」とは地域の名である。おんじょう殿は極度に口数が少ない。人が埒《らち》もないことを話しこんでいたりすると、すうっと抜け出すような目つきになってにこにこしているが、じつのところは鬼より位が上で、荒いのだと年寄りたちがいう。

直衛とはどういうものか気がほぐれるらしく、人には言わぬ軽口も叩く。養子格だが、頑固で血ののぼりの早い国太郎と万事に鷹揚な直衛が、反りの合わぬことは誰知らぬもが一番おおらかになるのは、洗い切りのおんじょう殿か、飛松船長が間にはいって話をすると、両方機嫌がよくなって話が通じるのは七不思議じゃと、人びとは言った。飛松は直衛の甥《おい》である。この家の年中行事はもちろんのこと、なにかにつけて酒になると、必ずこの二人が呼ばれることになっている。使いは直衛が立てることもあり、国太郎が言い淀んでいるときは黙ってお咲が使いを立てた。口上は、「一杯、飲みに来て下はりまっせ」というだけでよかった。

土方衆の「飲み会」はたいがい仕事のなりのまんまで始まるが、洗い切りのおんじょう殿は律義な性分で、使いを立てると、風呂をかぶった五分刈に、衿をつめた刺子《さしこ》の紺シャツに着替えて来て、折目のきちんとした挨拶を、玄関と台所と座敷で三度した。台所はおなご衆への挨拶である。いやまず、仏壇への拝礼を忘れない。

「おんじょう殿の嫁御ちゅう人は、人よりちがうばい。並みの躾《しつけ》ではなか」

おんじょう殿より挨拶のおくれるおなご衆たちはそう言った。お咲はかならず、嫁御への手土産を包むのを忘れなかった。

「ときに小父御《ご》」

おんじょう殿が、干した盃を振って直衛に返すときの枕である。

「ときに小父御、この前の菜種《なたね》流しに、あそこが案の定、決潰《けっかい》しましたな」

「あそこちゃあ、どこかえ」

「球磨《くま》川の坂本寄りのところじゃ」

「おお、俺ゃあ、はなから、あそこは危なかと思うとった。やっぱり崩れたか。あの根石の入れぐあいじゃ、決潰は時のもんじゃったわい」

　菜種流しとは、菜種の稔る頃の前梅雨をいう。

「近頃の請負師どもは、儲け主義一本になって、根石からまで、上前はねる工面ばっかりするちゅう話でござす」

「けしからん話じゃ。鉄道工事が来てからこっち、仕事師たちが浮足立って、儲け主義になってしもうとる。これじゃあ、信用が第一の世界にひびの入る」

　二人のやりとりを耳にしながら、国太郎は飛松船長とさしつさされつしている。

「こんだの仕事はおおごとですぞ。梅雨《ながし》が控えとるけん」

「そのことじゃ。それでこなたに、わざわざ来てもろて、じつは相談じゃが」

　直衛は座り直した。

「まま、座らんで下はる、座らんで下はる。儂《わし》も座り直さにゃならんで。小父貴から言われれば、相談もへちまもありゃぁせん。今夜は、何かあろうと思うて来ましたがな」

「こなたがそういうてくるれば、相談もしやすか。じつは、赤山の石のことじゃが」

「あそこがあって、よろしゅうござしたのう。並のことでは、こんだは石の数が足らん」

「そうとも。川ちゅうもんはかねては穏やかじゃが、魔性のもんじゃけん。なめてかかれば仕返しさるる」

「坂本の決潰がよか見本じゃなあ」

「後々に残さねばならん仕事じゃ。根石は、川が出来れば目には見えん。見えはせんが、末代、川を乗《も》せねばならん」

「わかり申した。石出しをせろちゅうわけでござすな」

「辺鄙《へんぴ》なところで、道のりが遠かけん、御苦労じゃが、人手だけは揃うじゃろ」

「わかった。小父貴が一声かけるのを、山の衆たちも待っとろうよ。これも信用じゃけん」

「そうではなか、わしではなか。こなたという人間で成る訳じゃ。こなたなればこそ、人も動いてくるる。ここはおんじょう殿でなければ、つとまらんわい」

頼みながら直衛は、土着の人間であるおんじょう殿に、山の衆たちが待っているといわれたことが嬉しかった。十三年前、対岸の天草から妻子を伴って葦野の町へ移って来たとき、少なくはない財を持って出たが、土地の人々と交わりをしてゆくには、それなりの気配りが必要だった。器《うつわ》が大きくて、何につけかにつけ振舞い好きの気風が目立ちすぎて、地方《じかた》のつましい百姓の旦那衆には、博徒の親分がごろつきを連れて乗り込んで来たとも思われたらしい。天草周辺の島々から出て来た訛《なまり》の違う若者たちが、開けっ放した大部屋に屯《たむろ》してもいた。

一年もせぬうちに、じつは自分もそういう風説を立てた一人だと、当人たちから笑い話に白状されるほどになって、たちまち十年余りがすぎたが、信用貸しで証文も取らぬ親方という噂が行き渡って、寸借詐欺や保証かぶりも続出したのである。一山売り、二山売りして、それほど特別の大尽《だいじん》でもなかったから、先ゆきのことをこの時期考えればよかったろうに、この人物は、持ち逃げしたものたちの先々までも心配するおっとり人間だった。この頃、天草の離島群もふくめ、南九州の農山漁村は不況のただなかにあった。

見かけの上での事業は、まだ順調らしく続いていた。けれども、鉄道工事の入札の頃から、かけひき巧者の業者たちが地盤をのばしかけていて、業界のすさまじい競争にさらされたことのない直衛の、待っていれば向うから仕事を持って来てくれる「信用」だけでは、立ちゆかぬことも見えかけていた。それでもまだ、あちこちの町村から、道路工事や護岸、築堤、築港などの公益事業が舞い込んで来る。破格の儲けはないが、「末代に残る公益事業」であるために、「予算を越えてでもやる」のが、彼の趣味でもあった。

一流と信用が主義だったから、頼まれれば、否という発想がほとんどない。無差別総引き受けをして、手をつくす。こういう人間の常で、家族のことはだいたいほったらかしになる。引き受けたことのうちでも、人事のこまごましたことは、思案に外れる結果も多かった。そういうとき、目下の者にはなおさら深々と頭を下げて詫びを言った。長者の憂いのようなものが、そういうときの直衛には漂っていた。

あちこちで小規模の地びらき事業も引き受けていたが、出てゆく材料費、人件費、桁《けた》外《はず》れの交際費と、入金との差し引き勘定の破綻が処理しようもなくなっていて、それを確実につかんでいたのは、お咲の婿の国太郎だった。彼は、直衛の「一流と信用」の裏処理を、一生かかって始末せねばならぬ立場にあったので、舅《しゅうと》の趣味を木っ葉微塵に批評してやまなかった。

しかしこの男にも経営の才があったとはいえない。婿と舅に唯一の共通点があったのだ。吝嗇《りんしょく》を忌み嫌ったことである。二人の男はその一点において結ばれあっていた。

「一流と信用の基本はなんか。まず、他人にわがツケを廻さんことじゃ」

ツケ処理係の婿は肩をそびやかして、憚ることなくそう公言した。

「小父やん殿の事業には穴は開《あ》かんばって、やりくりの穴埋めはどうしても残るよのう」

おんじょう殿がそう言えば、舅と婿はそれぞれむずかしい顔をして、盃を干すのだった。

日々の暮らしは、こまごまとした心配りから具体的にしか進まない。国太郎には、若頭としてやらねばならぬことが山積みしていた。

工事の具体的な段取り、損傷のはげしい諸道具の点検と補修と買入れがまずあった。人間と牛と舟は揃うておると直衛が言っても、具体的なその采配は国太郎の役目である。赤山までの道のりをゆくのに、客馬車もない時代だったから、暗いうちから朝立ちして、人夫衆を集めてくれる村の旧家や牛方の頭に挨拶にまわったり、心づけを配ったりしていると、夜までには戻れぬこともある。

水呑み百姓出身の国太郎には、泊めてもらって粟だけの飯をご馳走になる家々の内実が、どのようなものか、ひとごとならずよくわかる。貧村といっても海辺なら、潮の合間に小鰯《こいわし》の打ちあがることもある。貝や巻貝の類や海の草を、朝晩拾えて、舌や腹のしあわせに逢うこともできる。山家ではそうはゆかないのである。多少の地所があっても現金収入の皆無《みな》に近いところで、慎ましい、心のすぐな人びとが、石の賃出しくらいの、たかのしれた仕事にすら、並ではない期待を寄せていることに、国太郎は自分の村を想い出して、胸のつまるような気持になる。

赤山あたりのことだけではなかった。常雇《じょうやと》いで来てくれる職人衆の家でも、女房たちは山畠《やまこば》をやっている。いやいや大所帯のこの家にしても、手放してはならぬ山畠を持っていた。

「鉄道工事の飯場では、唐米を食わせよるそうじゃ」

という噂は、しばしば耳にする。げんに、

「唐米ちゅうはボロついて、噛もうにもなんにも、石油臭か米でござす。下痢腹で働かされるより、粟粥のほうが、よっぽどよか。おたくの組に入れてもらえば、薦酒《こもざけ》、肴《さかな》に米の飯ちゅうは、ほんなこつじゃった」

そう言って流れて来た巳之喜のような人間もいる。酒は薦樽《こもだる》で置き、飲み放題だったにはちがいないが、このごろそれが焼酎甕《がめ》になっている。米は作らなかったけれども、年越し用の蕎麦《そば》と、節句節句の団子の小麦と小豆は、甘辛両党の若者たちのために、わが家の畠でまかないたいと国太郎は思っていた。多くは貧農出身の若者たちが、石を相手の仕事の合間に、土のついた季節の青菜を見てよろこび、和《なご》むのをみれば、家を思い出すよすがにも、ことに野菜作りが大切に思われる。国太郎自身、ものを育てるのに向いている性分である。

工事の段取りの中に、畠のことが組み入れられて常に頭にあり、それは職人の家々への気配りでもあった。色のつき始めている麦も、雨に逢わせぬよう収納せねばならない。見廻してみれば、馬鈴薯《ばれいしょ》も夏豆も大豆も、大根の種も人参も葱《ねぎ》も、収穫の時期に入っている。

脱穀用の千歯《せんば》や唐箕《とうみ》などを職人たちの畠に廻すには、その順番に気をつかわねばならず、男手を分散してそちらに廻している暇はない。あっちの山裾、こっちの丘の上と点在している畠から何か所かに集荷して、三日ばかり総がかりで、家々の分を仕分けしながら、収納せねばと国太郎は思う。

「そすれば、長雨になるひまに、女たちが安心して新しか麦と大豆で、味噌醤油が仕込める」

味噌さえ確保しておけば、どのような非常の糧にもこと欠きはせぬと、下宰領《したさいりよう》のすべては、こまごまと国太郎の頭に収まっていた。


昏《く》れ方になると盛りに向かう藤の香りが、植込みのそこここに漂った。御影石《みかげいし》の、大きな石材が積みあげられた平小屋を抜けると、ぼんぼりのように花あかりしている藤の房をくぐった向うに、志乃の離れがある。箱膳を抱えたまんま、三之助は立ちどまった。丈だけ伸びた少年の全身を、強すぎる花の香りがとり包む。

――また今日も、袖口を噛み裂いておらいますかもしれん。

離れの気配はしんとしている。

「志乃さまは、菜の花の過ぎる頃が、いちばん悪うにあらす」

おなご衆《し》たちがそう囁いていた。離れの裏には、菜種畑が宵闇に浮き出て広がっている。三之助は志乃を一度も奇異な人だと思ったことはなかった。なくなった彼の祖母が、唐諸《からいも》の煮たのを輪切りにして干しながら、こんな歌を聞かせていたからである。

なんばん　長崎
紅　さんご
かんざし
ひとつが
仇のたね
よめごは　おいらん
御亭《ごて》どな
石ひき
よめごは　おいらん
御亭どな
石ひき

石割り小屋では、石工たちの使う鑿の音がリズムを重ね合わせて、かっちん、かっちんと響いているのだが、それが途絶えるときがある。そんな刻に離れの方から、祖母のうたっていたあの唄が、洩れて来た。稽古割りをしていた捨て石の上で、掌の中の鑿が祖母の体重のように、ごとりと傾いたのを三之助はおぼえている。直衛の妻の志乃が、病いの起っているときに、うたう唄だということだった。

　声は機嫌が悪いようには思えなかった。海を見下しながら唄っていた祖母の、のどかな声にくらべれば、ふるえをおびたようなかぼそい声だったが、唄のつづきに布を裂く音が入った。声も布の音も、石を刻む音の憩《や》んだ間隙をつないで無心に聞えた。如来《にょらい》さまの台座の、石の蓮華《れんげ》を、分厚い濡れ雑巾で磨きあげていたお福が、息をつめるような顔になって手をとめながら言った。

「ああまた、袖口をば、噛み裂きおらいます」

　お福は石の粉に濡れた自分の袖口をながめ、しかめた眉の上を拭いた。

「あのかぼそか人の、歯のつよかことがなあ。直衛どのも罪つくりばえ、衣裳もなあ、よう続く」

　曲り尺を手にして石の寸法をとっている巳之喜が、おだやかなふだんの口調でいう。

「あの唄が出るときゃ、ことじゃもんのう」

　石工たちはしばらく聞いているが、唄がひとまわりして布を裂く音がしはじめると、膝を立て直して玄能を振りあげ、石を刻みはじめる。三之助がはじめて志乃の唄を聞いた日も、離れの裏手に菜の花が広がっていた。この家に来てからもう二年経ったと三之助は思った。

　お咲が運ぶ膳にしか箸をつけぬ志乃が、不思議なことに三之助の運ぶものであれば箸をつける。もっとも三之助には、いつも小さな綾がまつわりついて、志乃の前ではこの幼女が口をきいた。持ちにくい箱膳は三之助が抱え、茹でた里芋や唐藷を入れた花籠などは、綾が自分で運ぶものだと思っている。

後ろから、木鼠《きねずみ》の登ってくるような綾の手が、三之助の腰のあたりにとまった。春が過ぎかけて雨が多く、足元の苔がふくらんでいる。膳を抱えているから、まつわられると滑りやすい。それでなくとも花の香りでふらつきそうになっている。三之助は中腰になって膳を下げた。

「綾しゃま、今日は落雁《らくがん》の包みをば、持ってくだい申《も》せ」

幼女は素直に、落雁を包んだ懐紙に手を伸ばすと、両の袂《たもと》を振り振り先に立った。

「志乃さま、ご膳じゃあ」

声をかけるのは綾の役である。仏間と居間に、煮炊きの土間が形ばかりについた小さな隠居屋だ。

「綾しゃまかえ」

三之助の足音は聞いているのだが、綾しゃま来たかえとしかいわない。志乃にはたとえようのない含羞《がんしゆう》があって、人の気配がすると、障子の蔭に身半分《みはんぶん》を隠してものをいう。そういう様子を見せる時は正気が戻っているのかもしれなかった。

なるべく足音を立てぬように、三之助がちかづき、上り框の先に膳を置いて、綾を促す。心得ていて膳の前に座りこむと、幼女はそれを抱えやっていう。

「今日のご膳はなあ、あおさと、牡蠣《かき》のおつゆとなあ、骨のなか海老のままじゃ」

骨のない海老というのがおかしかったらしい。志乃は小さな笑い声をあげた。盲の志乃に魚を出すときは骨を取って出して、干し海老の皮をむくのをさっき幼女も手伝っていたのだった。

「重畳《ちょうじょう》なあ、海老のままかえ」

「あい」

「お前がたは上ったかえ」

「まぁだじゃ、志乃さまが二番目じゃ。上りませな、猫の番しとるけん」

二番目とはまず、仏さまにあげるからである。それも綾が持ってゆく。

三之助は微笑みながら上り框に腰かけて、やりとりを聞いている。蔀戸《しとみど》の開け閉めに上るときの外はけっして上ろうとはしなかった。

「今日の飯《まま》には、毒の入っとるばえ」

とは、三之助も綾もまだ言われたことがない。

たまたまお咲が手をはずせなくて、手伝いのお福女に頼んだ日があった。志乃は縁側から向うむきになって、ほっそりした撫で肩を落としていた。おだやかな後姿だった。お加減がよいらしい、とお福は思った。

「志乃さま、おひるがおそうなりました」

後姿の向うに菜の花畑が燃え立ち、紋白蝶が飛び交っていた。その蝶の気分で、お福は重ねてよびかけた。

「志乃さまおひるでござすばい、今日の芹雑炊《せりずし》はとくべつ、ようでけました」

芹の香りがまだ立っている箱膳の椀を、上り框からそう言いながらさし出した。

ふるえるような、あえぐような声が、向うむきのまま志乃の口から絞り出された。

「ごくさんぼが！　毒のなんの入れて持って来て」

お福女はへなへなになった。

「けして、お前さまに言われたわけじゃなか、病気が言わせたわけじゃけん」

一家はもとより恐縮しきって詫びを言い、職人たちも総がかりでなぐさめたが、お福女は十日ばかり気を打ち込んで、仕事が手につかず、町内中にふれてまわった。

「石塔磨きも蓮台磨きも、三人前せろと言われても辛うはなかばって、志乃さまのご膳運びだけは、死んでもせん」

よっぽど懲りたと見え、飯時分になるとはやばや我が家へかけ戻る。ごくさんぼとはどういう意味だかわからない。

「ごくさんぼ殿が、提灯ともして来らいますけん、隠れ仕度しゅう」

などと呟いて、嫁入り着物を片腕に抱え、座敷を壁伝いに手探りして歩いているのを、三之助も見ることがある。八畳と六畳の間を伝い歩くのに、野山や海辺をゆくような身のこなしになっている。ひとつには目が見えぬから、そんな足つきをするのかもしれなかった。

——今日はまた、あちらの方に行っておらいます。

三之助はそう思う。そんな様子の時でも、綾が声をかけると返事をすることもあって、人の気配はわかっているのだった。

障子の蔭にひっこんだ志乃が、手探りで箱膳の抽き出しをあけ、箸をとり出す音を三之助は心なごみながら聞いていた。

あれははじめてこの家に来た年だったと、少年は思った。志乃は一心に機《はた》を織る所作《しょさ》事《ごと》をしていたのである。あるつもりの糸を口にくわえ、見えない杼《ひ》に糸をとおし、左にやり右にやりして、なにか唄っている風であったが、聞きとれなかった。あれはやっぱり、嫁御はおいらんの唄だったのだろうか。

「志乃さまのおぐあいはどうかえ」

石塔磨きの仲間が集まると、仕事はじめの挨拶のように誰かがきく。

「このごろは、着物畳みの賽《さい》の河原じゃ」

志乃のことなら人には言わせぬとお福は思っている。

「ほらあの、煤《すす》くれた白無垢と、黒金襴の帯をなあ。飽きもせずに、日がな一日、畳んではひろげ畳んではひろげして、それがこの頃のお仕事じゃ」

「畳んだものをまた引き裂かるのかえ」

「いやいや七不思議もあるものじゃ。どういうものか、あの嫁入り衣裳の一と揃いだけは、目の見えぬお人が知っておらいましてな、あの一と揃いだけは破られぬ。日に何十回畳めばすむことやら、賽の河原じゃ」

「嫁入り衣裳ばのう」

「ご膳もあがらずに日がな一日、思案しいしい、畳みおらるばえ」

「ふーん」

「それにしても、直衛どのをあのように嫌わるのは、どういう訳じゃろ」

「あの衣裳はきっと、秋人《あきと》さまのところに嫁《ゆ》かる筈《はず》の、衣裳じゃったかもしれんて」

「ほう、秋人さまちゅうはどこの」

「医者さまの跡取りで、志乃さまとは、また従兄妹になるお人じゃった」

「へーえ、秋人さまちゅう人かえ」

「なんでまたその人に嫁かずに、直衛どのに来らいましたとじゃろ」

「秋人さまちゅう人は、長崎に勉学に行たて、疱瘡《ほうそう》にかかって死ないましたげなもん」

「医者さまの跡取りが、疱瘡でなあ」

「あの病いばかりは、医者さまじゃろと、坊さまじゃろと嫌わんばえ。命の運に見放されたらおしまいじゃ」

「あの病いばかりはそうじゃよなあ」

「そのお人がおらいませば、志乃さまも今のようには、なられんじゃったろに」

「そうかもしれんばって」

　お福はそこで声を落とした。

「そうかもしれんばって、志乃さまの血統は、何によらず人一倍、思いつめ方がちがうとばえ」

「ふーん、志乃さまばかりじゃなかとかえ」

「他にも二、三人おらいます」

「ほう」

「志乃さまとは、またの従兄弟に当たる人に、石塔の字いばかり書きおって、字い書き神経《しんけい》にならいた人の、おらいますもん」

「ふーん」

「その人も字い書き始めたら、飯水《めしみず》も咽喉口《のどくち》に入らずに、日がな一日書き散らさるげな。長崎から取り寄せる紙の代《かわ》りが、石塔代よりも高うついて、石の彫刻のなんの、習わせんばよかったちゅうて、親父どのの悔やみおらす。とんと商売にならんげな」

「弘法大師さまの、なり替わりかもしれんてのう」

「どうじゃろか。まるで人の読みえん字いをば、書きおらるげなぞ」

「上手になれば、人の読みえん字いも書こうで。お経の字いのなんの、わし共は、まるで読みえん」

「坊さまになられれば、よかったろになあ」

「坊さま修行とはちがう方角の人げな。このまわりもひょいと家を出たきり、二た月ばかり戻らずにおらいて、字い書きの修行に行たちゅうて、騒動させらいたげな。ここの家にも、来ちゃおらんかちゅうて、使い人《にん》の訪ねて来らいましたほどじゃ」

「そう言えばこのあいだ来て、ひと月ばかり泊まって行かいた、くりくり目の男衆かえ」

「そうじゃ、綾しゃまの手えとって、筆握らせて、へのへのもへをば書かせおらいた、あの人じゃ。使い人の戻らいた後で、ひょっくり本人が来らいました」

「もしも見えたら、魂がそういう風なお人じゃから、逆らわんように、大切にして置こうぞと言いおらいた、あのお人じゃなあ」

「そうそうあのお人じゃ」

しばしば話題に出ることだがそれは、三之助がこの家に来る前のことだったらしい。志乃何によらず思いつめる人たちの血統とお福がいうのを聞いているうち、三之助は、志乃という人の心のうちを知りたい気持になっている。客の無いときは、志乃も母屋で一緒に食事をすることもあるが、人見知りの病気でもある志乃は、母屋に居ることを嫌がるようになっていて、家族や手伝い人たちを手古ずらせていた。年若い三之助が来たことは思いもかけぬ僥倖《ぎょうこう》だった。

志乃が箸を取り出すと、数えの四つになったばかりの綾が、ままごとのときより神妙な顔つきで、椀の取り次ぎをする。実質の給仕は三之助がやるのである。

「三やん、おかわり」

と綾が言っても、ふだんは他人の気配を極度に感じて隠れ込む志乃が、中高な頰の線をうっすらと光らせながら食べるのであった。白髪のまじりそめた髪に包まれた顔が、やがて五十にもなろうとするのに、志乃はこの世になじまない分だけ年をとらないとみえ、しぐさも表情も、不思議に少女じみていた。

給仕の途中で綾は志乃の肩によりかかって、煮染めの蓮根をねだったり、菓子をねだったりする。箸を置きながら孫の素足を手探りして志乃はいう。

「このよに冷たか足出して、今夜どもは木の芽流しばえ」

盲目特有の指つきで幼女の腰の縫い揚げを撫でてゆき、しつけ糸のありかを探り当てる。頰と両手をあてがって糸を抜きとると、梅の花模様のモスリンの裾が、小さな足首を覆うところまで下りてくる。

「これでよか、裾が下りた。暖《ぬ》くなりましたろう？」

「ああ、ぬくうなった」

どこにでもありそうな、祖母と孫のやりとりである。同じ人が、着ているものの袖や裾をひき裂いてしまう時があるのかと、三之助は眼《まなこ》のひらく思いをするのだった。

「縫い揚げを下ろしたけん、こんだは、四つ身の衣裳を着せてもらい申《も》せ」

「四つ身の？」

「そうじゃ、大きゅうなったけん、もう四つ身の衣裳じゃ」

「ああ、紐解き衣裳じゃなあ」

去年の秋に着せてもらった四つ身の縮緬《ちりめん》は正月に着たきりで、仕舞い込んである。着重りのする晴着の肌ざわりを思い出したのか、綾はぱっと紅を浮かせたような頰の色になった。妹というのを知らない三之助には、そういう幼女のはなやぎが眩しく思われる。

去年の紐解き祝いには、自分の躰ほどもある、鯛の塩焼きの反《そ》っている宗和《そうわ》台《だい》の前に座らされて、口をあけている鯛の歯が怖いとおびえ泣きしたものだった。一座は笑いさざめき、祝いらしくなったが、気に入りの三之助がなだめても、なかなか泣きやまなかった。嵩高《かさだか》い衣裳の裾から、小さな白足袋をばたばたのぞかせて反りかえり、泣きやまぬ綾をどう抱いてよいものやら、少年は当惑した。

上弦の月が、つくりかけの、まだ顔の出来ていない地蔵さまの上にかかっていた。

「舟のようなお月さまじゃ」

困りはてて彼は口のうちで呟いた。一度泣き出したら、やめどきがわからないのが綾の癖である。ふっと泣き憩《や》んだ綾が、しゃっくり声でき直した。

「舟？」

「ああ、綾しゃま、ほら、舟のようなお月さまじゃ」

「どこに」

「あそこにほら」

突っぱっていた幼女の躰が、そのときしんなりと顎の下で軽くなり、三之助の両肩につかまって来た。二、三遍しゃくりあげ、ぴたっと泪《なみだ》に濡れた頬をつけられて、三之助はしんからこの幼女を愛らしく思った。

陰暦霜月十五日が紐解き祝いの日である。宵の頃の空は、硬い瑠璃《るり》を張ったようだった。幼い子は、泣き腫れた目で睡たそうに空を見あげていたが、

「お月さまの舟じゃなあ」

といい、あの舟はどこにゆくと？　と聞いた。

「さればなあ」

「されば？」

くずれかけた稚児髷《ちごまげ》の項《うなじ》が、また泣きじゃっくりになりかける。

「さればあの舟は、世界の涯《はて》までゆくとじゃろ」

「世界の涯ちゅうはどこ？」

「うーむ、涯ちゅうはなあ、往たこたなかけんなあ、一向にわかり申《も》さん」

「ふーん」

それで聞きたいことがうやむやになったとみえ、すすり泣きするように肩をびくびくさせながら、寝入ってしまった。晴着を着た幼女は、濡れた牡丹のように重たくなった。あの頃にくらべれば、また一日一日、ませてゆくようなのも三之助には珍しい。たあいない祖母と孫のやりとりにほほ笑みながら椀の類をとり片づけ、土間を掃いている三之助の耳に、けげんそうな綾の声が聞えた。

「あきとしゃま？」

振り返ると、昏れてしまった菜種畑の方を向き、志乃が欠伸をした口を袖でおおっている。

「秋人さまはもう、戻られましたかえ」

「あきとしゃまはおらいません」

甘やかな声で幼女は答え、笑い声を立てた。下してもらった裾の、ふわりとした感触が嬉しいらしく、両の袂に手をひっこめたまんま、志乃のまわりを跳んでいる。背中に結んだ鴇色《ときいろ》の付け紐が、灯りをつけ忘れている部屋の中でしばらく踊った。

「なあ三やん、こっぽり下駄、出してもらお、紐解き衣裳着るけん」

三之助には、四つ身がなにやら三つ身がなにやらわからないが、綾が燥《はしや》いで廻る輪の中で、志乃の様子が心もとないように感じられる。

――そうじゃ、戸をしめよう、菜の花畑が毒じゃった。志乃さまの目のつもりで、灯りをともすのを忘れとった。

三之助はそう思う。

藤の頃は、しきみが咲き、馬酔木《あしび》も山吹も、躑躅《つつじ》もこでまりも咲ききってしまう。志乃さまには花の匂いがようないかもしれぬ。それでなくとも夜半には、綿入れをとり出したいほどに冷えこむことがある。

「志乃さま、上らせて貰います。寒うなりますけん、戸を閉めませんば。それから灯りもつけさせて貰いもす」

綾が燥いでいる輪の中に入らぬようにして、三之助は挨拶する。横桟になっている蔀《しとみ》戸《ど》が軋《きし》りながら閉まるのを、志乃は首を傾けて聞いている。母屋のあと仕舞を終えると、お咲が縫物を抱えてやってくるから、灯りもつけておかねばならない。ランプから電気になって、五、六年くらい経っていたが、志乃は電燈の灯りというものを知らない。

ご飯だけを早々と食べさせ、誰も構う暇がなくて、お咲が古い膳櫃《ぜんびつ》などを取りに来るのについてくると、まっ暗な部屋で、志乃がひとり言をいっている時がある。

「あら、まっくらすみじゃ、三やん電気を灯《とも》してな。おっかさまがまっくらじゃ」

そう言いながらお咲は、志乃がもう長い間、灯りのことなど忘れ果てていることに思い至るのだった。

「盲さまでもなあ、灯りがあった方がよかろ、なあ」

「……」

「おっかさま、まっくらすみじゃ、さびしかなあ」

あるかなきかの声で笑うときもあるが、はいともいえとも言わずに、前こごみの姿で、志乃はたいてい縁の方にいざり出て膝を揃えて座っていた。その膝に、黒猫のおリンが乗っていると三之助はほっとした。

灯りを忘れている時は、たいてい戸も閉め忘れられている。雨が降り込もうと風が吹き晒そうと、志乃は自分で戸を閉めることをしない。目が見えていた頃は、人一倍ゆき届くたちだったと誰もがいうが、雨の打ちかける縁に躰を置いたまま、何ごとかを呟いたりしている姿は、よその世界の人のように見える。戸を閉めることはしないが、俄《にわ》か雨になって、外に出ていたお咲が洗濯物を気にして駆け込んで帰ると、どういう足腰や手つきをして取り入れるのやら、志乃が取り入れたとわかることもある。

どこで性がちごうてくるのやら、わが親ながら判断がつかん、業《ごう》なお人じゃとお咲は吐息をつくことがある。業という言葉は三之助も、親や祖父母や村の者たちが口にするので聞きなれていた。父親が海で死んだのも業、姉が父の残した船の借財のために、前借奉公に出たのも業のゆえ。長崎奉公に出したと村の手前を繕わねばならぬ母も、親類の者たちに言わせると業を背負っているのである。三之助のような家の事情は多かれ少なかれ、よその家でも似たり寄ったりで、特別のことではなかった。志乃さまもやはり業というものを背負うておらいますのか、稚い綾とて、先々どうなるものかわからない。

電燈が灯ると、薄暗がりで燥いでいた幼女は、世界の変った景色の中に置かれたように、しぼんだ袂を抱えてきょとんと立っていたが、思いついたように、経机の下にかがんでいる猫を抱えあげた。頰が白々としていた。ちゃんちゃんこを着せねばと三之助は思った。綾の好きな袖無しのお被布《ひふ》を、志乃が指先で爪ぐりながら膝当てがわりにして、この二、三日干していたのを彼は思い出した。遠い所で雷の鳴る音がした。

「木の芽流しじゃあ。お前さまの石甕は、まあだ出来んげな、どうしようなあ」

今しがたとは違う志乃の声音だった。振りむくと志乃は、片掌を顔の前にさし出して、何かを乗せてでもいるように、も一方の掌をそっとかぶせた。麦の青穂が出揃ったというのに、この夜、南国には珍しい雹《ひょう》が降った。

志乃の中では、遠い記憶も近い記憶も一枚一枚の景色として想い出された。心の底に染みついて、くゆり立つ瘴気《しょうき》のように、憎悪やかなしみがあらわれる。そういう記憶は、いや記憶というのは当らない。吹く風や草木の香りに促され、むかし自分がそこにいた景色の中に、戻ってゆくのである。ことにも花々がいっせいに散り敷く頃などは、戻ってしまう世界の中で、地に湧く靄《もや》と志乃の吐く息とはひとつになるのだった。日常というものの境界を超えて向こうに行きすぎたりしても、三之助に志乃が与えている安堵感や不安感は、たぶん経めぐる季節のそれと同じものだった。

お咲が火の始末をして母屋に帰る頃から、たたきつけるような雨風になり、鴨居が幾度か軋ったと思ったら、神棚の水入れが転がり落ちた。こういう夜になると志乃は何かに呼び醒まされたようになる。水入れの落ちたあたりを目ざしていざりはじめたが、畳は濡れているのに探り当てられない。手探りしてゆくうちに襖に手先がふれた。厠《かわや》へでもゆくつもりなのか、つかまり立ちしようとするが、とっかかりがなくて、よろめいた拍子の土踏まずに、横倒れになった真鍮の水入れをしたたかに踏み当てた。小さく叫んで座り込んだまま、片手は畳につき、片手で足を揉んでいる。篠《しの》つく雨が、霧しぶきになって縁の隙間から立ちこめていた。呻きながら志乃はあの晩の心に戻っていた。墓場の横で踏み当てたあの晩の石の尖りぐあいを、足のうらが思い出したのだ。

その夜も嵐だった。濡れた七夕紙のようによろりと腰がねじれて座り込んだが、赤土の坂道から躰をひき剝がすことが出来なかった。そういう姿に押っかぶせるように、幾重にも稲妻が広がり、あたりの卒塔婆《そとうば》を浮き立たせた。髪の地膚から背中や胸乳を覆って雨が流れ入った。分厚い襞《ひだ》で出来た水の衣に包まれたように、志乃はしんとして痛みを怺《こら》えていた。

そこにそうやって雨を被《かぶ》っていれば、人びとの目からも口からも、耳からも隔てられているのである。志乃は自分の内側でふわりと浮揚して、着地するすべを失っている魂が、荒れ狂う雷鳴と暴風雨の中で、ようやく所を得ているような安らぎを覚えた。天地の間の胞衣《えな》にくるまった胎児のようなぐあいに、眉をしかめて嵐の墓地にこごんでいたのは、日々の暮らしの中に居場所を失った志乃に訪れた、恩寵の時間だった。日常とのつながりが隔てられ、自分というものの内側へ向かって、解き放たれるのを志乃は感じた。

あの時の感じがときどき戻ることがある。それは今夜のように足のうらの痛みから来ることもあり、風に揺れて笹が匂うときとか、水の走る音などにと胸をつかれたりしたかと思うと、闇夜の吹き降りの中の、胞衣の中にでも包まれているぐあいになって、この世を透かして視ていることがある。

――志乃さまあ、志乃さまぁ。

志乃は腰を潰された蟻のように躰をひきずり、笹藪の中をかき分け、近くの墓石の間にもぐり込んでいた。

吹き降りの中を提灯の火が、絶え絶えの様子で近づいてくる。消えかかる灯を蓑《みの》で囲っているのは、重左爺《じゅうざ》に思われた。志乃が逃げ出せば、探しにくるのはこの爺の仕事と定まっていた。赤んぼの頃からお襁褓《むつ》を見てくれて、志乃のゆきそうな所はおおよそ見当がついたのである。

――選《よ》りに選《よ》って、こういう吹き降りの折りに、どこさね行かいたもんぞ、困ったお人じゃ。

と誰かがいい、重左の声が答えた。

――そういうなや、思いつめればわがゆく先のわからんお人じゃけん。

――ふだんの晩なら、こういう墓殿《はかどの》の側のなんの、通りきらんお人じゃろうて。

――ふだんなら通りきらん道じゃろと、性根が飛んどる時は別じゃ。こまか時分にも、神隠しに逢わいたことがある。

提灯が藪のそこらを探している。

――叔母さまのところじゃあるまいな。

――いんや、ゆかれまい。戻れとしか言われぬ。

――どこじゃろう。

――怪我どもしておられねばよかが、濡れ鼠《ねずみ》になって。

もう怪我をして、一歩も動けませぬと志乃は呟いた。目の中を雨が流れた。分厚い雨のレンズを通して瞬きながら、志乃は珍しい景色でも眺めるように、重左爺たちの動きを眺め、会話を聞いていた。倚りかかっている墓石が、苔と蔦に覆われているのが指にまさぐれる。どこの誰ともしれぬ死者が、嵐の中で墓石の下に埋まっている。かねては思わないのに、その時は取り縋《すが》りたいほどに、墓の主が懐かしく感ぜられた。

——千鳥ガ浦まで……行たて見ろうかい。

重左爺の声が雨風に途切れながら、ほとんど耳のかたわらでした。千鳥ガ浦は志乃の里の名だった。

——行っておいで。

志乃は横薙《な》ぎにくる風圧の中で呟いた。足が痛かった。提灯は遠ざかった。

志乃は十《とお》時分の頃、先祖の墓移しをするのについて行ったことがある。大人たちが掘り下げてゆく墓穴の底に、ひび割れた甕が現われた。

——此処《ここ》におらいました。

掘っていた男たちは吐息をついて鉢巻を外し、泥を拭った。

——だいぶ蔦の根の巻いとるばえ。

蜘蛛の巣とも髪とも見える蔦かずらの毛細根が、ひび割れた甕を覆いつくして抱いている。入り組んだ根の尖《さき》は、ひび割れの中側にも微細に入り込んでいた。老婆たちが低い声で念仏を唱え、穴の底の甕に向かって言った。

——まちっとなりと、よかところに、お移し申しやすで。

それを合図のように男たちが、甕を抱え上げようとした。しかし甕を抱いている木の根がそれを放さない。

——嫌がっておらいます。

誰かがそう言った。穴の底で男がよろめき、甕が割れた。茶色い骨に髪がへばりついているのが見えた。木の根の尖は無数のちぢれた線になり、骨と髪を大切そうに取り込んでいる。甕の外側の赤土がうっすらと黒く変じていた。

——何代前の仏さまじゃろ。

——だいぶ昔の人じゃろうて。ほうこれは、脛《すね》の長か人がおらいましたもんじゃ。

脛の骨はなかなか甕の底から離れなかった。

地上に出た蔦かずらは若芽を吹いていて、仄白い花をさゆらせている石梨の木に巻きついていた。

盆の墓詣でに来る頃、できそこないの達磨《だるま》のような形をした梨の実が稔っていて、墓石や新しい卒塔婆の間に落ちていた。落ちた実はたいてい傷み疵《きず》を持って、粒子の荒い肉質が、割れたり潰れたり、変色していた。

——死人さんの石梨じゃけん。地《じだ》に返せ。

拾いあげて眺めていると、年寄りたちが必ずそう言った。しかしかぶりついてみたことがある。歯がぎしぎしするほどに固くて、水気がうすく、あるかなきかの酸味と、甘みのようなのが感ぜられた。よほどに餓《ひも》じければ、牛や馬が食うといわれている。

花をつけた石梨の墓地には、さびしい華やぎが漂っていた。穴を曝《あば》かれた墓に陽が射し、古びた骨が、ひとつずつ甕の底からひき剝がされる度に、黒い灰のような死者の髪が、湿った底土にこぼれ落ちた。

——この梨の木にもなあ、ご先祖さま方の、宿っておらいます。

老婆たちは、梢にゆれる花を見上げて呟いた。

墓石の横にぺちゃりと座り込んでいる志乃の心に、そのときの梨の花の色が広がって揺れた。濡れほとびている墓石は、苔と蔦のために、表面が剝離しているのが指先に感ぜられる。風が来る度に頭上が重く揺れるのがわかる。——この下の死人さまは、楊梅《やまもも》の木に宿っておらいますと志乃はおもう。微かに匂いながら風雨にまじって降りかかるものがある。実でも葉でもないそれは、楊梅の花に思われた。梅雨近くになれば、小さな甘酸っぱい果実をこぼしてくるが、今はまだ菜種梅雨《なたねづゆ》なのである。

千鳥ガ浦へゆく道は墓地の横を通るしかなかった。重左たちは雨の止んだ夜明け方に戻って来て、志乃を見つけた。

——志乃さま、いつまでもこういう所に座っておらいませば、墓の主が迷惑じゃ。

重左がそういうと、志乃は何かにとらわれているような目付きになって、袖口からまだ雫の伝わっている掌を、大切なもののように開いてみせた。ちっちゃなややもりの子が、掌の中で平たくなって睡《ねむ》っていた。志乃の袂にでも潜んでいて、ここまで来たのだろうか。ほら、というように掌をさしあげ、志乃の目がやもりの子の上に遊んでいる。死んでいるのではない証拠に、志乃が息を吹きかけると、睡そうなまたたきをして、小さなそれが、顎の向きを変えた。掌の中は居心地がよいらしかった。

重左は奇妙な気がした。「血の道」が、さっきここの傍を通った時も、志乃はこうして何かと遊んでいたのだろうか。つまり産後が悪ければ、脳に打ち上がるというが、ひょっとしてこれはただごとではない。立ちつくす思いで目をやると、濡れた肩からさし出ている項《うなじ》に、ほどけた髪が乾き始めている。重左は志乃の幼い髪をかきあげてやった頃のことを思い出した。儂《わし》の手には負えんお人になってしもうた。この様子では今夜といわず、震えが出てくるにちがいない。

——志乃さま、早よ帰り申《も》そ。

——どこに？

——どこにちゅうて、志乃さまのお家にじゃ。

——帰らんでもなかばって、あの甕は、いつ造ってくれ申《も》さる？

——なんの甕でござりましょう。

——なんの甕ちゅうて、これとわたしが這入る甕。

志乃は青い顔で、掌の中にいる小さな爬虫類をさしあげてみせ、それから墓の下を指さした。

――早う造ってくれませぬと、梨の花の落ちてしまうが。

――儂ゃ、そういうものを造ると言うた覚えは、ござり申《も》さん。

重左に叱られたとでも思ったのか、志乃は常にもましておとなしくなり、とぼとぼと連れ帰られた。案の定、夜にならぬうちから震えが来た。

墓地に居た間のことは志乃にとって、前世の方へ、あともどりした時間だった。

この夜の心持ちは忘れがたいと見え、志乃のしぐさやひとり言が、はためにどう見えようとも、闇夜に迷ったものが一度通った野中の辻へ戻ってゆくように、志乃は度々そこへ戻ろうとするかのようだった。三之助がそういう時の志乃を眺めて、――今日はあっちの方に往っておらいます、と思うのは当らぬことでもなかった。

志乃のひとり言の中にしばしば出てくる重左爺のことを、三之助は知らない。

綾の替え着の紐をつけながら、お咲がたずねていたのを三之助は聞いていたことがある。志乃のおだやかな、しおらしい声音《こわね》を三之助は好いていた。

「おっかさま、なあ」

「あい」

「重左爺というお人は、どういう人じゃった」

「お前さまを育ててくださいたお人じゃ」

「いくつまで育ててもろうたわけじゃろ」

「四つぐらいまでじゃったろ」

「わたしはあんまり覚えておらんがなあ」

言いながらお咲は針を抜き、糸切り歯で赤い糸を切っている。

「覚えておればよかったて」

「ほんにわたしは、どういう赤児じゃったろう」

綾という子のいる大柄なお咲が、まるで寝もの語りに話をねだる子どものようで、三之助はこそばゆかった。三之助の母親と祖母とでは、こういう会話にならない。

「その爺さまは、わが家とどういう縁の人じゃろう」

「わたしもな、その人に育ててもろうた」

「そんなら母子二代なあ。また、どういう縁で」

それはもう幾度となく繰返された話のようだった。

「作《さく》の加勢に頼んで、来てくれた人じゃったげな、牛養《うしか》いに」

「牛養いになあ、それで、子の守りまでしてくれて」

「そうじゃ、女《おなご》も及ばぬほど、子ぉに好かれるお人じゃった」

「ほうお、珍しかお人も居《お》らしたなあ」

「珍しかお人じゃった。わたしを背中にくくりつけて牛も養わる。まゝも炊かるし水車も踏まる。お手玉も縫うてくだい申す。お手玉が、どこの子守りさんたちより、うんと上手じゃったげな」

「ええ、まあお手玉が」

「そうじゃ、ちょん髷《まげ》結うた爺さまじゃった」

「まあよか景色よ。ちょん髷結うて、子守りさんたちと遊びおらいましたちな」

「一風者《いっぷうもん》じゃったけん、ひとが髷落としてしまわいて後《のち》も、重左爺だけは結うておらいたばえ」

「よっぽど一風者じゃなあ、今はちょん髷は、活動写真で見るばかりじゃ」

「その大切の髷を、わたしが赤児でおんぶされておって、背中から、取って引っぱりよったげなばえ」

「ええまあ、そしたら」

「そすれば爺が髷を押さえて、赤児のわたしを振り向いて、嬢さま嬢さま、儂のたった一つの意地じゃけん、これぱっかりは、取って下《くだ》すなと頼みおらいたげな。

役座の衆に言われても、年寄頭たちが揃うて頼みに来た時も、そのうち切ろうと思うとると、いつも返事して、いっとき延ばしにひき延ばして、とうとうたった一人きりの、ちょん髷爺さまになっておらいた」

「よっぽどの一風者じゃなあ」

「とうとうしまいには、どうでも切らんばならぬなら、この白髪頭の首ながら、落として下されと言いよらいたそうじゃ。世の中が変わったとじゃけん、お前さまもたいがいもう、合わせた方がよかろうぞと人が言えば、儂の方から、世の中に合わせる義理は、なんもなかと言いおらいたげな」

「それで、死なるまで髷つけておらいましたと」

「死なるまでじゃった。わたしも稚児髷結うて貰いよったわえ」

志乃は稚《おさ》なびたような顔になって、くっくっと忍び笑いをした。針の手を止めてお咲は母親の顔を見る。志乃はすっぽり、重左の背中にいた頃に戻っているのかと三之助は思う。

「重左はなあ、家神さまじゃったばえ」

「家神さまなあ」

「重左にかなうものは、おらじゃったもん。何の心配りでも、仕事でも」

「そんならほんとに家神さまじゃ」

「そうじゃ。田畑のことは何でも、重左に聞かねば段取りが狂うと、父さま母さまが言いおらいました。一年中の薪物《たきもの》のことも舟廻しの段取りも、祭も供養ごとも全部、重左が心配りして、こういう家神さまはめったにおらんと、村の人まで、ほめおらいた。猫も鶏も牛までも、爺を親にして、後について歩きおった」

「えーえ、よっぽどよか人じゃなあ。それほどの人じゃったなら、死ないた後は、さぞ困らいたろ」

「親に死なれたより、わたしは頼る人が無うなった」

母親に早く死に別れた志乃には実際のところ、親と同じだった。

「いくつまでこの世におらいましたな」

「わたしが三十一の歳まで」

このように筋道立てて志乃が話すのを聞いたのは、三之助にとってあとにも先にも一度きりだった。

「梨の花の咲いておったがなあ」

「どこの梨の花？」

「重左爺の背中で見ておった気がする、あそこの墓で」

ふっと志乃の表情が変った。

志乃はあの、お糸さまの性《さが》を継いで生まれられたと重左は思っていた。であれば、幸せがうすかろう。

非業の死を遂げたお糸の墓は、ほとんど重左がひとりで守っていると言ってよかった。命日の頃は墓の上にいつも梨の花がそよいでいた。墓の中にいる人の死顔を、胸に灼《や》きつけている重左には、狂いはじめてからの志乃の寝顔にそれが重なって見えることがある。お糸という人は志乃には祖母の妹に当る。

お糸は意に染まぬ相手との祝言がすんで、三日目の晩に里帰りして、約束を交わしていた男の漕ぐ舟で沖に出て、舟心中を遂げた。あくる朝、薄明の中に漂っている舟を見つけた人びとが漕ぎ寄ってみると、血糊でいっぱいになった小舟の舷《ふなばた》側に半身を打ちかけ、片手をさしのばすようにして死んでいた。血の中に、使わなかった男の脇差が置いてあり、相手の姿はなかった。

このあたりの者たちはどうしようもなく泳げたから、そのまま投身しても死ぬことなど出来はしない。網にかかって来た男の手に、お糸の嫁入り刀が握りしめられていた。柄に食い込んで、半ばは海虫《うみむし》に食われて溶けふやけていながら、離れぬ指を外せる者はいなかった。

「人間の死ぬ一念は怖しいもんじゃ、あの指だけにはぞっとした」

指の離れぬ刀にさわって、その重さに躰じゅうがずんとした者たちは、怨霊落としの経を読んでもらった後々まで、自分の指を見つめながらそう言いあっていた。

ここらに火葬の習いはなかったのだが、柩に入れられるような死骸ではなく、刀ながら焼かねばならなかった。海虫にびっしりたかられ、赤むけになった死骸の咽喉傷が、お糸の胸のそれと同じように鮮かに抉《えぐ》られ、覚悟の深さを語っていた。抱きあって投身したかったろうに、深傷《ふかで》でそれがかなわなかったのだろうと、引き揚げた者たちは言うのだった。

「海に入りそこなわれた分だけ、お糸さまの死顔の、美しかったよのう。二人で海に入らいたならば、あのお顔が、海虫にびっしり食われるところじゃった」

半眼をひらいていた死顔を、重左は十六の春にまじまじと見ている。細い長い髪が、血糊に濡れて、半分は舷に、残りは海に向かって流れていた。祝言の相手とも、お糸の家とも、村の者たちは何らかのつながりを持っている。二人を焼く煙が渚に上っている間、村は息を詰めてひっそりしていた。男が自分の刀を置いて、二人とも女の嫁入り刀で死んでいるのは、あらぬ相手と縁組みさせられたお糸がのぞんだ一期の念《おも》いだったろう。

「嫁入り衣裳は死に衣裳ちゅうが、お糸さまはまあ、祝言の夜の衣裳で死んでおらいましたぞ。あの時から死なるおつもりじゃったろうに、知らじゃった」

女たちはそう囁きあって涙ぐんだ。

嵐が明けた朝、墓殿で一晩中雨に濡れ、乾きかけている志乃の項《うなじ》を見下したとき、重左はお糸の亡骸《なきがら》を抱き起こした時のことを思い出した。あのときの感触がいまでも両腕に甦ることがある。お糸の死に髪に似て、志乃の髪も筋が細く、少しの湿りが出てさえ地肌にまつわりたがるように見える。

赤児の頃から手塩にかけて結ってやっていたから、しっとりとやわらかい感触を、婿となった直衛よりは、たぶん重左の方がよりよく知っているにちがいない。お河童《かっぱ》の上を丸く取って茶筅《ちゃせん》にしてやって、手を引いて、お糸の墓の草とりに連れて行ったことがあった。

「お糸さまの墓にゆきやすけん、今日はよか髪にして行きましょうな」

重左が島原に渡る時のたのしみといえば、幼女用の髪の具を買ってくることだった。どこから見つけてくるのか、紅絹《もみ》の布でそれなりの形にした、人形遊びのような手絡《てがら》を土産に買って来てやったのを、四つぐらいになっていたか、志乃は大切にして持っていた。

「あれを出しませな、ほら、島原の紅ぎれを」

意味がわかって幼女はいそいそ、宝ものの小物簞笥を抱え出してくる。藤色地の縮緬《ちりめん》で貼った古い小さな花簞笥である。

「お糸さまの形見じゃ」

と、まわらぬ口で無邪気に言うのだったが、お糸さまなる人がどういう人だか、小さな志乃がまだ知る筈はなかった。

どういうわけのものだか重左は知らなかったけれども、色もあせた紫の組み紐に通して、輪切りにした珊瑚と、青銅の古い鈴が小さな抽出しに這入っていた。幼女はそれをとくべつ神秘なものに思っているらしく、とり出して遊ぶことをしなかった。

——お糸さまの形見じゃけん、ままごとに使うちゃならん。死ないた人の泣かるけんなあ。

お糸には姉に当る祖母にそう言われたのを、まじまじ眸をひらいて聞いていたが、よっぽど心にとどいたとみえ、それを抽出しから外へ出すことをしない。重左に見せる時も抽出しながら抱えて来て伸びあがり、畏れをひそめているような眼遣《まなづか》いでみつめながら、

——ままごとにすれば、お糸さまのなあ、泣かるちばえ。

と耳うちするのだった。紅絹の手絡の小布はそのわきにしまわれて、志乃という子がそれを、よほど大切なものにしているのが、重左には嬉しかった。

ぶこつな見かけの指をしているのに、猫の毛のようにしなやかな髪の頂きが、愛らしい椀の形にまとまるのを、糸でくくるのも手なれていた。幼女の髪だからそれで仕上ったも同じだが、紅《あか》ぎれで結んでみたいのは、髪の主よりも重左の方だったかもしれない。さわっているのかいないのかわからぬような紅絹布の、蝶の羽根のようなのを、土いじりばかりしている指が好んだ。

この男の育った家では、絹と名のつくやわらかい布はひときれもなかった。まして赤い色のものなど家の中に見たこともなかった。したがって野山の花々は彼にとって、つ

きせぬ恩寵であった。もひとついえば、志乃という子も彼にとっての恩寵と言えた。この女童《めわらべ》はお糸の分身にも思えたのである。

主家のお糸に心を捉えられていることがあまりに深かったので、ほとんど最初は自覚すらできなかった。人を敬うようにばかり生まれ育った重左は、お糸の言いつけることも、はなから主従の間柄のつとめだとばかり思っていたのである。自分よりは小さな躰の、六つ歳上のお糸からものを頼まれると、これまでになく心が甘美に疼《うず》き出すのに、重左という少年は眩惑を覚えた。

村の男女たちが舟小屋に集まって夜を過ごすのは知っていたが、この年若い雇い人は、与えられた仕事をこなすことばかり考えていたにもかかわらず、のみこみが非常におそかったので、村の男女の仲間に入ることなど自他ともに考えられなかった。したがって彼は、同じ年頃の村の若者たちにくらべれば、晩生《おくて》の、世間知らずとして扱われていたのだったろう。

お糸と死んだ男は、この家が総代頭をつとめる寺の僧侶だった。寺とのゆききの親密な家だったから、重左が供をして、お糸が寺への使いをつとめる。じつは寺の総領とめあわせる運びのひとつだったのだが、わけあって寺の客分になっていた侍出の僧と、お糸はひと目ぼれの間がらになっていたのである。

思い詰めているような丈の高い青年僧の、訛の違う声音を聞いた時から、重左は胸が騒いだ。なまじ僧体になっているのが、よけいに心の悩乱を生々とあらわしているような若者だった。

重左は一度だけこの僧から頼みごとをされたことがある。その時はひとりで、供養の納め物を寺に届けて帰ろうとしていた。長い石段の途中で呼びとめられて振り返ると、ゆっくりと降りて来て、伏し目勝《が》ちに僧は言った。

——お糸さまにこれを。

山吹きの枝であった。夕昏れの莟色をした石段のわきで、一重咲きの山吹きが、はっとするほどの色で目の前に浮いて出た。

——お糸さまにいうて下され。仏さまにと。

濃い睫毛《まつげ》をあげた僧の眸と視線が合った。重左は激しい衝撃を受けた。なにもかも了解したような気がその時した。暗い奥深い眸であった。お糸の居間で一と枝の山吹きが散りこぼれてしまうまで、少年は眩暈を感じていた。

夕方になると世話をしている牛から常になく、腕に抱えたままの草を催促された。取って食べるに任せていて、牛の首に縋《すが》り、立ったままながい間哭《な》いていた。

——お糸さまが死なれることが、あの時もう、俺にはわかっておったのかもしれん。

後年になって重左爺はそう思うことがあった。

その生前、そばへ寄られても、まともに顔を見たことはなかった気がする。

——はじめてまじまじとお糸さまを視たのは、死に顔じゃった。

重左は想う。それは文字通りこの世の人の顔ではなかった。白い形のよい顎に、胸乳の下から噴きあげた血の霧がかかっていた。うっすらとみひらいている黒ギヤマンのような眸は一点に静止したまま、揺れている波をうつしていた。死に化粧というのをほどこしていたのだろうか、頬に垂れた髪をその端に噛んだ唇には、浮き上ったように紅がさされて、屍臘《しろう》色の顔を一段と凄絶にし、僅かにひらいたその唇から歯が小さく光って、生ま身と人形の間のもののように、微笑《わら》ってみえた。

いまわの言葉を、その唇から聞いたのはその男だけかと重左はふいに思った。生きていた時よりも死に際に、妖しく美しくなったお糸がそこに居て、生者たちと隔たり、自分を際立てていたのである。

——ままごとにすれば、お糸さまの泣かれる。

志乃という幼女にそう言われると、重左は弔い続けている人の中に、この子がふっと重なって生まれ直すような気がするのだった。お糸の死に顔と幼女のぽっかりした顔の間が縮まって、忘れ難いあの死に顔が、幼女の顔から現われる。生きているお糸ではなく、死に顔のお糸が重左の中にいる。

躰の大きさだけがとりえだった重左は、心中の片割れ女の家に仕える人間として、村の者たちに命ぜられ、揺れている小舟の上からお糸を抱え、よろめきながら渚におろした。

祝言の夜の髷をほどき去ったお糸の長い髪が、血糊で半ばこわばって、重左少年の腕や膝に巻きついた。むくろを焼いたあとでも、両の腕《かいな》に、その感触が折にふれて甦り続けた。

――花嫁さまじゃった……この世のものではない花嫁さまじゃった。

意に染まなかった相手との祝言の場を重左は見ていない。抱えあげ、下ろした時のお糸よりほかに、生ま生ましく美しいものに彼は逢ったことがない。誰にも語らぬ世界を重左は持ちはじめていた。幼女の志乃にひときわ愛憐をかけていたのは、この子が、この世のものではない領域に出這入りしているように思えたからである。

村に二本の古い梨の木があった。西の方の木は高原本家の墓殿に立っていた。志乃が十《とお》時分のこととして覚えている墓掘りの景色は、手狭になった墓地をまとめ直した時のことであろう。東の方の一本は分家のもので、お糸は横死を遂げたので、祝言をした相手の寺に遠慮して、分家の脇に葬られた。高原の本家は門徒の総代頭を辞した。

本式の葬儀はせずに密葬であった。志乃が重左の背中で見たと覚えている梨の花は、お糸の墓の、しるしの木であったのだろう。

青みをおびた仄白い花がさやいでいる空に向かって、まだ幼かった志乃が手を合わせていた姿を重左はよく思い出した。稚い髪を結んだ目にしみるような紅絹の布が、微風にふるえるのを眺めながら、重左はこの子の後年の病いを予感した。

嵐の夜があけて以来、重左には、志乃の病気があの墓殿の梨の花の時期と重なって出てくるように思われた。その時期になると志乃の方でもまた、重左が田んぼの水車を、ひと足ざぶり、ひと足ざぶりと踏みながら、呟くようにいう文言を幻聴に聞く。水車を据えつける溝川に、志乃はよく蜆《しじみ》を採りに行ったのである。

舟漕ぎや九年
米搗きや常々《じようじよう》

水車が音をさせる度に、膝の下までくらいしかない川の面が、水を吸いとられて揺れひろがった。志乃は水車の軋り音とともに、田に落ちる水音をききながら、ほらまた爺のひとり言がはじまったと思う。水は澄んで底の方に砂粒を転がしながら、筋をつくって流れている。志乃の男親はもういなくて、重左が仕事をするときのひとり言を、男親の子守り唄のように志乃は聞いていた。

花の散りぎわ

夢のうち

水車の上の腰から上が見えるあたりに櫓《やぐら》を組んで、重左は水を汲み入れる踏み台を取りつけていた。踏み台はそのまま水車の羽《は》擢《がい》につながっている。それを踏みながら、水を汲み入れている重左の位置から、洗い髪を束ねただけの志乃の項《うなじ》と、衿の奥が見えている。使いなれたしごきを襷《たすき》にして両方の袖をたくしあげ、片手に竹の籠をもち、片手を水底にくぐらせて砂の中の蜆を探している。——お糸さまの首すじそっくりじゃ、と重左はおもう。

「お糸さま、水は冷とうはございませんかえ」

志乃がふっとその項をねじって斜めに顔をあげる。束ねた髪の先が自分の重さをこぼすように、川の上にさらりとこぼれ落ちる。

「お糸さまに見ゆるかえ」

あげた顔を川面に戻しながら志乃が言った。ときどき重左はお糸さま、と呼び間違える。

「はい、ここから見れば、お糸さまにそっくりじゃ」

「ふーん、どこが似とるかえ」

「お姿が似ておられやす」

「姿がなあ」

水車が軋り、一間あるなしの川幅に、布のふるえるようなさざ波がゆき来した。波の間合いの澄んでゆく底に、蜆が見つかったらしく、志乃の手が、撫でるような水音を立てて、黒い小さな粒を拾いあげると、片手の籠に入れた。

重左は少年の日、今の志乃とそっくりなお糸の姿を、川の光の揺れる中で見たことがある。

「昔なあ、お糸さまがそうやって、溝貝《みぞがい》をとっておらいましたわい」

「ほう、溝貝をなあ」

蜆のことをここらでは溝貝という。

「はい、溝貝採りがお好きで」

「そんならわたしに似ておらいましたかもしれん」

「気立ても似ておらいました」

「おいくつぐらいじゃった?」

「さあ、十九くらいであらしたろ」

「そんなら今のわたしより、だいぶ若かったろばえ」

「あんまり違わんように見えますわい」

やっとまともに志乃は顔をあげると、濡れた片手で髪をかきあげた。もう一方の手を後ろにまわして、腰をたたいている。いつもより裾を短くからげあげ、その裾先に、ほんの僅かばかり線を引いたように、水色の腰布が出て、川風に揺れていた。

「あいたた、腰が痛か」

「痛うござしょうとも、さっきから曲がってばかりじゃ」

「なあ、重左の唄を聴いて覚えたわえ」

「わしゃ、このごろ、とんと、唄いやっせん」

「たった今、唄いよったじゃ」

「ほう」

「花の散りぎわ　夢のうちちゅうて」

「ほう」

「自分では、唄いよらんつもりかえ」

「夢のうちとなあ」

「夢じゃろなあ、ほんとに」

「ええ、そげんこつ言いましたかえ」

「もう覚えた、わたしも」

「……何が夢のうちやら……世の中が霞んでしまい申《も》して」

「ふーん、それでも、重左の水車は、よう廻るなあ」

「はい、まだまだ、よう廻ります」

「舟漕ぎと、どっちがきつかもんじゃろか」

「舟は風次第、水車は腰次第」

「何でも精《くわ》しかなあ重左は、物知りじゃ」

「誰でもこんくらいの事なれば、知っとりやす」

重左は、胸底にたたんであった遠い歳月を呼び出されたような気がしていた。はためには、仲のよい親娘ののどかなやりとりのようにも聞こえる。

「あんまりなごうに、水に漬かっておいでると、また躰にさわりやす。たいがいもう、上りませ」

「もう元気じゃ。今度は、わたしが替わって水車を踏もうかえ」

「冗談じゃなか、そういう足で、踏まるるもんじゃござっせん」

気紛れで、と言いたいのを重左は省いて相手にしない。

「祭衣裳を着とるわけじゃなし、水車を踏むくらい、わたしにも出来る」

「はい、有難かが、それをさせては、爺が、飯の食いあげでござすけん」

こういうたぐいのことで本気になれば、この年寄が不機嫌になるのに志乃は思い当る。

「わが躰のご養生がまず先じゃ。お前さまには、溝貝採りぐらいがお似合いじゃ」

「どこがまだ、病んどるようにあるかえ」

見上げられて重左は、自分の顔が水の光にあふられたような気がした。

「墓殿で、濡れ鼠にならしてからなあ。あん時の雨がまだ、祟っておられますわい」

墓の主たちにひっつかれて、と重左は思っていた。

「いんや、ようなった。水に入ってもう、なんの寒気もせん」

志乃は再び屈んで蜆を採りはじめる。

「ほんに水遊びがお好きじゃけん、小《こ》ぉまか時分から」

重左には、志乃の溝貝採りなど、水遊びのたぐいに見えるらしい。

「あしたの朝の、汁の実にはなろうぞ、ほら」

水に濡れた籠を志乃が差し出してみせる。なるほどもう容れ物の半分程、黒い貝が濡れている。

一番草を取ったあとの田の面は、葉先を揃えつつあり、水車が一段ずつ回る度に、水の勢いで、水口《みなくち》あたりの苗がそよいだ。激しく漕いではそこらの苗を倒すので、重左は全身の力を軸にして、軽く柔らかく水車を踏んでいた。

まだ穂の開花には間のある葉先のひろがりを見やりながら、重左は突然あのときの、稲の花の香りに包まれたような感じになった。粉を吹くように着く稲の花のさまと、その香りの記憶が、六十を越してから、真新しい景色となってまぶたに浮かび出たのが新鮮に思われた。

――今日はどこまで、往たて来たかえ。

その時のお糸の言葉と表情をくっきりと覚えている。一度も思い出したことのなかった十四、五時分の日のことが、川の中にいる志乃の姿に重なってありありとまならうらに来たのはなぜだろう。

水車にとりつけた櫓の柄を握っている掌に、牛の手綱の感覚が甦った。少年の日のような甘美な想いに満たされて、重左は目をしばたたいた。

――最初の牛じゃった、あれとは相性がよかったわい。

それは、はつ《いつ》という名の牝牛だった。気性がやさしく、はじめて牛を任された少年にも柔順だった。あれと仲良うなったおかげで、のちの牛とも情が通うたと、この年寄りは思う。

その日重左は、海に突き出た岬の方に、はつを連れて草刈りに往った。

――もう川も暖《ぬく》うなったろう。戻りにゃ川で、はつを洗うて来てくれい。

主家の年取った女あるじは、少年の下男に、もの優しく言う人だった。

木につないでそこらの草を食べさせ、帰りの背に積ませるだけを刈り取って、草の間の岩に座りながら、眼下にある村の方を眺めていた。稲田の緑がふくらむように柔らかくひろがって、茅葺《かやぶき》屋根が点在していた。どこで牛を洗ってやろうかと、のびあがるような気持でいると、蛇行する川の光がみえた。

——あそこあたりが、景色のよさそうにある。

そう思ったのは、川が大きく迂回してせり出し、浅瀬になったところであった。

——おしょろ河原まで行こうぞ、なあ、あそこまで往たて水浴《あ》みじゃ。

草の束を負わせながら、少年は牛に言った。誰かがそこで中屈みになって、蜆を採っているのがみえた。蜆を採るのは婆さまか子どもにきまっている。お糸であろうとは近づくまでわからなかった。若い女であり、思いがけなくお糸らしいと気がついてから、重左は河原の真菰《まこも》の中に入りかけたまま突っ立ってしまった。こういう場合、何と挨拶したらよいものか、わからなかったのである。

牛のはつはその河原を好んでいた。重左を引っ張って先に歩き、伸びをするような啼《な》き声をあげた。お糸が腰を伸ばして振り返った。重左がとっさに思ったのは、女《おなご》というものは誰でも蜆採りのようなことが好きらしい、というようなことだった。もっとも、おしょろ河原は、重左やはつや、他の牛や、村の子どもらが時々遊んでいるところだったので、お糸もその河原を好いていたのかもしれない。

たくりあげた腕から雫をぽたぽたさせて、額にかざしたまま、重左の方を向いてお糸が微笑《わら》いかけた。そしてその掌を目の上へ下すと眩しそうに瞬《またた》いた。午後の陽が重左の方角にあった。

——どこまで往たかえ、今日は。

そう言いながら、お糸が片手をかざした格好のまま、重左の方へやってくる。たぶんはきはきと返事が出てこず、突っ立っていたらしいと重左は思い返す。

——口の重かとがなあ、玉に瑕《きず》じゃが、仕事は遅かぶんだけ、間違いのうやる子ぉじゃ。

と言われていたが、この齢になってもあんまり変らぬわいと重左は思う。近づいてきたお糸の背丈は、自分と同じ位であった。舟の上で死んでいたのを抱えあげた時、お糸を小さく感じたから、一、二年くらいの間に儂は、ばか大きくなっていたのだろう。近寄ってくるお糸にその時なんと返事をしたのか重左には思い出せない。牛を連れて、入れ違いに浅瀬に這入る時、お糸の素足が、砂利の上に脱いで揃えた藁の草履をつっかけようとして縺《もつ》れ、赤い布を緒に巻いた片方を、引っくり返したまんま、また跣《はだし》になったのを覚えている。

その素足が、いつもほとんど跣勝ちの村の女たちの、頑丈なのを見なれている目には眩しく感ぜられた。母親の、分厚くごわごわとひび割れた踵が同時に思い出された。すい脱けしたあとの、蝶の腹のような足じゃと重左は思った。人は前の世で、次の一生を授かってくるというが、泥垢にまみれずともよかったお糸が、その後、あのような最期を遂げねばならぬとは、思いも及ばなかった。

牛を洗ってやりながら、浅瀬の反対側が曲り込んで淵になった方を見ると、野茨が咲き連らなって淵の上に映っていた。その花影が重左にはたいそう気になった。お糸が花好きであることを重左は知っている。淵の深さは泳げるからよいとして、その上に覆い被さって湾曲した崖は、どう眺めてもよじ登れる手がかりがない。

この川の筋で、唯一広々としたこの場所を村の者たちが好きなのは、野茨《のいばら》が咲き綴れている場所に、秋になると見事な形の野葡萄《のぶどう》の房が光りながら、綴れ下がるからかもしれなかった。誰一人それを採れる者はいなかった。時季になると河原のこちらから、山とその淵との秘果ともいうべき房が、百を越えているのを見上げ、誰も彼も溜息まじりに眺めて帰るのである。

重左は牛を洗ってやりながら、手のとどきようもない野葡萄を、思い出した。

――お糸さまに採ってさしあげられたならよかろうに。

しかしそれはどう考えても出来ないことだった。お糸が河原に座って、牛を洗っている自分を見ているらしいことを重左は意識していた。何時《いつ》もよりさらに丁寧にはつを洗ってやった。お糸は水から揚った牛の首を撫でて言った。

――はつ、綺麗にしてもろて、よかったなあ。

緊張していたのがふっと解放されて、重左はあの、しあわせとも言ってよいような気分になったのを六十越えた今頃思い返す。川に沿った野面の道を、草を負わせ直した牛を曳いて歩いた。お糸は蜆の籠を下げて柔らかい藁草履の気配をさせ、後からついて来た。お糸さまを乗せられるような牛に仕立てたいと、その時思っていた。稲の花の香りが一面の光となって少年の重圧を包んでいた。生きていたお糸と一緒に歩いたのはその時だけだった。

水車を踏んでいる目の先に志乃がいる。川はあの時の川ではなかった。

重左にはお糸の晩年というのが思い浮かばない。

——死んだ人は年を取られませぬ。

「ほんに、死んだ人は、年を取られませぬなあ」

志乃がそう言ったのがだしぬけのように聞え、またひとり言をいうたわいと重左は気づかされた。志乃さまには聞かせてならんひとり言じゃった。水車の濡れた漕ぎ板を踏みしめながら、お糸を抱えあげた時の舟板の感じが足のうらによみがえる。

——たぶん秋人さまのことを思い出されたにちがいない。儂も耄碌《もうろく》して来たと重左はおもう。

川の中にほどけ散って毛先の濡れた髪を後ろにかきあげ、志乃は短い袂をひき下しながら額の汗を拭いている。重左のひとり言から志乃は死んだ人の年齢を思い出した。

——わたしは、あらぬ人の子を産んだりなんかして、年を取って。

秋人の年齢を志乃はもうとっくに越えていた。あの人と一緒であったなら、今頃どういう暮らしをしていたろう。ここの川で蜆なんぞ採っていただろうか。蜆ぐらい採るかもしれないが、ここの土地には移って来なかったろう。

水に映っている自分の姿を、志乃はふと、話にだけ聞いているお糸という人の姿にみたてたり、老婆のようじゃと思ったりした。

「お糸さまちゅう人は、早う死なれてよかったなあ」

ふいに志乃に言われて、重左は胸の中を覗かれたようにうろたえた。

「わたしはもう揚る」

水鳥が飛ぶような音を立てて岸に揚ると、濡れた足をそのまんまに草履を突っかけ、志乃は草道をゆきかける。

「お家へ戻られやすか」

「——家じゃとなあ、どこへ戻ろ」

他人へはこういう言い方はしない。もっとつとめて、家の嫁らしく振舞っているのだ。

「溝貝は、水に漬けて置かれましょうぞ」

水車を降りながら重左は言った。どこへ戻ると言ってもいま志乃の戻るところは、いや重左にも、直衛の家しかないのである。

あいまいな、困惑した表情で振り返ると、志乃は無意味なものでもぶら下げる手つきで、蜆の入った籠を重左の方へさし出した。

「うんと、取れましたなあ」

泣きべそをかくような微笑を志乃は浮かべた。さっきまでの和やかな表情が失せかけて、明かるすぎる陽の、稲田の緑につつまれた全身が青く見える。

「儂もご一緒に戻りましょうわい、腰が痛うなりやした」

「ああ、ほんに、腰が痛かろう、早う下りませな」

病いの深い時期でも志乃ははっと覚醒したように、重左を労《いたわ》った。

袖も裾も短い筒っぽの仕事着の前を合わせ直し、薄くなったちょん髷頭を川に漬け込むようにして顔を洗う重左を見ると、志乃はこの爺が死んだら誰を頼ろうと思う。大男と言われていた若い頃の名残りはあるけれども、肩の肉がめっきり落ちたように見える。

志乃の実家も、大きな墓のいくつかがこの主従に親しいものとして残っているばかり、重左が仕上げたと言ってよい田畑にしろ、舟の仕事にしろ、総領の代になってから人手に渡っていた。親が居なくては、いやいや居たにしても、志乃の戻る実家はないと言ってよかった。

――しまったことをいうたわい。死んだ人のことを思い出させてしもうた……。重左はいつも首にかけている手拭いで、顔も胸も、ちょん髷の後ろも拭きあげながらしおれていた。鋭い切先のように縒り合っている稲の濃密すぎる緑が、どっとうとましく感ぜられた。

生きておるうちはつかず離れず傍にいて、庇うてもやれるが、自分のひとり言さえ気づかずに、聞きとられてしまう始末では先が短いのではあるまいか。このお人の先々どころか、自分の身の始末さえこれでは覚つかない。重左は顔拭きの続きで、急に湧き出た涙にうろたえて、熱心に手拭いを使った。

直衛の母親、志乃には姑に当る人は、悪意のかけらもまるでない人で、志乃が最初の子を産み落としてから持病の心臓で死んだのだが、変ったところのある嫁を気に入ってくれて、長崎や島原に船を廻しにゆくと、戻りの遅くなる息子のことを、稚い嫁に対して済まながっていた。

——重左のような家神さまを連れて来てくれて、うちの嫁女はまだ、人形遊びどもしよらるばえ。

そう言ってこの姑は口に手を当てて笑い綻《ほころ》んだ。意地悪ではなく、いとしがっていたのである。

人形遊びというのは、志乃が嫁入り道具の中に持って来た、お糸の遺品の櫛入れ箪笥と、秋人が長崎帰りに持って来てくれた、黒繻《じゅ》子《す》の靴を履いた支那人形を、ひどく大切にしていたからである。志乃はそれを、重左の長崎土産だと言い繕っていた。

嫁入った家にしんから馴染みきれないでいる様子を、稚いせいだと、姑が不憫に思ってくれるのが、若主人の留守を取りしきる形となった重左には、どんなに有難いかしれなかった。

重左はまだ汗がおさまらぬという風に、頰のあたりから手拭を離さず、志乃とは目を合わせずに揚がって来た。

「さっき干して来た綿の花の、よう乾きやしたろな」

「……ああ、綿の花なあ」

重左は志乃の気質が、糸繰りや機織りに向いているのをよく知っている。何か手仕事をしておられたがよいのだと重左はおもう。ここ数年、作柄のよかった綿花の管理は、重左が一々教えなくとも、のみこみの早い志乃の仕事となっていて、主婦の格好もそれで何とかついている。

「あれの選《え》り出しを、これからやりましょうかい」

「今から？」

気の進まぬ声で鸚鵡《おうむ》返しに志乃は答える。

「はい、お茶ども、頂いてから」

「そういえば、咽喉が乾いたなあ」

「今日は志乃さまに、淹《い》れて頂き申《も》そうかい」

「お茶ぐらい、いつでも淹れてあげるわな」

気分があらぬ所へ外れぬよう、志乃さまの方でもつとめておられるのだと重左は思いたい。

「お茶は、誰が淹れてもおいしいとはいえませんで」

「はいはい、淹れてあげる」

「今日は天気のようござしたけん、綿の花もほごほご、よう乾きましたろう」

綿の花は陽に当てようが少ないと、芯のところの核実《かくざね》に虫が入る。それを食いこぼされては、次の年の種にもならぬが、綿花《わたばな》が汚れるのである。よっぽど用心していても、虫の食いこぼした細かい殻のかけらや、収穫時の枯葉がゴミになって、白い綿花にくっついているから、取り除いておかねば、綿繰り機にかけられない。

「おなご衆ももう、唐藷《からいも》の苗床から戻らしたろう、手は揃います」

浮かぬ顔へさり気なく言いかけながら、重左は気を遣っていた。稲の二番草が済めば梅雨がくる。田畑も山仕事も出来ぬ時期に、おなご衆に寄って貰って綿を繰るのは、仕事というより、四方山話も内輪の相談ごとも、みんなここで出来るからである。団子を出したりして、おなご衆たちの楽しみにもなっていた。そのようにして、志乃もおいおい嫁入り先の役目というものに、慣れてゆくのだと重左は自分に言い聞かせた。

そうやってここの土地のおなご衆に打ちまざっておれば、一日二日のおくれが、一年中の賄いにひびく種の蒔き時や、味噌醬油の仕込み、漬物類の知識もおのずとそなわり、他の家々や舟子、職人たちとのつきあい方も会得されてくる。

先ざき志乃が一切を采配せねばならぬことだから、慣れてもらわねばと考えて、重左はこれまでなかったことに、自分の一生がえらく長かった気がした。稲の花が香りはじめるのは盆前のことじゃ、あと何年こうやって、ここらの草道を歩くことじゃろう。

少年の日の小川に伴う情景が、重左には、彼岸の景色のように想い出されていた。


高原家の血筋の女たちは、人遠い気質があると重左は思っている。人間には、人中《ひとなか》に出てゆくのを好む種類の者と、人になるべく遠くいて、一人で居るのが結構淋しゅうない、という者とがいる。お糸の小《こ》まい時分のことは、四十九日の仮墓の拵《こしら》えをした時に、お糸を愛《いと》しんでいた叔母のひとりが、玉石の間に水を注いでやりながら呟いたのを、重左は聞いている。

「糸や糸や、小まか時分から人遠か子じゃったが、早う先に、逝《い》くつもりじゃったかえ」

草を取りながら顔をあげて、言葉もなく瞬いている重左に目をやると、その叔母御《おばご》は半分ひとり言めいてまた言った。

「一人でなあ、遊ばせておけば、つんぐりつんぐり、いつまでもひとりままごとをして遊びよった子ぉじゃったばえ……。小ぉまか時分、ここの墓に連れて来たことがあったがなあ、いくつぐらいじゃったろ。叔母さま、あの世にゆく舟は、だれが漕いでくだいますと？　ちゅうたことがある……。けしの花片手にして……」

あの男が漕いで連れて往ってしもうたかと、双方思ったが、二人とも口には出さなかった。

四十九日になると、卒塔婆のまわりに立てかけた葬儀の飾り物一切をまとめて、かたわらの藪に取り捨てる。当主が総代頭を辞したほど、菩提寺《ぼだいじ》に遠慮しての密葬だったとは言え、高原の家に出入りしている者にとっては、常ならぬ死を遂げた仏に想いが深くなって、男衆たちがひとつひとつ造りあげる白い紙の鳳凰や、花々の飾り物は念を入れる結果になった。あとにも先にもない美しい葬式の行列だったと誰もが言った。

舟から下される凄惨なお糸の亡骸をみていた者たちは、出棺を見送って言った。

「よかお柩《ひつぎ》じゃ。美しかお輿《こし》じゃ。西方寺さまには悪かばって、あの世になあ、お嫁入りの仕直しじゃ、なあ」

女たちがそう囁き合ったのは、西方寺の跡とり息子を村人たちが好いておらぬのを示していた。

飾り鳳凰の止まった柩の屋根や切り花のいろいろは、お糸の墓にかぎらず、卒塔婆を囲んで四十九日が済むまでそのまま置いておかれる。手向けの品々に囲まれて、死者もしばらく墓殿のあたりで、心慰むだろうと思われているのだった。雨風に打たれて白い紙の鳳凰も蓮華も、ばらばらに飛散するが、四十九日には薄い骨片でも拾うように、墓地のそこここから拾い集められる。真砂《まさご》石をととのえて、仮屋根もとり払われる。いつの日か石塔に替えられる日がくるかどうか。卒塔婆はそれ一本だけの姿になる。いよいよ旅立つ死者の後ろ影を見送るようにおもわれて、この日の墓参は出棺の日よりは寂しさも深く、遠い心持ちにさせられるのであった。

重左の知らない頃の、小さなお糸がみていた、あの世にゆく舟というのを、叔母御の言葉で思い浮かべたとき、その舟にはお糸の顔でなく、幼い志乃がよるべない顔をして、ひとりで乗っているのが重左にはみえる。

十六になっていた志乃と秋人を乗せて、重左が舟を漕いだことがあった。

長崎、島原にゆく船は千鳥ガ浦の沖を通らない。突端の小袖崎を越え、先隣りの玉ノ浦まで行って舟待ちすると、その沖に天草上島・下島沿岸を廻って本渡《ほんど》へゆく帆前船が来る。本渡から富岡なり鬼池なりへ出て、島原口之津へ着くか、潮を見て船を選び長崎の茂木へゆくという航路があった。玉ノ浦の沖に出るにはここからつなぎの小舟で往って一泊せねばならない。

あのとき高原家の持ち船は肥前の方に瓦や木材を積みに出払って、一梃櫓《ちょうろ》の伝馬舟しかなかったと思い返す。

本家の祖父が死んだのに戻って来て、また長崎に帰る秋人を重左が送ってゆくことになった。学校を出て戻って来れば、祝言《しゅうげん》をあげるものと両家の者たちは思っていた。黄昏《たそがれ》前の舟出で、見送り人は秋人の妹のお里と志乃と、秋人の家の兵作《ひょうさく》爺が荷を担いでついて来た。

股引をたくしあげて重左が舟を押し出した時、重箱の包みを抱え、裾を端折った志乃が、いつになくはっきり透る声で言った。

「あのなあ、重左」

舟はまだ砂地を離れきらず、軽い波が舷《ふなばた》を洗っている。棹《さお》を取り上げながら重左は振り返った。

屈託ない笑顔だった。鶯《うぐいす》色の重箱包みを抱え上げて見せ、志乃は言った。

「お弁当じゃあ。小袖崎の沖で広げたなら、梨の花がさぞ美しかろう」

小袖崎を廻る手前の墓殿の、梨の満開が見頃じゃと舟に乗る者たちがいう。弁当もだが、花のことも秋人への餞《はなむ》けなのだろうと、重左は娘心を甘酸っぱく聞いた。

棹を片手に立てたまま重箱を受け取ろうと差出した腕に、笑みこぼれながら、ざぶざぶ裾をからげてやって来た志乃の手が、ぴたっと縋《すが》りついた。目の前で、するするっと裾の蹴出しのうすい鶸《ひわいろじ》色地が、麻の葉の赤い絞り模様を見せて翻り、志乃は身軽に舷の内へすべりこんだ。重左の腕に重箱がぶら下っている。素足を踏みしめて胴の間に立ち、志乃は八重歯を光らせながら、波の中に突っ立っている重左の方へ屈みこんで手を差しのべた。

「ほら、あがりませな」

（どこまで乗って往かるおつもりか？）

そう問うている重左の目に志乃は重ねて言った。

「心配いらん。墓殿の下に舟つけて貰うて、戻るけん。舟の上からお花を見るだけじゃ。お重のご馳走は二人であがりませ。なあ、兄《あん》しゃま」

半分は秋人に聞かせたいらしい。波打ち際にいる二人がそれを聞いて笑い声をあげた。志乃の表情と仕草は、幼女の頃を思わせた。こういう表情に重左は弱い。

秋人の妹のお里が嬉しげに足踏みした。

「お志乃さま、そのまんま、長崎までついて行かれませ」

「はい、行こうかなあ、なあ兄しゃま」

志乃は微笑して立っている袴《はかま》姿の秋人を見上げ、屈託ない声を出した。

「長崎まで連れてゆかれませ。お重はそれまで我慢するけん」

兄しゃまと呼びなれて、また従兄妹の間柄である。

「いえいえ、沖で梨の花見たら、わしがちゃんと墓殿の下に舟つけて、お戻しいたしやす。岸の花より大事なお人でやすけん」

重左の言葉がいつに変らぬ謹直さから、なんとなく解き放たれているのが、親しい者たちの別れを幸せにした。兵作爺も挨拶に加わった。

「沖でお花見なら、お里さま、戻りにゃ墓殿に寄って、わしらも梨の花ども眺めて戻りましょ。わしがあそこの藪に、だれやみ仕込うでおるけん」

「ひゃあ、兵作の隠し酒はあそこにあると！」

お里は無邪気な愕《おどろ》きを隠しきれない表情で、従者をかえりみた。志乃よりふたつ年下である。

澄ました顔で兵作爺は言った。

「そうでやすとも、もう飲み頃じゃ」

重左よりはうんと鬚が白く、小づくりでひょうきんな爺であった。

「そんなら祖父《じじ》さまも、墓の下からお喜びじゃ、花も咲いて」

酒甕を摘発に役人たちが来るとこの祖父は、足の早い兵作爺に、縄で編んだこいどり籠を荷わせて、あちこちに走らせた。躰いっぽんで走れば疑われるのである。村中の濁酒はたちまちうまく隠された。どのようにうまく隠し込んだか、みんなが寄って話すのを聴くのが、秋人の祖父の娯しみであった。

見送る方も、見送られる方にも笑い声が出て、棹が入れられ、櫓が取られた。

「兄しゃま、躰をお大切に」

「ああ、お前もな、おっ母さまを大切にせろぞ」

秋人は答えて、老爺にむかい腰を折った。

「おっ母さまが、ひどう看護疲れしておられるけん、くれぐれよろしゅう頼んだな」

「これは秋人さま、ご丁寧に。ご心配のう往たてお出《いで》ませ」

小舟の舳先《へさき》を押し出してやって手を放し、波に乗り始めたのをしばらく見ていて老爺が、膝の上あたりまで潮に漬かりながら、追っかけて重左に言った。

「今夜は東《こち》の風じゃけん、戻りは早かろうぞ」

「はあ、そんつもりでおりやす」

「行きは凪《なぎ》じゃけん、よかお花見の出来るなあ」

「はあい」

「ごゆるりと行きなっせ。陸から追っつけゆくけん」

「こう凪いでは、帆もあがらんで、ゆるりとゆくより、仕様のござっせん」

「沖に出れば、ちっとは吹いておろうで」

「左様さな、ちっとは風のあろうで」

手漕ぎの舟で、三十間、五十間と離れても、声の伸びるやりとりが続いた。

その沖に、靄がふくらんで広がるように光が立ちこめていた。岸辺はそのせいか翳《かげ》って見える。離れてゆくにつれ、段々畠の菜の花が丘をくっきり縁どりながら耀《かが》よっていた。長く伸びた岬の端の墓殿の上に、ぼんやりと白く灯《とも》り出ている梨の花が望まれた。

あの花の美しさはやはり人が言うように、陸《おか》を離れて海から眺めるのがいちばん美しい。千年経った木か、八百年経った木か知らないが、こういう花の時季のしあわせにあと何遍会うことかと、櫓を使いながら重左は思っていた。どの辺りに舟を着けようか。日昏《ひぐ》れ近くの舟出だが、潮の流れ出す時刻に充分乗ることが出来る。暮れてしまっても、山の形が見分けられる間に、玉ノ浦につくことが出来る。秋人さまはそこに泊られる。明けの朝、玉ノ浦の沖を本船が通る。重左の役目は玉ノ浦まで秋人を無事に送ればよいのである。

満潮になりかけて、舟を着けるには足場がよかった。梨の木のある段丘の下は、畳岩が重なって、志乃には幼い頃からの遊び場であった。なにも危ないことはない。

「やっぱり、舟の方が早かなあ」

志乃は座って舷につかまり、陸の方を指さした。お里と兵作爺が、渚道を歩いているのが遠くに見える。華奢なようでも海辺の育ちだから、狭い船中での座り場所をよく心得て、舟の傾きぐあいにそって肩が揺れている。重左はふと、嫉ましい気分が湧いたのを覚えている。掌中の珠、そういう感じであった。しかし、似合いのお雛さまのような夫婦じゃとおもう。重左は訊ねた。

「秋人さまは、こん次はいつ、お戻りでござすと？」

梨の花明りの方に眼を向けていた青年は、われに返ったように大きく瞬いた。

「さあ、今度は、再来年の五月頃じゃろうなあ」

「すんなれば、もう、梨の花は咲いておらんなあ」

志乃がそう言った。秋人は微かに笑い声を立てた。

「学校が終っても、いろいろ買わんばならん品物のある。相談してからじゃが」

「長崎で？」

「うん、相談してな先生方に、外国から」

「どういう品物？」

「志乃の知らん品物じゃ。顕微鏡じゃの」

「けんびきょう？」

「そうじゃ、医学書じゃの」

「何に使う書物、学問の？」

「そうじゃ、学問。病人のためのなあ」

「そんなら大事な品物じゃなあ」

「機織りの機械もな、取り寄せてみろかと思うとる」

「機織り！」

「そうじゃ、日本のより、はかがゆくのが出来とるそうじゃけん」

「外国ちゅうところには、いろいろあるとじゃなあ」

「世界ちゅうは志乃、広かとぞ」

「わたしは世界のことは、詳しゅうなくともよか」

重左は志乃のそんな言い方を愛らしく思った。

「そうじゃな、志乃には人形ぐらいがよかろ。今度は、うん、燭台《しょくだい》、蠟燭《ろうそく》立ての燭台をば土産に持って来ようぞ」

「ああ、兄しゃま、こたびは支那人形を有難うぞんじました。大切にしとります。なあ重左」

「はい、よか人形さんでござりもす」

「蠟燭立てなあ、お寺さまのようなのば？」

「いやいや、もっとハイカラじゃ。志乃の鏡台の横やら、機《はた》の傍《にき》に置けば、そりゃ明るうして、美しかもんぞ」

「嬉しかばってなあ、ご病気せぬようにして戻りませ、なあ、重左」

「そうでやすとも、ご病気せぬのが一番のお土産じゃ」

「うん、重左どんには、オランダ煙草の煙草入れを買うて戻ろうな」

子どもの頃から大人びていた青年が、珍しく頬をほころばせて重左に語りかけた。美しい青年だと重左はあらためて思った。夕べの磯が、そこだけことにも花明りして、近づいてくる満開の梨の大樹が何かを招ぶように微かにそよいでいる。

「来た来た、こりゃ見事じゃ」

「ああ、わたしははじめてじゃ、舟の上からは。美しさよう」

志乃が仰向いたまま立上り、舟が揺れた。

「急がれんでもよか、まだ潮の間がございます」

「そうじゃ、お里も兵作もおっつけくるけん、そん時まで大丈夫じゃ……。それにしてもよか花じゃなあ。この眺めは」

志乃を手で制して座らせ、錘《おも》り石を下している重左を見やりながら、秋人は重箱のことを言った。

「ほどくかえ、今。折角じゃけん、なあ重左どん」

「ははあ、秋人さまのお気の儘《まま》に」

「そんならいただくとして。おばさまに礼いうておくれぞ」

志乃は急にしんとなった目つきで、花の枝を見上げていたがうなずいて、鶯色の包みをほどいた。小さな瓢《ふくべ》が、蒔絵の二段重の横にしっかりくくりつけられてあった。

「ああこれは、おばさまがお神酒《みき》じゃと言われました。重左には、戻ってから存分に飲んで貰えじゃと」

あとの言葉に微笑んだ秋人が、瓢を取って栓を抜いた。

「それじゃまず、重左どんに。世話になるなあ、いつも」

志乃が盃を重左に渡す。

「なんの、届かんことばかりで。それじゃまず、船霊《ふなだま》さまに、お神酒じゃけん」

受けた盃を舷から海に注いで、重左は秋人に返し、志乃にも廻した。

「おかげさまで、花まで見せて頂きやす」

「重左はいつでも、沖から見ておろうが」

「いんえ、今日は特別」

重箱の中を見まわすと、幼なげにはしゃいで志乃が言った。

「久しぶり、お客さまがお二人じゃ」

幼い頃、秋人が来ると摑まえてままごとの客にして、大きな図体の重左をも相客に座らせたことがある。そのことを言っているのであった。

「兄しゃま、お肴、何差し上げましょ」

「磯蒟蒻《いそごんにゃく》がよかなあ」

「ああ、やっぱり。入れて来てよかった。いつも同じじゃなあ、兄しゃま」

「うん、これがやっぱり一番よか」

人の嗜好というものは変らぬものだと重左はおもう。幼い二人のままごとに入れて貰ったあの時も、志乃のたずねに秋人は、いそごんにゃく、と大声で答え、母親たちを笑わせた。

「長崎では、磯蒟蒻はおあがりませんと？」

「いやあ、食わんこともなかばってん、歯ごたえがなかなあ」

「こっちのが、うもうござすか」

「そりゃ、やっぱりちがうなあ」

舟はゆったりと揺れ、膨らんでくる波に、散ったばかりの小さな花びらが浮いている。縁をなめた盃をその波で志乃が洗った。

ここまで来ると沖も近い。兵作爺が言ったように、風が湧きはじめているのか、ふり仰げばさんさんと、こごめ桜に似て蒼みを帯びた白い花びらが、沖の方へ巻きとられるように舞い散っている。光のくぐもっていた水平線が赤味を増し、湾内を振り返ると、藁屋根の集落から昇る炊煙《すいえん》が、沖とはちがう色の靄と溶けあっていた。


秋人の死報が突然もたらされたのは、次の年の麦の出来秋《できあき》であった。

秋人が長崎への往き来に泊る玉ノ浦の宿は、回船業をも兼ねている。長崎へゆくのに、定期的な航路には乗せられぬ大きな荷物なども積み、直行でゆくので、前もって発着を知っておれば急の用に乗せて貰えることがある。逆に、長崎に出ているものたちが、船便をまとめて故郷への用をたくすこともできた。志乃の家の持ち船も長崎へ行かぬではなかったが、玉ノ浦の船にくらべれば、有明海寄りの肥前方面が多い。

重左は麦の仕納《しの》を終えれば、それを積んで島原へゆくことになっていた。戻り荷に盆用の素麺やら線香、蠟燭を積んでくるのである。回船業とは一種の卸し業であって、店の構えはとっていないが、蔵への品物の出し入れが主であって頭が痛い。当主が健在でいた間、重左はこれに立ち合わされることもあったが、もともとは畠の好きな男である。品物の出し入れやら帳面どりには気を遣うことが多い。重左爺に任せておけば間違いがないと当主が言って気を抜く分だけ、気持の負担は重かった。

第一、蔵というものの湿り気が、野山の好きなこの男の性に合わない。一枚の紙にしろ、一本の蠟燭にしろ、どこかの誰かが日にちをかけ、手間ひまをかけて造りあげたものである。製造元に受け取りにゆくのでそれはよくわかる。造りあげ、送り出すまでの人の心がそこに籠もっているので仇やおろそかには出来ない。大豆にしても小豆にしても花の種にしても同じである。この品物たちは、広い世間から集められて来て、思い思いの所へまた出てゆくのだから、陽や月や闇夜にも逢っている筈だ。どういう夜昼を通って来たかと思って品物にふれたり数えたりするのだが、堆《うずたか》い品々に囲まれながら、ここは俺の世界だという気がしなかった。

野山や畠にいれば、あるいは海辺にいれば、そしてあの梨の木の墓殿などにいるとき、重左は、ここは俺の世界じゃと思うことが出来た。

同じ村の似たような生まれ育ちの百姓漁師たちにくらべて、高原の家にいる彼はいくらかの出世をしたのであり、蔵の番人だと思い違いされたりすることもある。彼はそのことを非常に不本意に思う。蔵というものは彼の所有物でないのはむろんのことだけれども、ある意味で世間というものが詰まっていなくもない蔵の中が、彼にはうっとうしく思われてしかたがなかった。

港々で、あるいは取引先で、彼は村の者にくらべると広い世間を渡る人間たちに逢ってもおり、堆い品物の山の中におれば生き生きとしてくる者のことを知ってはいた。こういう人間たちを高原家の蔵の中に連れてくれれば、品物たちは、もっと違う世界を創り出すに違いないと彼はおもう。それが金儲けという世界なのだろう。

畠にしろ野山にしろ、この男の財産というものは足のうらの片っぽほどもなかった。それでも彼は他家の野山に立ち、墓地に立ち、やっと自分のところに来たわいという気になった。たぶんそれは前面に海があるせいかもしれなかった。この広大な、量ることの出来ぬゆたかさを湛えている世界。

蔵の中に居て志乃のゆく先を考えることがあったりしても、心が窮屈になっているので、志乃の姿もちぢこまって想像された。主家への役目と思えばこそつとめもするのだが、時季によって品物が入れ替わる蔵の中の仕事が一段落すると、何よりもこの男は段々畠に登った。

「もう重左どん、麦畠のなんのに登らんちゃ、蔵の番しとればよか身分じゃろうが」

と言う者たちに彼は答えた。

「わしゃ算用《さんにょう》が下手でなん。このあいだも俵の中味を、鼠に引かれとって、知らでにゃ、えらい申し訳なかことになってな」

　聞いた者は、何かしら冗談とはちがうなと顔を見直した。

「ほっつ、ほっつ、沖の白帆ども眺めとった方が、似合いますとさな」

　そう言って登ってゆく尻からげ姿を、村の者たちは、やっぱり風変り人《じん》じゃと眺める気持であった。俵の中味というのは心にひっかかる言葉であったが、後になってこの言葉が、重左のぎこちない冗談ではなかったことに思い当る。

　麦仕納の時期になると段々畠の上の空は、筋をなして降るような陽光になり、松蟬が鳴く。重左は畠を縁どっている茶の木を刈っていた。

　平地の畠もそうだが、段々畠のぐるりというのは人目に立つのである。畠が栄えているか否かを見るとき、

「おうちの畠の美しさ。ぐるりまでなあ、よう手入れの届いて」

　と人はいう。

　美しいと褒められる畠でなくては収穫もない。ことにも麦の熟れてくる時期の畠というものは遠目にわかり、ぐるりの草地や茶の木の色も合わせて、麦が栄えているかいないか、穫れ高まで判断できる。沖の舟の上から段々畠を眺めて、

「ふーむ、今年は、三太どん家《げ》の麦の彩《あや》のなさ、嫁御の長病《ながびょう》のまだ癒《なお》らんばいなあ」

　という程で、落ちぶれてゆく家は、畠の色からして、彩を失ってゆくのである。高原

の家の畠は重左がいるかぎり、どこから眺めても栄えていなければならなかった。

　若い者たちだけでは、茶畠も、摘んだ後のぐるりの始末がなおざりになる。あとすぐ剪定しておかねば、来年、新木から出る芽と古木から出る芽とでは、色も香りもまるで違う。やたらに切ればよいというものでなく、花をつけさせ実を稔らねばならぬ枝もあるから、やっぱり茶摘み時には自分が来た方がよかったが、その頃は何をしておったかと、蔵の中の黴臭《かびくさ》い憂鬱《ゆううつ》を彼は思い出した。鎌を握ったままの筒袖で汗を拭いた。

　腰を伸ばしてふと眺めやった沖に、釣りとは違う舟が来る。玉ノ浦の宿の舟ということはやがて見分けられた。誰も乗せていない漕ぎ手だけの舟とは何ごとか。胸騒ぎがして降りくだった。まさか秋人が重篤《じゅうとく》のしらせであるとは思いも及ばなかった。使いがいうには、勉学が過ぎて風邪をこじらせていたのに、生月島《いきつきしま》に調べ物に出て肺炎になられたという。

　医者さまの学校におりながらなんという油断かと家中でおろつきあって、秋人の母親が用意もそこそこに出かけて往った。運の悪さには途中で時化《しけ》待ちまでさせられて四日後に長崎に着いた時、秋人はすでに荼毘《だび》に付されていた。肺炎は肺炎でも、じつは疱瘡を病んでいたのである。

　秋人との、最初で最後の舟の上での、ままごとのような束の間の宴を、志乃も覚えている筈であった。しかし、そのことを重左の方から話に出したことはない。

直衛との婚儀は、家産の傾きかけた高原家の内情をよくあらわしていた。高原の守り神といわれた重左が、二十四になっていた志乃に従いて、直衛の家に移ったのは、当主がいよいよになって、後見を任された志乃の叔父に、態《てい》よく追い払われたのである。この人物にとって、実直を絵に描いたような重左は、邪魔者以外の何者でもなかった。古い格式を持っていた家屋敷、財産が乗っ取られるのに時間はかからなかった。

重左には、志乃の前半生と後半生が、くっきり違うように考え分けられていた。

第二章　ほおずき灯籠

湊の口を象《かたど》っている長い岬や山々の稜線が、月明りの下に沈みこんでいた。垂れこめた霧のために、狭い湾口が川にもみえ、ゆうべは目に入らなかった異国船のマストがおぼろに浮いている。

さきほどまで、はなやかなほどに明滅しながら漂っていた精霊船《しょうろぶね》が、遠い湊の出口にまぼろしめいてかすんでいた。

——あきれるばかり長か湊口じゃ、潮の流れも早かろう。

そう思いながら三之助は、たて続けに出てくる欠伸の泪《なみだ》を腕でこすりあげた。すり鉢型の町から聞える爆竹の音や、重なってくる声明《しょうみょう》がまだ耳の底に湧いている。霧のもやっている海面に、精霊船の残像が浮かびあがっては消える。灯りがさっきよりまばらになった町を見上げた。

腰を下した岸壁が冷たく湿ってきて、線香の残り香がまた鼻に来た。育った島で見なれている盆灯籠とは趣きの違う灯籠を、大きな藁船のまわりに飾りつけた精霊船が、さっきまで目の前の湾を満たして漂っていたのである。

いったい、どこどこの灯籠職人が、あれほどの数の灯籠を作りあげたのだろうか。新仏の出た家ばかりでなく町内ごとに舟を仕立て、どの家からも人数を出して精霊さまを送ると聞いた。一つ一つをみればやや長めの白無地に家紋を入れただけの灯籠である。いかにもやわらかく床しく灯り出て、死んだ仏さま方も、いつここに誘われてきたかと懐かしまれることだろう。家々の門にも灯されるが、町内ごとに毎年つくる藁舟の上に、そのような灯籠がぐるりと下げられてお送りの夜が来る。

あの世に帰るには暗かろう盆の終りにひと夜だけ、精霊さま方の賑わいのため、藁のお灯籠船が灯されるのだ。ゆかりの者たちが舷《ふなばた》に手をかけて、すり足の音をさせながら海に向かって担いでゆくのに、舟と人とを仄かに照らし出すお灯籠が、いっせいにかすかに揺れはじめる。ひたひたと地を擦る足音をいきなり打ち消すように、はげますように、爆竹が鳴らされる。身震いが出て、三之助は長い吐息をついた。

故郷の島の、腕に抱えられるほどな精霊船を見なれていた目には、生きたものたちが乗ってもよさそうな舟を流す長崎というところが不思議だった。父親と沖に出て難破した舟は、今夜の精霊船の大きいものにくらべれば貧弱だったように思える。父の死のあとに残っていた舟の借財のために、姉のお小夜は、今この長崎に奉公に来ているのである。

さきほどのこと、見物の雑沓の中から、

「おお、花月の舟ぞ」

というどよめきがあがったのを思い出す。花月という名は、直衛の先隣りの吉弥姐さんのいる店と同じ名だった。ああなるほど、ここ長崎あたりの店の名の真似であったのかと、推察がついた。

その大きな精霊船のまわりには美しい女たちがつき添っていた。人波がひときわ揺れ、三之助ははじき飛ばされそうになった。どよめいていた人波はしばらく静まり、舷にずらりととりつけた、細い青竹の筒に線香をくゆらせながら舟は通りすぎた。そしてそんなお行列の合い間に、南無阿彌陀仏と手書きした小さな帆を立て、赤いほおずき灯籠を一つだけ灯した舟を抱いて、男がひとり歩いて行った。見物たちは溜息をもらし、口のうちで念仏をとなえて、小さなほおずき灯籠に手を合わせた。死んだ仏さまは、男の何に当るのだろう。

「盆の精霊さまの日に、よう来合わせたもんよ。土産に見て戻ろうぞ」

直衛はそう言った。秋前の回船は台風の間隙を縫って急がねばならない。正月の費用を作り出す砂糖や茶や、膳椀を積んで帰らねばならなかった。

河川工事の事業は何とか梅雨の時期を乗り切って、九分通りまで漕ぎつけられたが、工事の基礎に土台石を打ち込むほどに、人件費の出どころがなくなって来た。川の上流の二か村ばかりから来て貰っている人夫賃や馬車代、破損の多い舟代などを払うについては、事業主の町村が支払ってくれる額では、正月を越すために働いてくれている人びとへの、手当の捻出が覚つかなかった。回船業の方は、先々代からの道筋がついているので、正月迄に頼まれただけの荷を積みに来たのである。いわばそれで、河川工事の人夫賃を出そうというのであった。

ひとつには、志乃の工合を長崎の医者に一度診て貰わねば、あきらめもつかぬということもあった。嫌がるのを船に乗せるために、気に入りの三之助を付き添いにつけた。茂木の湊まで持ち船を廻し、そこからは馬車に乗せた。長崎に荷を積みにゆくというのは、たいてい茂木どまりのことをいう。長崎市街の背後から田上峠《たがみとうげ》を越えてゆき来するのが早道で、荷を積む馬車代が時に高くついても、野母《のも》の岬を大廻りしてゆく海路を考えれば、万が一にも、船を失う心配がない。この時の船旅は風がよくて、予定より一日早く着いた。盆の十六日に宿入りをして、次の日診て貰う。そういう手筈《てはず》だったのが、三十五日に宿入りできたのである。病院は盆の十六日までは休診だろうということで、三之助は思いもかけず、精霊流しの見物に出されたのだった。宿の内儀にすすめられたが、お咲は志乃をひとりにして置けなくて、見物には出なかった。大波戸《おおはと》まで下らずとも、二階の部屋から湾内が見渡せたのである。

「おとなしいばかりのお母《か》しゃまであらすなあ。お父《と》しゃまも、落てついたお人じゃけど」

宿の女房は三之助に耳打ちしてうなずいた。志乃より若そうに見えるお内儀の御歯黒が、三之助にはふっと生ぐさく感ぜられた。

島では、祖母をはじめ老婆たちが鉄漿《かね》を染めるといって、漁にも畠にも出られぬ日の縁側に、丼を持ち出し、えたいのしれぬ、粉だか汁だかを入れて膝の前に置き、欠けた鏡を見い見い染めているのを見たことがある。とてものことに、少年の目には正視しがたかった。あの老婆たちよりお内儀の御歯黒は垢抜けしてみえたが、生ぐささがその分生きている。花の長崎というだけあって、女たちからして、年とった人でも芝居の中の女のように、黒い衿なんぞをつけて後帯をして、違うものだという感想を少年は持った。

「えらいな人出のようじゃけん、迷い子にどもならんように、気をつけなれや」

お咲が言って送り出すのを聞いて、お内儀は顔に似ぬような大声で笑った。

「よか兄《あん》しゃまをつかまえて、迷い子じゃとまあ、煩悩であらすこと」

「いえまあ、躰だけは一人前しとりますが、まあだ十六でございますもん」

「まあこの躰で十六！　迷い子の心配どころか、おなごに曳かれますばい、用心しませんと」

「まだそういうことは知りませんど」

「そりゃわかりません、今頃の若か衆は早生《わせ》でございますけん、白粉塗ったのに、袖曳かれてごらんなはりませ。いちばんひょろつく年頃ですが」

「ああ、あはは、はいはい。三やん、見物し終えたら曳かれんうち、早う戻っておいで」

「精霊船見送ったら、早う早う、戻っておいでよ。こういう晩から遊びを覚ゆるとじゃけん。まだ早かばい、なあわかったな、兄しゃま」

まさか姉の奉公している遊郭のことをいうのだとは、まだこの少年は気づいていない。

長崎奉公に出されて以来、いちどしか逢ったことのない六つちがいの姉が、この大きな町のどこかにいると思えば、三之助は切なかった。どういう工面をして送ったのか、奉公に出てから五年目の盆に、祖母と母親にセルロイドの櫛がひとつずつ、郵便小包の米飴の袋にはさんで、とどけられた。

破れた飴袋の糠《ぬか》の中から、紙に包んだ十銭玉が二枚出て来て、仏さまに上げてくれとあった。字の読めない母親と祖母は、めったに郵便など来ないこの家まで、小包を持って来た郵便配達さんに手紙を読んで貰うと、仏壇にあげて拝んだが、その後思い出してはカタカナを覚えたての三之助に読ませて涙ぐんだ。

――ババサマモ、カカサマモ、サンゴモ、オタッシャデスカ。ナガイアイダタヨリモセズカンニンシテクダサイ。

　書き出しのところから三之助はよく覚えている。この姉から三之助と呼ばれたことはあまりない。サンゴサンゴと呼んで、釣竿をかつがせ、岩場を飛んでは魚釣りを教えたり、椿の蜜にまみれながら、目白取りに連れて行ったりした。

　――ワタシモダイブナガサキノ水ニナレテ、ゴホウコウシテイマス。ゴアンシンクダサイ。

　ナガサキノ水ニナレテ、という文面は子どもの三之助には印象深い表現だった。大阪などに働きに出る者たちが盆などに戻ってくる。村の者たちが、

　――どうや、大阪の景気は。

と問うと、必ずその者たちは――大阪は、水が合わんでや、とか、――あそこは水が悪かでや、とか嘆息していうのであった。土地の水が合うとか、水になれるとかいうが、いったいよその土地の水というものは、朝夕飲みなれ、眺めている水とどう違うのだろうと子供心に思うのであった。

　姉がご奉公というのは、直衛の家に来てから、おいおいこういうものかと想像してみたりした。さして辛いというものでもなく、むしろ三之助は、志乃とお咲に可愛がられ、幼い綾にはなつかれて、甘やかな気分で過している時間さえある。よその家ならば、兄貴が教えてくれるようなことばかりを姉に教えて貰った。男の子だからと姉は思ってい

たのだろうか。いやいやそうばかりでもあるまい。あれはいつの年の盆であったろう。墓の花を採りにゆこうと連れられて、磯続きの山の萩の花と青柴のクロキを採りに行ったことがある。

——萩の花が美しかど。仏さまはこっちの花の方が好きじゃんな。クロキは青かばっかりで花がなかど。

気の利いたことを姉に言ったつもりだった。

——莫《ば》ぁ迦《か》、萩の花はすぐ枯れるじゃろが。クロキは水持ちがよかで、仏さまの花には一番じゃ。

そのクロキを山のように背負って振り返りながら姉は言った。三之助の幼い記憶で、ひときわ鮮明なのは、この日のことである。いったい姉はあの時いくつだったろう。十二、三歳ぐらいだったのではあるまいか。自家の墓花に供えるだけでなく、山のように背負っていたのは、町の方へ、母の漕ぐ舟に積んで売りにゆくためだった。十二、三くらいになれば、島の子どもらはみんなそうやって、盆の小遣い銭くらいは自分で稼ぎ出す。岩伝いの道を帰ってゆくのに、黄昏ごろで、潮がたぽたぽと満ちはじめていた。弟を先に歩かせていた小夜が言った。

——なあサンゴ、盆肴を取ってゆこや。

振り返ると姉は、青柴を岩壁に立てかけて屈みこみ、足許の岩かげに手をつっこんでいた。小さなタコの子が戯れかかるように、姉の手首にしがみついて揚がって来た。上げ潮の磯には、小さなタコの子たちがよく揚がってくる。

——ああ、盆の肴じゃ。

燥《はしや》ぎ声を出して思わず手を伸ばした。そのとたん足をすくわれて、ぽちゃりとかぶさって来た浪に躰を奪い取られた。とっさに小夜が岩に腹這ってさし出したのは、萩でもなくクロキの枝でもなく、黄色い泡状の蕾を膨らませている女郎花《おみなえし》の束だった。初咲きを見つけて折りとっていたとみえる。

——サンゴ摑まれ、サンゴ摑まれ、花に摑まれ。

その時ほどまじまじと間近に姉の眸を見たことは後にも先にもないようにおもう。奥の方に浪の煙がどっと湧くような瞳の色をして、お下げの額髪が、海風に巻きあげられていた。その姉にもう長い間逢っていない。

三之助はわれに返った。初秋の満ち潮が涼風を伴って湾内をめぐっているようだった。霧はさきほどより薄れた感じがする。ときおり遠くで人声がするのは、夜明けまで新仏を送る人びとかもしれなかった。

——サンゴハ、ドノクライ大キュウナッタカ、ボンノゲタヲオクロトオモウテ、ゲタヤニイッテミマシタガ、寸ポウガワカラズ、カイマセンデシタ。コノ金デカッテクダサイ。

今は睡っているこの町のどこかの下駄屋に、姉は行ってみたというのだ。そらんじてしまっている手紙の書体がありありと目に浮かんだ。どこにその下駄屋があるのだろう。この町のどこかに姉がいる。長崎ゆきがもっと前からわかっていたら、何とか便りを出せたはずだが今度の間にはあわなかった。直衛の家の者たちは、三之助の姉が長崎奉公に出ているのを知っている。かえってそれで、姉に逢いにゆきたいとは言い出しにくかった。

さきほど宵闇の雑沓の中で、三之助は思い詰めた気持になって、孫の手を曳いた老婆に尋ねてみた。誰もが都の華やいだ人間に見え、ものが言いにくかった。

「あ、あの、より、寄合町ちゅうところは、どの辺りでござしょう」

気やすい顔で頰を傾けて来た老婆は、寄合町と聞くと、三之助のなりを上から下まで見下した。そしてためらうように言った。

「あっちの方じゃけど」

老婆の思案深そうな目に見詰められて、はじめて感じたことが三之助にはあった。宿のお内儀の言葉といい、もどかしい想いであった。

奉公に出ることが定まって、明日舟に乗るという前の夕方、お小夜は弟を海に向いて建った地蔵堂のところへ連れて行った。まず自分が先にかがんで拝み、弟を拝ませた。麦が一面に熟れ、畠の縁には枇杷《びわ》も色づきはじめ、根元の藪苺が、赤い粒々を光らせていた。小夜は黙って、掌の中に苺を摘んでは入れ、摘んでは入れしていたが、弟の掌を拡げてそれをこぼし入れた。

いつもとちがう気配を感じて、三之助は押し黙っていたが、苺が両手に入りきれなくなった時、姉をうかがい見た。

小夜は弟の目を見ずに言った。

——姉さんはな、明日からもう、居らんとやっど。

——どこに行きやっと？

——長崎ちゅうところじゃ。

——遠かところな。

——うん。舟で、二日ばかり泊ってゆくそうじゃ。

——ふーん……いつ戻って来やっと？

——盆には戻って来られん。働きがよければ、来年の正月にはひょっとすれば、戻ってもよかちゅう話じゃ。

——働きにゆきやっと？

——そうじゃ。働かんとなあ、お前さあも学校にゆかれんど。

——おいも、学校を出たなら、働きにゆくが。

——感心じゃなあ。

小夜はそう言って、はじめて三之助の顔をうち眺めた。茶色の瞳の奥がとろとろ動いて、とらえどころなく遠くをみていた。

——ほら、口をあけやんせ。

それは至上命令のように聞えたので、八つになったばかりの三之助は口をあけた。

——ほら、ひとーつ、ほら、ふたーつ。

数えながら自分も口を開け、弟の口に、赤く光る苺の粒を入れてやる。

——おいしかな？

おいしかと答えると、にっこり笑って、

——姉さんも、ひとーつ。

そう言いながら自分の口にも入れた。二人して十四まで数えて食べた。

——おいしかったなあ。

と言ったあと、「姉さんは今年十四じゃ」と、小夜は言って聞かせた。

——早う、大きゅうなってなあ、親の加勢をして、姉さんをば、連れに来やんせなあ。

未明の渚で、その時の小夜の言葉が甦った。

——おっ母さぁと祖母《ばば》さぁが泣きやるでなあ……。姉さんが去《い》ったあと、泣きやらんように、加勢しやんせよ。

その時姉は苺を数えさせて十四だと言った。三之助はいま、あの時の姉の歳を越えて十六になっている。自分がまだ八つだったから、八年も前のことではないか。次の年の正月には戻してもらえると言っていたのに、それ以来というもの、三年目の盆に帰って来たきり、小夜は戻っては来なかった。

盆に戻って来た姉は、見違えるように大人びて、色が白くなっていた。唐藷畠の草取りを手伝っていた三之助がまず、丘の草道を登ってくる若い女を見た。海は片側曇って、夕方の蟬が鳴いていた。

——誰《だい》か、登って来《く》っど。

——誰じゃいよ。仏さまに初掘りを上げようぞ。

腰をあげ、母は手拭い被りで目の中に入った汗を拭いた。大きな縞の夏柄を着た女が段々畠の下の方を登ってくる。裾を高々とからげあげていた。赤いあざやかな湯もじの色だった。女は、その裾の色と着物の柄に似合わぬ振り分け荷物を、前と後に担ぎ、二人の視線を感じると突っ立った。

——どこの女《おなご》じゃろ。道を間違えて、こっちい来やるが。

と母は言った。

女の立っている四、五段下の方から、郵便持ちのあんじょ小父の上半身があらわれ、声がのぼって来た。

——けさ女《じょ》よう、お小夜が戻って来たがよう、よかおごじょになってまあ。

小夜は半泣き顔で登ってくると、唐藷畠の中に振り分け荷物をどさりと置き、尻もちをついた。

――ンだまあ、よか衣裳が汚れるが。尻からげせんなら、唐藷のヤニがひっつくが。

三年振りに戻って来た娘に母親はそう言った。そして汗まみれの泥の手を、ぺたぺたと半切り着物の両脇にこすりつけながら、のびた藷の蔓を返したばかりの畝を大きくまたぐと、座り込んでいる小夜の縮みの縞をつまみあげた。

――ほら立たんか、畝が壊《く》えるが、よそゆき衣裳じゃろが。

立ち上った小夜は、母のけさ女よりは大きかった。裾をからげてやりながら母親は娘を見上げた。

――したども、ほんなこて、おまんさあ、やっぱい、小夜じゃあな。ンだまあ、都ん衆のごつあらよ。

小夜ははじめて口をきいた。

――そりゃ、やっぱい、おっ母さぁの生みやった、小夜じゃあがよ。

おどけた調子でそう言ったかと思うと、小さな母親の肩をとらえて、おっ母さぁーと言うなり、ちょっとの間、声を噛み殺して泣いた。郵便持ちのあんじょ小父が突っ立って、一部始終をうなずきながら見ていなかったら、三之助も小夜のところに駆け寄りたかった。

泣きおさまって、もじもじ突っ立っている弟を振り返ると、小夜は、持って来た荷物の片方を指さした。

——サンゴ、大きゅうなったなあ。大きゅうなったろと思うて、太めの盆下駄を買うて来たど、学生下駄をば。持ってゆくか。

三之助はものを言われて、あの眸の色でとろとろ見詰められると、一度にどっと懐かしさがこみあげたが、自分の知らない年月を長崎とやらで過ごして来た姉が、大輪の月見草のように見え、胸のどきつく想いだった。近所の者たちは言った。

——長崎の水は、よっぽどよか水じゃあな。お小夜さあがつるつるむけてまあ、卵膚じゃあが。

久しぶりに揃って墓に行く道でそういう挨拶を受けると、母親はあいまいな、困惑したような顔になった。

——何時までおいでやっと？

——奉公先が忙しかで、二日しか泊まられんそうじゃ。

——たったの二日や。そりゃ父《とと》さぁの墓参りだけで、せいいっぱいじゃなあ。

——はい、墓参りだけでせいいっぱいじゃ。

——しんから拝んでゆきやんせ。

村の人間たちよりは、別の種族のようにひときわ肌の色が白くなって帰ってきた小夜に対して、村の女たちは、なんとなく上べだけの挨拶をしていたように、後のち三之助は思い当った。

海沿いの湿った夜気が、風入れのために開けた雨戸の間から流れ込んでいた。

田舎育ちのお咲は、まず耳なれない爆竹の音に仰天した。かねて直衛が言っていた。

「長崎の精霊流しにゃ、魂消《たまが》るばえ。精霊船の灯籠の数もじゃが、あの爆竹がなあ。知らんものは、いくさが始まったち思うて腰が浮く」

いくさの音というのをお咲は聞いたことがない。豆を炒る音や青竹の爆《は》ぜるような音が一時《いちどき》にして、雷さまの寄り合いではないかと思うた、というのは、「西郷いくさ」の音を聞いた年寄たちの話である。所変れば盆の祭さえ、こうも違うものかと、眼下の大波戸からのぼってくるどよめきを聞きながら、お咲は躰がほてった。

病人の志乃は、なれない雰囲気の中で身を固くしている。直衛が長崎から帰るたびに身につけてくる都ぶりの気分を、志乃は嫌がっている気配がある。夫婦の間では話さないような遊廓の話題なども、事業先の客がくると自然にほぐれ出るのだが、それも気にいらない。

「丸山あたりの女《おなご》どもは、様子が違うわな。男どもにかしずかれとるけん、威のそなわっとる。礼儀作法、身だしなみ、芸事はまああじゃろう。それよりもなあ、心根がよか」

「もとの素姓もいわれもあるけん、かえって人間の出来がよか」

そういう話題になると、志乃はむかしあの重左が、いつもよりさらにむっつりと、客たちに向きあって酒を注いでいた顔を想い出した。客の出入りで成り立っている家に嫁には来たが、酒の座の客あしらいが、志乃はなにより苦手であった。それをかばうつもりだったのであろう、徳利を膝の上に立て、重左が下座《しもざ》にいかめしい顔で控えているのに、直衛は閉口していた。

型通りだけ挨拶の酒を注いで引込みたい一心の志乃に、あるとき直衛は言った。

「お志乃よい。お前の忠義者にゃ感心するばって、重左が座っとれば、漬物石の出て来たごたるのう」

客の前に志乃を止めておきたい気もあって、重左の実直をほめたつもりでもある。すると腰をこごめながらこの老爺が立って来て、慇懃に座り直すと、主《あるじ》の前にいる客に「不調法者でござります」と挨拶した。そして酌をしながら、しごくまじめな顔でこう言った。

「石がなけりゃ、漬物がくさりますで」

座にいた者たちは神妙な感じになった。が、盃を受けた客が、

「重左どんも、冗談を言う気のあるとばいなあ」

と言ったのに対して、重左の答えが、居合せた者の目をさらに瞬かせた。

「冗談じゃございませんと。ほんなこつでございます」

「そうじゃそうじゃ、重左はおるが家の、大事な漬物石じゃ、屋台骨じゃ」

直衛は非常に機嫌がよかった。のちのちこの時のことは語りぐさになった。

重左は、「萩原の家の漬物石」と呼ばれたりした。その重左のことを、年若い三之助は知らない。

重左が居れば、秋人が勉強していた医学校とやらへ、見えないまでも連れて行ってくれるかもしれない、という思いに志乃はとらわれていた。爆竹の爆《は》ぜる音を聞いていると、その音のひびきで、長崎という町が、山を背負った窪みの多い町だということが推察された。よもや病気になって、秋人のいた町に連れて来られようとは思わなかった。

重左が生きていたら何と思うであろうか。暑さの中を人声の波が寄せたりひいたりしていたのが、夜更けとともに拡散して、ひっそりとなった。

「ご病人さまには、盆祭りも毒かもしれませんなあ、あの音でございますけん」

麦茶を持って上って来たお内儀が、外に出ようとせぬお咲を気の毒がって囁くのも、志乃には聞こえている。

「ご用が長引くと、お父《と》しゃまからお使いのございました。先におやすみませと」

長崎での用が長引くのに女たちは慣れている。留守の家を守って待つぶんには、気の張るような日々の中味がなにやかやあって、ああもう日が昏れた、と互いの顔をみれば晩になっているというぐあいであった。

家の内のこまごまとしたことは、万事に鷹揚な直衛は人任せである。出入りの職人たち、舟方、石方、馬牛を扱う人たちの心の機微などについては、お咲と国太郎がよく心得て扱い、信望が厚い。

重左が生きていた頃は、職人たちの家族構成、仕事を組む同志の膚合いや組み合せの良し悪し、それぞれの家のやりくりの内証に至るまで弁えて、こまかい相談相手となっていた。

石の切り出しにゆくものたちがいる。その石を牛方に頼んで一つ一つ山坂を曳いて出し、往還道まで出したら、専用の馬車に頼んだりせねばならぬ。そのような事に使用される諸道具の損傷も馬鹿にならず、朝夕の補充も修繕も怠れない。造っては破損し造っては破損する船のためにも、舟大工たちの手当が常時必要だった。

赤山の付近には、高値のつく蘭の種類があったから、それも人夫衆の副収入となる。そんな細かいものまで含めて、船荷を出す時期の算段も重左に任せられていたが、今は国太郎の役目になっている。一日の食べ拵《ごしら》えも酒肴のととのえ方も、飯場のような規模で、昨日と同じ量というわけにはゆかない家である。嫁に行ったはな、志乃はそういうことを重左の下拵えするままにまかせ、人の動き出すのに乗って居さえすればよかった。今はお咲と国太郎が引き継いで、手いっぱいに大所帯をまかなっている。志乃にはもうそれも気遠《けどお》い世界に思えていた。

慌ただしく長崎に来ることになって、盆灯籠の灯や、人のかけ声や声明や、爆竹が爆ぜる坩堝《るつぼ》の真ん中に、病人とともに置かれて、お咲はしばらく落ちつかないでいた。娘の目から見れば、普通と変らぬときもある容子《ようす》だが、あらためてああやっぱりと思えるのは、志乃がこの世にいない重左を、三之助ととりちがえる時である。どうも今度の旅ではそれがひんぴんと出る。

「精霊流しが往ってしまいませんと、暑さがのうなりません」

言いながら、お内儀が上ってきた。

「ほんのいっときなりと表に出て、精霊流しのお行列でもご覧《ろう》じませんか」

すすめられて、志乃は行儀よく座布団に座り直し、そして答えた。

「はい、重左がもどりましたなれば」

「ああ、あの兄しゃまでござりますなあ」

お内儀がうなずくと、重ねてまた志乃は言った。

「荷下しが、よっぽど暇どりますとでしょう、遅うございます」

三之助は近所に使いに出ていたのが、今さき戻ってちゃんとまた挨拶し直し、出て行ったのである。

「湊の方はまあ、今夜はとくべつ混みましょうになあ」

話を合わせたつもりになって、お内儀は階段をぎしぎしいわせて下りて行った。また重左爺さまが出て来たとお咲はひそかに思った。病の重いとき、必ず重左が出てくるのである。

「おっかさま、こっちにいざって来て見ませな。祇園さまの千層倍も、人たちでいっぱいじゃ」

どうせ耳には入っていまいと思いながらも、説明せずにはいられない。

「前の方は湊でなあ、もう精霊船がいっぱいじゃ。見たこともなかよな数じゃ。ほら、こっちに向きませ。聞こゆっど。綾ば連れてくればよかった」

海に浮かぶ灯を受けて、影絵のようなぐあいに、おくれ毛をかき上げながらうなずいている志乃の座布団を引っぱって、大波戸の方に向け変えようとすると、志乃はその手を払いのけた。

「いらんことして、もう」

意外に強い力である。

「いらんことちゅうて……。折角、精霊流しを見せよと思うたて」

「ちゃんと聞こえとる」

「はい、はい、悪うございました」

子どもをあやすように言う口ぶりの自分もまた、拗《す》ねているのに、お咲は気がつかない。そのまま母親と背中合わせの形に座りこみながら、見物に来たわけではなかった、盆祭りにあんまり気をとられたら、おっかさまに悪いと思う。

それにしても父親の直衛から、帰りがおそくなるという使いが来た。志乃の世話を任せきって、なにもかもやっぱり、わたしだけでやってしまえと思っているのだろうか。明日もこのような街のありさまでは、病院は開かないのではないかと、不安もきざしてくる。

幾筋もの流れをつくって灯《あか》りの列が海の方へと動いていた。なんという山々なのか、街を囲む背面の山々にも、なだれ落ちるように灯《ひ》がともり出ている。山の上まで家があるのか、それとも墓の灯であるのか、昼間は母親の容態に気をとられて、ちゃんと見ておかなかった。

様子のわからぬところへ連れて来られて、すっかり不機嫌になり、黙りこくってしまった志乃は、お内儀が挨拶に来たとき、最初はお辞儀も返さずにうつむいたままだったが、あらぬときになって、虫の啼《な》くようなかすれ声を出した。

「みんみん蟬が鳴きよりますなあ、梨の実が、もう生《な》りましたろ」

お内儀は直衛を遠慮ぶかく見上げ、何か言わねばと思ったらしい。

「はあ、梨の実もそろそろでございますなあ。うちの柘榴《ざくろ》も、精霊さまに上げたもんですけれど、どうぞ」

お咲は冷汗が出て、渡された手拭いと柘榴の珠を畳に転がしてしまった。

南無阿彌陀仏《なんぶあいだ》　南無阿彌陀仏《なあああいだあ》
どーいどいどい　どういどいどい

声明の声が近づいて来つつあった。銅鑼や、聴きなれない笛の音などもうち交っている。お内儀が言ったように、坩堝の中にいるようなこんな音は、志乃には毒かもしれなかった。三之助と一緒に街に出るなど思いもよらない。ひさしぶりに人中に連れ出してみるとやはり相当、様子のちがう病人だから、精霊流しの見物に出た客たちが戻って来ぬうちに、早う風呂に入れておこう。

「おっかさま、今のうちに、風呂貰いにゆこ。明日どもは、医者さまに診てもらうかもしれんし」

志乃はひっそり座りこんだまま返事をしない。風呂場はたしか、一階じゃと言わいましたなあ、転げぬようにゆかんばならん。

呟いてそこらを片づけると、病人のために女中を頼むのも気の毒で、押入れを開け立てして布団を敷きはじめた。母親の気分の変調にはなれているつもりでも、心の動きの奥まではわからない。父の直衛は、別世界の人間になってしまったような妻に、当惑しているように見える。親類たちがお咲にいう。

「お前《まい》さまも、苦労しに生まれたのう、本家に生まれたばっかりに。まあな、くよくよせんけん、わたしどもまで、気がほっとするがなあ」

直衛については気がほっとは、しないらしい。

「父《とと》さまの、事業道楽にも困ったもんじゃ」

集まればひとりが必ずそう言い始める。

「どうせ、山も地所も、事業の餌《えさ》にしてしまわんうちは、目の醒めんとじゃろうわな。お志乃さまをあのようにしてしもて。引き替えにするつもりじゃろうか、道路じゃの、温泉びらきじゃのと」

娘がそこにいることなど、この親類たちは斟酌しない。

「温泉びらきはわかるばって、道つくりの道楽が、わたしにゃわからん」

「そりゃ、世のため人さまのため、と直衛殿は思うておらるさな。これから世の中は、どこまでも開くるけん、よか船着場をつくって置かねば、海の縁《へた》の村は助からんと、常々言いおらるけん」

直衛の姉に当る人は、弟の名をよぶにも敬語を使うが、いちばんこっぴどい。

「そういうことをいうちゅうのが、道楽じゃ」

「そうじゃとも、本人はそれでもよかとして、山を手放しよるのはどうしたことか。本家の山じゃと思えばこそ、われわれ枝葉の者までが大切に思うて、下刈り時には皆して、加勢しておろうが」

だからお礼は、その都度ちゃんと、さしあげており申《も》すと、お咲は言いたい気もする。

「ほんになあ、お世話になってばっかり、本家を抱えて、叔父、伯母さまもたいへんじゃ」

「お前がそういうけん、腹も立てられんが、恩着せていうつもりじゃなか。本家が栄えとるお蔭で、われわれも今のところはよかわけじゃけん。しかし直衛殿はどういうつもりじゃろか、此の頃は、外国種の花、野菜まで取り寄せて、栽培させよるちゅうが」

「それも世のため人さまのためかえ」

「いんえそれは」

兄のためだとお咲は言いたい。

「兄しゃまのためじゃがなあ。種を取り寄せるのは、兄しゃまじゃ」

「ふーん、そうかえ、樫人《かしひと》殿がかえ」

「あれは飛び抜けて魂のよかけん、そういう人間に限って、躰が無かもんのう」

「それじゃから、外国種を取り寄せて、躰を養わせる為じゃと。サフランちゅう薬じゃと」

「お志乃さまが、この前掌の窪に乗せて、なにやらしんから嗅いでおらいたのは、そのサフランかえ」

「そうじゃ、サフランの花の芯じゃ」

「間違うておらいても、そういうときは、やっぱり、人の親ぞなあ」

父親が山を売っていると言われても、お咲にはまだそんなに切実な気持は湧かない。石切り職人や舟大工の専門職、常雇いの部屋夫が十人くらい家にいて、外から来てくれる人夫たちを合わせれば、六十人くらいの賄いになる。一俵の米が二日でなくなる日が続く。山の一つや二つは食べている勘定かもしれないが、どこかで補いはついているのだろう。金のやりくりをお咲はまだしたことがない。

父についていては不足がないでもないが、親類達が集まって、身内だからこそ気安くけなしあっているのだと思うものの、娘の身になれば、甲羅を経たような年寄りたちに少々腹も立ってくる。

「叔父さま、叔父さまは父《とと》さまの意見番じゃったわなあ。ちっと、父さまを意見して下さいませば？」

「うーん。それがの、本家の総領じゃと思うて、皆して立てて来たからじゃろ、あれはこまい時分から妙におっとりして、気位がついとるけん、いざ面と向かえば、いえんとばえ」

「それじゃあ、見込みなしじゃなあ」

笑ってしまう結果になるのが常のことであった。

志乃にいちばん気に入りの三之助をつけて連れて来て、宿の配慮もゆきとどいている。病院ゆきの手筈も、お内儀がしてくれた。

「人力《じんりき》の用意もでけとりますけん、病院があきましたら、いつでも御案内させます」

安心してよいのであろうが、不案内な土地で、医者から難かしいことでも言われたらどうしよう。一緒に行って貰えれば心強いのに、と言おうと思っていたら、直衛に先手を打たれた。

「お前が付いとれば、一から十まで安心じゃ。三之助ものう、もう一人前というてもよか男手じゃ」

こういう時だけ褒《ほ》めて、自分が付いてゆくとは言わないのである。盆の十五日というのに、夕飯は、精進なしの豪勢な馳走が出た。葦野の家では、直衛の帰宅の折、いつも島原牛の赤身を持ってくるから、淡白な水炊き鍋をたべなれている。祝いごとのとき飛松船長がきてつくる角煮も歯応えがあって美味だった。けれども、舌に乗せればとけほどけるような豚の角煮というものを、お咲も三之助も初めて味わった。

もうすぐ客をせねばならんと言いながら、直衛は膳の上を眺め、団扇《うちわ》をばたばた使いながらこれが長崎の卓袱《しっぽく》料理じゃと説明した。

「戻り荷の、期限を合わせねばならんけん、出かけるが、早う横になれ。どうせこの賑わいで寝つけんじゃろうが、横になっとれば、疲れもとれる。その方が涼しゅうもあろ」

さて出かけるか、男の仕事には盆正月もなかと言いながら、袴をしゃりしゃりいわせて白足袋を履く。ははあ、こういう盆のさなかの、絽《ろ》を着るようなときでさえ白足袋を履いてゆくから、甲羅亀の叔父貴たちや、自分の夫の国太郎に反感を持たれるのだとお咲には思われる。志乃がおかしくなってから、袴だ博多献上の帯だと揃えるのは、お咲の役目になったが、こういう旅の宿では、誰がそれをやるのだろう。留守をしている女たちの知らぬ世界が直衛には広がっているようで、長崎はその一点にすぎない。

箸をとってやっても、直衛の出てゆく気配を聴いているのか、外の賑わいに気をとられているのか、志乃は食がすすまなかった。嬉しそうに食べていた三之助が出て行ってから何刻経ったろう。あらためて見廻せば、外は空も染まりそうな灯の海だった。

「なあ、こういうとき、兄しゃまがおらいませばよかったなあ」

布団をたたいて延べながら志乃を振り返る。ひとまわり、肩先が細まったように見える。いったいこのひとは、わたしたちを生んでおきながら、我が子というものを、どう思っているのだろうか。わたしが想っているほどに、子どものことを想ってくれているのだろうか、返事がない。

「兄しゃまも連れてくればよかった。綾も連れてくればよかった。なあ」

そう言いながらお咲は、あら、わたしもおっかさまのように、ひとり言をいうようになったと思う。

「長崎のお盆の、暑さよなあ」

返事のあるなしにかまわずものを言って、お咲は仰向きのまま手をのばすと、衣裳籠の団扇を取りあげて眺めなおした。

「帰りのおみやげには、団扇がよかかもしれんなあ、高尚か絵柄じゃ」

言いさしたが、志乃には団扇の絵柄などわからない。

「ほら、おっかさま、形も小愛《こや》らしゅうして、たいそう品のよか」

並んで寝ている胸に乗せてやって、形をさぐらせる。長崎に着くまでの宿では、着替えをいやがった志乃が、どういうものか素直に風呂に入り、いつものように駄々をこねずに、持って来た浴衣を着た。あるかなきかのかすかな白檀《びゃくだん》の移り香が、志乃を安心させたのかもしれなかった。その香りを、ほとんど志乃の体臭のようにお咲は思いこんでいる。

目が見えなくなってから、ことに、脱ぎ着のことを娘にさせるのさえ志乃は嫌がった。

洗ってもらったものは匂いを嗅いで、自分のものを選別した。洗ってしまえば誰のものともわからぬ体臭でも、志乃にはわかるらしく、自分のを嗅ぎ当てる。

志乃の夏衣の簞笥の中に、古びて茶色になった白檀の扇子が、和紙にくるまれて這入っている。虫干しのたびに取り出すのだが、お咲は、そのあまりにくせの強い香りを好きではない。うすく削った香木の一片一片に、繊細な透かしの連続模様をつけた扇だった。実用というよりはたぶんに装飾用で、あまりに強すぎる香りからか、志乃がそれを風入れに使ったのを見たことがない。

夏衣をしまっている簞笥の奥に、樟脳を入れずに、その扇子を昔から志乃は入れている。向うが見えるような薄紙にくるんで、ギヤマン細工の箱の蓋を取れば、閉じこめられている芳香がひろがった。

お咲は、もの心ついた時からこの扇の、強すぎる香りが気になって、虫干しのたびに、息をつめるような感じになる。志乃はお咲がそれを開かぬかぎり自分で開けることはない。緑がかった鶯色の透かし紙から出て来る茶色っぽい扇子は、柄の端をつまむと、さらりと音を立てて流れ落ちるようにいつも全開した。

――ああきつい！　きつか香りじゃ、この扇子。おっかさま、こりゃ昔のお香《こう》？

――さあ、どうじゃろうなあ。

曖昧な伏し目のまま、志乃は、萩の模様の藍の絽をひろげながら、庭を見ていた。あの頃はまだ志乃も若くて、絽の着物など着る時があったのだ。

――おっかさまは、こういう匂いが好き?

――そういうわけでもなか。

――なんちゅう香りじゃろ。何年経っても香りが失せんなあ。

――白檀ちゅう木じゃそうな。

――ふーん、白檀、そりゃどういう木じゃろ。

――どういう木か知らんばって、白檀の木じゃげな。

――こういう香りの木が、山の中に生えとったら、どういう気がするじゃろうなあ。

――ほんに、こういう香りを立てて、山の中に立っておるとじゃろうか、印度の山に。

――ふーん、印度の山の奥に。

――印度の奥から来たそうじゃ、扇になって。

――印度の女衆《おなごし》は、嫁入りの時持ってゆかるのじゃろうか、このような扇を。

――嫁入りに、さあ。

そんなやりとりを交わしたのは、十五、六の時分だったろうかとお咲はおもう。どこからみてもおとなしいばかりの志乃に、このきつすぎる香りは似合わない気がする。外で使うこともせず、簞笥の奥深くにしまい込んで、虫干し以外は取り出すこともなかった。

その夏衣の抽出しから、浴衣を取り出して、旅の用に持って来たのが、志乃を普通の感じに戻したのかもしれなかった。乱れない息づかいで、志乃は胸の上に置かれた団扇をまさぐっている。

「あのほら、おっかさま、あの簞笥の奥の扇子なあ」

相変らず、返事はしない。

「匂うなあ、やっぱり」

「……」

「あの扇、どこで買わいたもの?」

「買うたものじゃなか、お糸さまのお形見じゃ」

「お糸さま?」

思いがけぬ返事が来た。用心しいしい今のうちに聞いておかねば、志乃の気が変る。

「お糸さまちゅうは、どういう人」

「どういう人ちゅうて、よう知らん。わたしを可愛がって下さいた大叔母さまじゃそうじゃ」

「ああ、あの、若死さいたちゅうお人」

「そうじゃ、たいそう美しかお人じゃったげな」

志乃は機嫌がよくなれば、語尾のふるえるやわらかい声を出した。

「若死する人は、たいてい美しか人ばかりじゃもん。それでそのお糸さまは、何のご病気じゃったろか」

「普通ではなか死に方じゃった、という人もおる」

「どういう死に方?」

「重左は、みじょなげなお人じゃったと、言いおったがなあ、脳の病いじゃったかもしれん」

　この人は、自分が脳の病いであると、知っているのだろうか。

「そんなら、あの扇子は、お糸さまのものじゃったれば、ずいぶん昔の物じゃなあ」

「どういうお人じゃったろ、人は死ないても、形も香りもちゃんと残って、妙なもんじゃ」


　志乃がもう、十を越えていた時分だったろうか。重左は船を任せられて長崎に来たことがある。戻り荷は整ったが風が出て、日が空いた。いつもはせぬことに気が向いて、船を止めたまま唐人町をぶらついたことがある。

　――お寄うまっせ。

　呼びかける声の方を振り向くと、耳に、水の滴るときの形をした青い玉を下げた娘が、小腰をかがめて笑みかけた。化粧気のない唐人娘の、上手な長崎弁だった。

店いっぱいに何かが香っている感じがした。扇がいろいろ飾ってあった。見なれている紙の扇ではなくて、象牙のような感じの薄い木片を、それ以上の繊細さはないように、削ってつないだ扇子だった。

「お土産にお持ちまっせ、お国の人に」

受け答えが出来ず、重左はまごついた。黒い天鵞絨《びろうど》の台座をいくつもつくって、広げた扇を立てかけてある。いかにも田舎ばなれして、高尚にみえた。重左には来慣れぬ店である。まごついてしまって、店を出るのもままならない。

娘は、ままごとでもするような無心な手つきで、一枚を取りあげ、つぼめてみせ、さらりとまた広げてみせた。強い香りが鼻に来た。親しい愛らしい顔だった。重左はその時なにか、覚えのある香りを嗅いだ気がした。

たぐり寄せられるようにうなずいて、小さな綺麗な手つきで包まれるのを眺めながら、金を払った。不相応なものを買った気がした。

——白檀の木で出来《でけ》た、扇子です。

娘は少し大人びた口調で言いそえた。

——印度の奥にある木ですと。

——ほう。

——五十年も百年も、香ります。

重左とて、白檀香を船に積むことはある。

しかしこの扇の香りは生々しい。何かが思い出される。それはまるで躰の芯に染みついているかのように、ときどき重左の心に湧いてくる匂いだった。

村中が動転し、凝視していた。お糸の横たわっている躰が小舟の重心をずらしていて、重左が乗り移ったとき、舟は大きく傾いた。垂れ下ったお糸の髪が波に漬かった。村の者たちは、誰しも小舟の中の有様に巻きこまれたくはなかったろう。遠巻にしたそれぞれの小舟から、口々に声がかかった。

——そっちじゃ、そっちの舟べりを押さえろ、ほら、若か者が飛び込め。

——頭と反対側の舟べりじゃ、お糸さまの頭と反対側に飛び込め。

何人かの者が飛び込んで、お糸の顔の見えぬ側の舟べりにしがみつき、舟の転覆を防ぎながら泳いだ。戸板を持って来るのを皆が考えついたのは、渚についてからだった。

重左は、半分硬直の来かけているお糸を、人びとのいうままに中心部に抱え直し、背負おうとしてはまたおろした。乾きかけていた傷口の血糊を浴びることになったが、戸板に乗せ終ってしまうまで、自分がそんな姿になっているのに気づかなかった。

ただその血糊の匂いよりほかに、ある一つの香りが交じっているのを感じていた。

それは、白檀の香りだったのだろうか。相対死《あいたいじに》を遂げた僧が、それを焚いていたのだろうか、お糸さまも時々香を焚いていたがそれはなんだったのだろうか。唐人町の店先で、ふいにあの時の匂いが、重左の鼻先にたちこめたのである。

思いもかけぬ買い物をしてしまったと、重左はあとで気になった。いったい、このようなものを俺はどうするつもりだろう。

油紙に幾重にも包みこんで、葛籠《つづら》の奥にしまい込んだ。二度と広げてはみなかった。あまりに強い香りを放つので、人に知られたくなかったのである。志乃の嫁入りが定まったとき、重左は肩の荷が下りる気がした。

――お糸さまのお形見でござりやす。

重左はそう言った。死にざまについて語ったことはない。

――白檀の木で出来とるそうでござります。

どうしてこんなものをお前が、と思いめぐらすような志乃ではない。十年か、二十年かしたら、あれは、と考えつくような性《しょう》である。重左は、扇子を渡すときが来るのを待ち、文言を考えていたのかもしれない。それはうまいぐあいに、口から出て来たのである。

――死なれました時、お姉《あね》さまが、焼くようにと言われまして、焼こうと思いましたなれど、あんまり形が美しゅうて、つい内緒にして、今日まで、葛籠の奥にしまい込んでおりやした。生まれ替わりのようなお前さまに、お返しいたしやす。これで肩の荷が下り申した。

綿帽子をかぶったお志乃は、ぼとぼとと瞬いて、さし出された細長いギヤマン函の蓋を取った。むせるような香りだった。

――ああ、きつかなあ、この香り。

そういうと顔をそむけた。

――はい、きつうござりますけん、いつもは開けず、お守りになさりませ。

どうして、お守りなどと言うのだろう、と重左は思っていた。一生の間こんな種類の買い物をしたためしはなかったのである。捨ても焼きもせず取っておいたのは、自分にもわからぬ訳があるにちがいない。志乃に渡すとなれば、何か言わねば、渡す理由がみつからない。

――お守りじゃとなあ、お糸さまの。

――はい。

二十四で嫁入りとは、嫁《ゆ》きおくれじゃと誰もが思ったが、志乃は稚な顔で、綿帽子の下の顔は十七、八のように見えた。

　重左からそれを渡された時は、上の空だった気がする。深くも考えずに受け取って、志乃は嫁入り箪笥の奥にしまい込んだまま、虫干しの時しか開かなかった。それさえもお咲の仕事になって、独得の香りの漂う日を志乃は虫干しだと思う。夏になると、移り香のかすかに匂うのを着ることになる。

海沿いの湿った夜気が、雨戸の間から流れ込んでくる。線香の匂いがつよく漂う。人声の様子からすると、灯籠船でも燃え上ったのだろうか。

ここについた時、町並みよりは一段と高い石垣を築いた造りを見上げ、お咲はいかにも直衛好みの宿屋だと思った。よく考えつくされた造りで、細長い部屋が坪庭の植込みを囲んでいくつもあった。人いきれのむれ上ってくるのが、おいおい眼下の大波戸の方へ移動してゆくかと思ううちに、睡りこんだらしい。

三之助が帰って来たのを知っていたのは志乃だった。隣の小部屋、といっても襖一重へだてただけだから、音だけの世界にいる志乃には、そっくり様子がわかる。足音をしのばせて階段を登って来たが、しばらく吐息をついている。

茶を持って来たお内儀の言葉を三之助は思い出した。

「そっちの兄しゃまは、相部屋になさいますか、ほかのお客さまと。何しろ、いつもと違う日だもんで立て混みまして。

それとも続きの別部屋がついとる、離れがございます。まあなあ、お宅さまの定宿でございますけん」

特別料金の部屋らしいと、三之助にも感ぜられた。月明りのさし込んでいる寝床をみて、泊り慣れぬ所に来たという気がして、部屋の入り口で膝を抱いたままじっとしている。それへ、志乃が声をかけた。

「三之助かえ」

すっかり寝入っているとばかり思っていたので、三之助はじわりと汗が湧いた。夜気に打たれた忍び声で襖の方へ挨拶した。

「おそくなりました」

「いいや……間ものう、夜明けじゃなあ」

「はあ、はい」

そういえば、夜半からのどよめきはすっかりおさまって、月明りの下で街は睡りに落ちている。もっと早う戻ってくればよかった。三之助は首にかけた手拭いで、やたらに汗を拭いた。お咲の寝息が聞えていた。

「姉さまにでも、逢うて来たかえ」

あとでおもえば、ひときわ柔らかい優しみをおびた声だった。けれども、この時ほどだしぬけなことを訊ねられたという気がしたことはなく、動転した。

「いんえ、あの……」

「探し当てたかえ」

「いえ、その、……」

「早う、わかっておればよかったなあ」

「はあ、はい、たずね当てんで、あんまり人が多うして」

「所書きを持って来《こ》んじゃったのかえ」

「いえ、晩で、あんまり街がこみ合うて」

「早う、きめておけばよかったなあ」

出養生に三之助を連れてくるのを、早く定めて、姉との連絡をとらせればよかったと、志乃がいう。思いもかけない言葉だった。志乃に、姉の長崎奉公を一度も話したおぼえはない。直衛の家に来てから、石屋の修業もだが、三之助は半ば志乃付きの係になって、病人さまに仕えている気になっていた。ひょっとして志乃さまは正気かもしれない。波止場に座っていた時からの悲愁がこみあげた。お咲が目覚めかけて寝返りを打っている。鼻の付け根が痛くなった。灯りがついてなくて、襖一重でへだてられているけれども、三之助は、なにもかも志乃に見られている気がして、居ずまいを崩すと、拳で滲み出てくるものを拭った。

志乃は三之助の気持のしずまるのをはかっていたのか、やがて言った。

「枕元に、西瓜が置いてあるけん、食べてお寝《やす》み」

今度の旅を志乃はなぜあれほど嫌がっていたのだろうか。

「船の旅じゃが、どれを着てゆきましょうな。着替えも二、三枚は要りましょに。なあ、おっかさま」

取り出して来たのを、志乃は畳をこさぐようにして撥ねのけた。

「どこに連れてゆくとかえ、目えの見えんとば騙《だま》かして」

聞いたことのない強い声に、まとめかけていた荷作りの手を止め、三之助も志乃を見た。

「なんのために、わが親ば騙かすと？　長崎のお医者さまに、診て頂きに、ゆくはずでしたろ」

「長崎のなんのにゃゆかんと。天草に戻る」

「またそういうことば言うて。せっかく三やんが付いて行くちゅうのに、重左の替わりに」

お咲は躰も親に似ず大柄だが、この世にいかなる事態が起きようとも、慌て騒ぐということはない。

まだ少年っ気の残っている三之助を、とり違えるわけでもなかろうに、「重左かえ」とひどく親しみ深い声で志乃が呼ぶのも、もう聞きなれている。

容態の悪い時、重左と三之助をだぶらせてかたわらに置けば、ほぼ気分が鎮まるのである。付添人としては、本人の気に入った者が一番だと、お咲が三之助を伴うことを提案した。持ち重りのする親を抱えての船旅だった。

――お咲さまも、この先大へんじゃ。

汐風にさらされて来た躰をさしのべながら三之助はおもう。志乃が船の上で、着ているものを嚙み裂きはすまいかと案じていたが、しなかったところをみると、人の目というのはどこかでやはり気にしているのかもしれない。出発する前の日、渡された単衣の両袖をつまぐって、胸の前で手を通したまま、志乃は首を傾けていた。

「墓ゆき着物はこれかえ」

お咲は、三之助の瞬いている目に見入りながら母親に答えた。

「墓ゆき着物じゃなか、葬式じゃなか、お医者さま着物じゃ」

「そんならどこにあると、白衣《しろぎぬ》は」

「白衣はいらんと、船に乗るとじゃけん」

「あれが無からんば、わが身の葬式に、間に合わんがなあ」

志乃は、かねて瞑《つむ》り勝ちの両眼を、うっすらとひらいて三之助の方を見た。青水晶の曇ったような両眼が、微笑《わら》っているようにみえた。そんな目つきのままで、掌の先を出していない片っぽの袂が、宙にかざされていた。袂は、志乃の心の形のように三之助には感ぜられた。白い小絣の夏の袂が、意味のないもののように折れ下がっているのをちらとみて、三之助は、胸の絞られるような思いで、長崎にゆくのだと自分に言い聞かせた。

姉のお小夜があの時、離れてゆく小舟の上から振っていた袂も、白い色だった。漕ぎ離れてゆく小舟を追って、三之助は岩を跳び、跳びながら叫んだ。

――いつ戻って来っと！　いつ。

――来年じゃ！　来年。

遠ざかる舟の上で、お小夜は上半身を傾け、肘のめくれた腕を突き出し空を摑んだ。口と頰が歪み、ほとんど睨むように弟を視た。櫓《ろ》がきしみ、小さな舟は左に右にゆっくり揺れた。

――荷物を下しゃんせ、荷物を！

それは聞えたとみえ、小夜は、片手に下げていた荷物、干しからいいもや小豆の袋をからげた縄の荷を下に置いた。躰のつり合いが狂ったらしく、糸の切れた凧のように両の袂が泳いだ。そのときの白い袂のぐあいを、志乃のかざしている袂を見て思い出したのだ。

小夜はいやいやをするようにかぶりを振って、袖の中に手を引っこめ、口元に当てながら遠ざかった。夏のつよい陽の光が、小舟の影をくるみこんだ。

長崎の海辺は、匂いがちがうと三之助は思う。街というものの匂いが、波止場にまで溢れ出している。

ゆったりとした故郷の渚とは、まるでちがった人いきれがそこには満ちていた。島の人間たちの話す声、呼び合う声は、だいたいどこの誰それと、はっきり聞き分けられ、それを聞くだけで、その家の者たちの心のありさまも、推測がついた。人の姿はくっきりと空や海や丘を背景にして、単純な絵の中の人間のように思い描くことが出来る。

花の長崎という言葉は知っていたが、花とはこういうことなのか。一度はいりこめば迷路のようで、出て来にくいところかもしれん、と思えた。精霊流しの賑わいの中に、姉は居たかもしれないのに。

はじめて間近に見上げた外国船には、石炭の荷上げのために大きな梯子が架けられ、人びとが蟻のように取りついて働いていた。途方もない盆祭りの有様も、この波止場を見ていればわかる気がする。人の躰にたとえれば波止場の活気は、音を立てている心臓のようなもんだと三之助は思う。

飲みなれぬ酒に悪酔いしかけたように、躰の重心がふわふわしているのを彼は感じていた。小雨が、乾いた空気の中にぱらつき出している。

さっき病院の待合室で、雲行きを見上げていた人たちが言い交わしていた。

「こりゃ降るかもしれんばい」

「もう一か月の余《よ》も、ぱらりともしませんど」

た。

「ほんにお盆疲れじゃ、雨の欲しか」
「降って涼しゅうなれば、すぐもう、十五夜さまじゃなあ」
「十五夜さまを送って、涼しゅうなってもらわんと、病気もはかがゆきまっせん」
「盆疲れ」した人たちが、窓から吹きこむ風に首をさしのべ、天気の判断をしあってい
た。

雨が来ると聞けば、三之助には躰の芯から安堵する想いがある。三之助だけではなく、それは身についている島の心かもしれなかった。川のない島なので、田んぼを持ってい
る農家は少なく、主食といえば唐藷である。藷畑が日照りで枯れることはさすがにない。そうはいっても、出来秋《できあき》前に島民たちの雨を待つ気持は、ほとんど草木の気持に等しかった。畑にゆとりのある者たちは、雨が来ようが来まいが、必ず陸稲を植えた。丘陵地帯で、水を涵養する力が少なく、井戸といっても数が知れている。日照りが続けば丘の窪みの近くを選んで植えた稲も枯れてくる。井戸はだいたい共同のもので、日照りの畑にやれるゆとりはなかった。育った稲が枯れてゆくのを眺めて、畑を持たぬ者たちさえも、わが身が枯れる思いをする。

遠い共同井戸への水汲みは女子どもの仕事だった。島が乾燥して井戸の底がみえてくると、水を汲む仕事の者たちはみな、頭の皿の乾いた河童のようにぐんなりとしてくる。雨の気配、水の気配にはみんな敏感で、それを察知すると、自分の足が根ざしている大

地に、水が満ちてくるように安堵するのであった。雨が来れば、誰も彼もはばで仕事を休んだ。

　待合室の人びとが、心燥《はしや》ぐようにまだ来ぬ雨のことを話しあっているのを、三之助はこころよい睡気の中で聞いていた。


「ご病人さまですけん、病院坂の下りの時には、ゆっくり曳いてなあ」

　送り出す時、お内儀が念入れて車夫たちに言った。二台の人力車の後について三之助は歩いていた。前の車は志乃である。

　人力車の通ってゆく脇に、赤く色づいた鬼灯《ほおずき》が垂れていた。姉のお小夜も、お咲の娘の綾も、熟れた鬼灯をひどく大切なものにしていたが、女の児というものはこういうものが好きらしい。

　そういえば、宿の石垣の根に飛沙涪《とびしやご》の花が、洗い出したような紅色に咲いていた。女の児たちが爪を染める花だが、長崎というみやこにも、田舎と同じ草花があるのか。もとはここらも田舎だったのかと思う。

「三やん、お前も、診察室にゆくかえ？」

　お咲は名を呼ばれて立ちあがるとき、母親の手を取りながら三之助を振り返って言った。ゆうべからの想いにひたされていた三之助は、中腰になって立ち上ろうとしたが、強くかぶりを振って椅子に腰かけ直した。診察は、ほかの病人より長くかかっているように感ぜられた。

乳色の汗を滲ませたお咲の顔が、すぐ上にあって、三之助は長椅子の上で揺り起された。つよい消毒薬の匂いがつんと来て、県立病院に来ていることを思い出した。

「よんべ、睡らんじゃったばいなあ」

瞼をこすりながら立ち上った目に、お咲の後ろにたたずんでいる志乃の姿が影のようにみえ、ぎっしりと人が居た待合室は、すっかりまばらになっている。

「すんまっせん、睡りこけて」

「よかよか、ちっとでも寝られて。やっぱり若かなあ」

ねぼけ顔が恐縮して、赤くなっている。お医者さまは何と言われましたか、というような気の利いたことを言える年頃ではない。

「すんまっせん、あの、お志乃さまは」

「ここにおらいます、ほら」

躰を傾けてお咲は言った。

「目が醒めんらしかなあ、まだ」

振り返ったそのうしろに、瞼のまわりをくすませて瞑目した志乃が立っている。

「いえあの……ああ、はい」

両方の目が寄っているような表情で、お咲が、

「すまんけどあの、人力さんば呼んで来て」

言いつけたその目つきから、思わしくない病状だったろうと三之助は感じた。

おっとりとして、娘の一人いる親とも思えぬように、お咲は無邪気なところがある。それが人力車の上で、ふっくりした肩をゆらしながら黙り込んでいた。いうことに棘《とげ》がなく、「お咲さんは、あさっての沖の方ば向いて、ものいわる」と、若い職人たちに笑われ、好かれていた。「もう暑うして、わたしは幌はいりまっせん」と幌をことわって、車の上の姿をむき出しにしているのも、恥かしがり屋のお咲のふだんに似ないことだった。


　病院にゆくというので、宿のお内儀が気を利かせて髪結いさんを呼んでくれ、何というのか、長崎の流行りらしい髪に結ってもらったのが、三之助の目にさえ、どこやら品よく似合って見えた。折角のそのうなじが、くしゃくしゃにしたハンケチをやたらと使うので、雨足を含んだ風にほつれている。

――お咲さまはこれから苦労さるぞ。

衿足を後ろから見上げながら、自分の足つきがしぜんに、車夫のそれといっしょになるのが、おかしな気持だった。車の上でお咲は考えこんでいた。手おくれだと医者は言ったのである。

「二つも難病が重なったなあ、これは。いま半歳も早ければ……まちっと早う連れてくればよかったとになあ」

人のよさそうな目付で、気の毒そうに、五十年輩ぐらいの医者がそう言った。

「もういっぺん、内科の方で、診察があります。心配いらんですけん、付添の人はこっちで待っといて下さい」

看護婦が別室に志乃を導いて行ったところで、医者はそう言った。

「難病ちゅうのはなんの病いでしょうか、やっぱり手おくれでしょうか」

「手おくれじゃなあ、これは。青そこひとも、いいますがねえ」

「はあ、青そこひ」

「それがだいぶ進んどる。もひとつの方は、説明しても分りにくいが、網膜剝離というて、目の中の大事な膜が、修繕できんほど破れとりますねえ」

一度に気落ちして、お咲はしばらく声も出なかった。

長崎の医者さまに診てもらいさえすれば、治るものだと思い込んでいた。「日本一の医学校の付属病院」で、そこにゆくより他はないと、地元の病院ですすめられたのである。

「もちっと早う、連れて来られんじゃったもんか。残念じゃなあ、品のよかお人じゃのに」

「早う行こう、早う行こうと、言うとりましたんですが、あの、お見かけのように、気の違うとるもんですけん、いうこときかせずに」

「うーん、そっちの方からも、目に来とるかもしれませんねえ、こりゃ困ったなあ、ご本人には、なんちゅうたもんか」

「……」

「気永うに養生せんばならん、目だけじゃなしに、躰もよう養うて。これは本当じゃからなあ、そう言うて置こう。気永う思えとな。天草の本渡には、よか医者がおりますけんな、一筆書いて持たせましょう、そこで養生なさい」

「あの、長崎で、ここの病院で治りませんとでしょうか、そのつもりで、出て来ましたとでございますが」

　医者は、しみとおるような目で、暫くお咲を眺めた。

「治してやりたいのは、山々じゃが……。さっきから言うごつ、こりゃもう手おくれじゃ。遠かところから折角出て来て、気の毒じゃがなあ。ご本人には言わん方がよか。脳も病んでおられるようじゃしな。家族が優しゅうしてやるのが、一番の治療じゃ。まず躰を、よう養うてやらんばいかんなあ」

　医者は、看護婦に連れられて来て、胸をかき寄せながら、かすかにふるえている志乃を腰かけさせて言った。

「奥さん、よかですか。ああたはですね、若かとき、あんまり機織りのしすぎでしたぞ。いくら好きでもなあ、いま娘さんから聴きましたがな、そういう細々した躰で、人手がなかわけでもなかったろうに。ふつうの女たちとくらべて、度が過ぎとりましたぞ。若かときのそれが、目に来とるわけですがね。これからはいちだんと、躰をよう養うて、魂をようやすめて、気永う養生しなさいよ。

天草に、よか医者のおりますけん、精《くわ》しゅう、一筆書いて持たせるけん、あせらず、ゆっくり養生することですよ」

何かを怺《こら》えているような顔になって、志乃は瞑った目を、さらにつよく閉じようとしていた。こういう表情のときは、容態のよくないことの起きる前兆である。よほどに診察が嫌だったにちがいない。

看護婦が、あんまりてきぱきしすぎていたのが、田舎流の丁寧さの中にそっと置かれている志乃には、肌をあばかれる感じがしたのかもしれなかった。医者の扱いに感謝せねばならなかった。

医者さまの前で妙なことを口ばしり、ご無礼なことにならねばよいがと、容態のことより、そちらをじつは気にかけていたのである。それがなかっただけでも、よかったと思わねばと、お咲は自分に言い聞かせた。しかし、手おくれだとは胸に応えすぎた。

どうしたら、よかろうか。

このような大事の場に直衛が居合わせないのが、そもそものぬかりである。なぜわたしひとりが、母の大事に立ち会ってしまったのか。こういうことになるのなら、無理にでも、兄を連れて来るべきであった。

宿を引き揚げて帰らねばならないが、志乃は敏感になにかを感じ取っている。気が間違っているというのは、人一倍、何でも感じすぎる病気といってよかった。なんにも解らない病人の方がまだしもよかった。人の気持をわたしの十倍も百倍も感じ取って、おっかさまは先へ先へと思いがゆきすぎる。それだから、世間並みに生まれたわたしたちと、心がゆき違ってしまう。

お咲は、どうしてこういうおっかさまから、わたしのような呑気者《のんきもの》が生まれたのだろう、と思う。父の直衛のことを、親類たちや仕事先の人たちは、出来た人物だと皆して褒めもするけれども、父という人は、世間を深く広く感じ取っても、受け取り方はまるまる狂わぬ人間らしい。と考えて、お咲は人力車の上で恨めしかった。そういう父なら、こんなに応えることを、全部ここで、受け取ってほしかった。第一、自分の妻女ではないか。

そうは考えるが、今度の旅は直衛をはじめ、自分も兄も皆がみな、長崎にゆきさえすれば、志乃は治って戻るとばかり思い込んでいたのだ。お咲と三之助をつけてやれば、設備のととのった県立病院で一番進んだ治療を受けて、ついでに長崎見物もゆっくりとして、母娘とも垢抜けして戻ってくるのではあるまいか。親類の女たちは、羨ましさをこめて、そう言いながら送り出したのである。

おびただしく方々から貰った見舞金や、餞別のお返しをどうすればよいだろう。快気祝いには、長崎の香りのするものを見つくろって、いずれ船に積ませる算段をするつもりだったのに、快気祝いどころではなくなった。

前をゆく人力車がその時止まった。横向きになった柄を抱えて、車夫がこちらを振り返るのを見て、お咲はわれに返った。

「あの、奥さん」

実直そうな中年の車夫は、当惑したように言った。

「こちらの奥さまがその、どこに連れてゆくかちゅうて、えらい心配しなはるですが」

お咲はすぐに察しがついて、声をのばした。

「おっかさま、心配いらん。後からついてゆきよるけん。宿屋にちゃんと、戻りよっとじゃけん」

しかしそれだけでは心配になった。

「ちょっと人力屋さんすみません、降して下さいな。病人さまで、わけがわからんもんですけん」

「目が悪うあんなさるとですなあ」

お咲の車も気のよい車夫だった。文句も言わず降してくれたが、通りかかった親子らしいのが、重箱を抱えたまま立ち止まって、振り返っている。

「ちょっと三やん、こっちにおいで」

三之助も事情を察して、志乃の車の脇に寄った。

「おっかさまなあ、人力車に二人乗ればよかばってん、乗れませんもん。三やんがちゃんと、脇についてゆくけんなあ。聞こゆっど、足音の。わたしはすぐ後の人力車じゃけん、心配せんでよか。わかった？　わかったなあ」

三之助はその時また、藪かげの赤い鬼灯を見た。三つ四つ愛らしい実の垂れている枝を折り取ると、お咲に手渡した。幌の中の志乃の膝にそれが乗った。蒼白な顔がみえた。

「鬼灯のよう熟れとる。これをば綾に貰うてゆきまっしょ」

ふだんの声でお咲はいうと、手に握らせた。志乃の掌はこわばって汗に濡れ、ひどく冷たかった。

三之助は念を入れて言った。

「わしが、おそばにおりますけん」

ひょっとすれば、重左爺というのは、若い時こういう男だったかもしれない、とお咲は思った。

「ちょっとだけ、幌ば上げて、風入れてやりまっしょ。検査やら何やらで、きつか目に逢うて、心細さにしとります。すみません、人力屋さん」

額や首すじの汗を拭いやりながら、お咲は母親の顔色が、やわらいでくるのを感じた。

「美しか鬼灯なあ、懐かしさよ。うちら辺のと、いっちょも違わん」

三之助を連れて来てほんとによかった。お咲は、まじまじと眺めている母娘連れに微笑みかけて、車に乗り直した。

「やっぱり雨かもしれんなあ、ぱらぱら来よるばえ、気持よさ。なあ三やん」

「はい」

雨が入らぬように幌を半分かけてもらって、志乃はおとなしく鬼灯の枝を膝の上に乗せている。赤い実がゆれるのを横に眺めながら、三之助は、自分の足音を志乃に聞かせねばと思い付いて、車夫と一緒の足並みにならぬよう歩きはじめたが、つい車を曳いている気になって、やっぱり足並みが同じになった。

摘み立ての鬼灯の香りと手ざわりが、志乃を僅かになぐさめていた。いやその香りは、目の見えていた頃と、まったく寄る辺ない暗闇にいる今とをつなぐ、かすかな通路のようなものだった。

志乃ははじめて来た長崎という街に、脂粉の香りを嗅いでいた。それは志乃の体質に合わなかった。人に馴れて、わけ知りになったようなお内儀の体臭、その脂粉の香り、その内側にある熟れた肉体の気配を好まなかった。そんなお内儀にまで、いくら定宿であろうとも、志乃の病いを洩らしている直衛をうとましく思う。

自分はどうやら、ほんとうに病気であるらしい、と志乃は思うことがある。感情の押さえがわれながらきかない。といっても、むきつけにあらわに、思ったことを口に出したりはしない。思いが極端に深くなって、人と考えが合わないのである。とくに直衛と合わないのが苦痛だった。

どこかへ往きたかった。それは長崎ではなかった。舟に乗ってどこかへゆきたい。燭台の灯の灯っているところへゆきたい。

それを灯して機織り台の上に置けば、この世がちごうて見える、と秋人が言った。

——青蓮寺の灯明よりも明《あこ》うして、美しか灯がともる。

と秋人が言っていた。この世がちごうて見える？　秋人の思い浮かべていたそれは、どんな色のこの世だったのだろうか。

第三章　十六夜橋

志乃は夢を見ていた。

梨の木の墓のそばにかがんで、海の方を見ているのである。花はなく、大きな裸木に近い枝から葉が舞い散っていた。夕昏れのようで、墓のまわりには盛りをすぎた鬼灯《ほおずき》が群生し、枯れかけた袋の葉脈の間から、赤い珠が透けながら、あちこちに小さく光っていた。

古びた、形のくずれかけた墓殿《はかどの》は遠景になって、いつ、こんな鬼灯だらけの原っぱになったのだろうと思う。

夕闇の中の鬼灯は、まるで小っちゃな盆灯籠さながらに灯り出て、さしのべた自分の指がそのあかりで、土筆《つくし》のように浮き出ているのを志乃は見ているのだった。

——嬢さまなあ、あといくつで、お糸さまになられやす？

重左が後ろにかがんでいる。

志乃は片手の指を折って数える。みっつ、よっつ、もひとつの方の掌を出して数えようとする。

――五《い》つ、六《む》う、七《な》な、八《や》あ……。

それから先がわからない。まだ、六つばかりの頃の志乃だ。数はわかるが、お糸さまの歳になるというのがわからない。

――嬢さま、この前、お教えしやしたろう、こうして。

後ろから大きく抱え込んで、鬼灯の枝を、雪洞《ぼんぼり》のようにかかげた重左の手が伸び、目の前にくる。

――ほら嬢さま、こうやってかぞえて。お糸さまになられるのは、おいくつでやす？

あまりにもの哀しげな声だものだから、指を折りかけたまま、志乃は振り仰ぐことができない。その指の下で、麻の葉形の白い単衣の膝が、みるみる夕闇に沈んでゆく。うっかり振り向いたら、重左はいなくなるかもしれないのだ。声はたしかに耳許でするのに、背中がへんに軽くて寒いような、すかすかした感じで、目の前の鬼灯だけが海の中の小さな灯りのようにちらちら美しい。

よいことを思いついた！　という感じで、振り向かないまま、幼女の志乃はいう。

――蔵の中に探しにゆけば。

お糸さまのお歳はあの古い蔵の中にあるのだ。

躰で割るようにして、鬼灯の群落の中を歩きはじめる。水の流れるような風が躰にあたる。風の流れは、指を折ってかんじょうできない時間をあらわしているらしかった。髪がほつれて、はたはたと頰を打つ。甘酸っぱいような、鬼灯の香りがついてくる。耳許でまた声がする。ひとりごとめいた声だ。

——あといくつで、お糸さまになられやす？

いくつかしたら、お糸さまになるのだろうか。志乃はお糸さまを知らない。重左にとってよほどに大切なお人らしい。志乃は鬼灯の灯にともし出されて、見たこともない昔のお糸さまに、自分がいま、なりつつあるのではないかと思われてきた。墓の上の空にひろがっていた青白い梨の花びらが、自分の躰の中に散りこんでくる。

心がしんと醒めてぞくっとする感じにとらえられていると、梨の花びらは雪にかわって、あたりは雪の原になった。向うをみると、遠くにあるのは蔵ではなくて、やっぱりあの古びた墓殿である。肩の上にあったかすかな息遣いがふっと無くなった。重左はどこかへ往ってしまったらしい。いいようもなく悲しい思いに襲われて、志乃は袖を抱えて雪の小道をつよく蹴った。飛び立とうとするがうまく飛べない。

——あそこまで。

まなこを定める。向うの墓殿は雪に降りこめられてだんだんかすんでゆく。魚が飛ぶ時のように両の袂をしきりに振る。

——ゆかれん、ひとりじゃゆかれん。重左がおらん！　どうしよう。

——ほら、これにつかまりませ。

三之助の声だ。すると躰がうまいぐあいに浮きあがった。三之助の姿を志乃は見たことはないが、秋人が三之助になって、鬼灯の枝をさしあげ握れと言っている。舟の上からだ。雪の海の上に小さな舟がゆったりゆれている。菅笠《すげがさ》をつけて漕いでいるのは重左だ。肩のつぎ当ての褪せた藍色がひどく目立って見える。

——ああ、わたしの目がようみゆるなれば、まちっと見ばえのよかごと、継ぎを当ててやれように。

志乃は鬼灯の方に手を伸ばしながら、重左の肩の綻びが気にかかる。さっきは声ばかりで姿の見えなかった老僕がここに居たので、深い安堵の中でそう思う。

——重左！　今度の盆までにゃ、きっと紡ぎあげて、縫うて着せましょうなあ。もう雪まで降るゆえ、正月には間に合わん。

志乃は織りかけている機のことが気になりながら舟に乗ろうとしていた。

——儂《わし》の盆衣《ぼんぎぬ》はいりやっせん。お糸さまから拝領いたしやした。

そうだった。盆になると重左はあの芭蕉布の帷布《かたびら》を着るのだった。葛籠《つづら》の中から取り出すと畳の上に置き、皺をのばして叩いて、「似合わんもんをば拝領いたしやして」とおじぎをするのだった。

重左は笠を傾けて向うをむき、もうあの、かすかな紅を沈めたような灰汁《あく》色の、ごわごわした帷子を着て座っている。重左の衣裳を、志乃は夢の中で久しぶりに見た。盆の景色の中で彼の衣裳は色も形も異彩を放っていた。村の者たちは、

――重左どんの赤帷子。

と称《よ》ぶのだ。舟は空き間があるのに、なぜか足をさしいれることができない。重左は向うをむいたまま座って舟を漕いでいる。櫓を握っている手首をふとみると、なめらかな膚をしていてたいへんに若い。志乃は思った。

(そうじゃった。わたしは、お糸さまになりよるとかもしれん)

――重左、どこにゆきよると?

――梨の花の咲くところでござりやす。

そういう声はやっぱり三之助である。

向う岸の梨の木はまだ裸同然で、落ち散った紅葉色の葉を誰かが掻き集め、燃やしているらしい。煙が昇って梨の木をくゆらしている。その下で、小さな編み込み模様のついた花籠を片手に抱えて、ぬかごを拾っているのは、お糸さまになる前の、さっきの自分だと志乃は思っている。

そして空を仰ぎ仰ぎ、こんなたあいのない唄をうたうのだった。

あの紅《べん》な　誰《た》が紅よ
花嫁さんの
祝儀の　紅

雪景色はもう変っていて、なんとも美しい夕焼けなのだ。舟は岸から離れた沖にいる。

——わたしもそこにゆくけん、舟に乗せて。

いいや、と口ごもりながら、三之助は言った。

——まだまだ、志乃さまを乗せてあぐることは、できまっせん。

さっきは鬼灯の雪洞をかざして導こうとしたくせに、三之助はそう言って振り向いた。するると、脇にうなだれていた白い首の女が顔をあげて、うるんだような目許で挨拶した。ああ、この娘が、姉だと聞くお小夜かもしれない。

非常に哀切で親密な感じに胸を縛られて、志乃は目をさました。深い睡りの中から浮上した感じだった。布団の糊の匂いがして、ごわごわと顎に当った。長崎の宿であることがぼんやりと思い出された。

目だけがはっきりとうるんでいたお小夜、見たことはないが、お小夜にちがいなかった。それもだけれど、梨の花が躰の中に散って来たときの重左の声は、たった今もありありと耳の中に残っている。はっきりした夢を見たものだった。

——あといくつしたら、お糸さまになられやす？

お糸という人はいくつで死んだのか。志乃はちゃんと聞いたことがない。たぶん二十になるやならずで逝ってしまったのではあるまいか。なぜ重左はあんなことを夢の中で、小さなわたしに訊ねたのだろう。それにしても、久しぶりに重左の赤帷子が夢に出て来た。あれはいったい、なんといえばよい色あいだろう。夢に出て来ても、もの哀しい色の帷子だった。

盆の十五日一日だけ、岬の渚に近い梨の木のお墓に詣でる折、いやいま一度、お糸の命日の墓詣でにだけ重左はそれを着た。

さして遠くもない丘の草道を、水桶を下げ線香を持って、登ったり下ったりしてゆく重左を見かけると、人びとは言った。

——あれ、今日は重左どんの墓詣でばいなあ、赤帷子着て、登りおらす。

赤とまではゆかなかったが、浅黄色や鼠縞のはげかかったような、村の者たちの日常着からすれば、目立たぬわけにはゆかなかった。熨斗《のし》をかけて着るなど思いもよらない。畳み皺のはねあがったような琉球産の古い夏衣を、裾前の不揃いなど気にかける風でもなく、毛脛を出して歩いた。常になく威儀をただした顔つきになってゆくのを見れば、その日が重左にとっていかにも大切な日だと、誰の目にも見えた。

帷子がどういういわれのものであるかも、村の年寄りたちなら知っていた。

お糸が死んで戻った日、舟から死骸を抱え下ろす姿を見ていた者たちは囁きあった。

――こりゃ！　どうしたものか。重左の着物は、使いものにならんばえ。

目の芯まで真黒になっている当の本人は感じていなかったが、渚に立って取り囲んでいたものたちには、血糊と屍臭がその躰にしみこんでいた。まだ硬直の来てしまっていない若い女の、扱いにくい死骸は、動かそうとする度に血を滲み出した。お糸の躰よりは、髷《まげ》をざんばらにした蒼白な重左の全身に、血糊がまみれついていた。戸板に乗せて植えこみの間に運び込んだ。

――ともかくその血まみれ着物を脱いで、洗えや。

男衆《おとこし》たちに言われるまで、それを脱ぐのを思いつかなかった。水洗いをして、灰汁《あく》を立てて洗ってみたが、大量の、若い女の死後の血の色はなかなか消えなかった。

幾日も洗って物干しにかけているのを見やって、当主が言った。

――一帳羅《いっちょうら》をば、台無しにしたのう。それを着ては、人前にも出られんじゃ。御苦労賃に、俺が着らんとのあるけん、やろうぞい。もういっそそれは、燃やしてしまえ。お糸の匂いのする。

お糸の匂いがすると言われるまで、重左はそれに気づかなかった。血の色がついていてはならないとだけ、思っていたのである。

死骸をあげた渚とは離れて、流木を積みあげ、着古したその仕事着を燃やした。お糸が居なくなったことが実感された。

――芭蕉布じゃけん、強かろうぞ。

普段の仕事着にしろと言われたものだったが、大きな縦縞に井桁《いげた》の飛び模様のついたその帷子は、重左からみればよそゆきというもおろか、片田舎で小作の雇われ人《にん》が着るには異装めいていた。当主が長崎でのくつろぎ着に求めたものであったろう。船を迎えたり、気楽な客の相手をするときの、帯を結ばずともよい付け紐式であった。

重左はひどく恐縮していたが、いつまでも着ようとはしない。初盆の時、袷《あわせ》を着込んでいるのを見て当主が言った。

――あれは仕事着にゃ、向かじゃったのう。盆衣にちょうどよかぞ。

以来、儀式の日のように、盆がくると重左は墓参の時にそれを着用した。しかし、他家への墓参りには着なかった。

志乃の目が見えていた頃、虫干しをする日になると、綱を張ったり衣桁《いこう》を出したり、まめまめと手伝ったあと、自分の部屋の前の桐の木の下に、重左はいつまで経っても皺のとれない〝赤帷子〟をひっそりと広げて干すのであった。

――あらぁ、重左どんの帷子は、薄物じゃなあ。まあ、向うの世の中の、透けて見ゆるじゃあ！

　頓狂な声をあげて、下使いのおなご衆がそう言ったことがある。

　三之助の鼾《いびき》が聞える。たったいま夢の中に出て来た人間が、隣の小部屋に寝ていることが志乃には親しく思われた。そして思い出した。三之助がくれた鬼灯のことを。病院坂で人力車に乗せられていて、志乃はひどく気分が悪かった。病院の匂いを嗅いだのがやっぱりよくなかった。

（生きておられませば、お医者さまにならいました筈じゃ……。さすればここの病院にも、おらいましたかもしれん。

　医者さまは、ひょっとして昔、秋人さまを知っては、おいでませじゃったろか）

　志乃は口に出そうとして、身ぶるいするように躰を引っこめた。

　――左の目を開けてごらん、ほらこっち、このあかりが見えますかな。

　医者の持っているのは何だろう。ドイツ渡りとやらの灯《あか》りだろうか。あかり、と医者は言っている。見えなかった。昼と夜の区別ならついている。薬の匂いが鼻に来て、医者の指が上瞼を押さえ、めくりあげた。

　――瞑ったらいかんですよ、開けなくちゃ。そげん力を入れずに、ちゃんと開けにゃ、はい、そう。

膝と息が間近にふれ、志乃は身を硬くした。

——やっぱり、見えんですか。

非常に遠くに、かすかな灯がゆれる気もする。医者の気に入る返事をせねばと思うせいかもしれなかった。曖昧に頭をかしげた。

——だいぶ、暗うなっとるなあ、うむ……。

ひとり言を呟いて、何か書き込む気配がする。

——心の目が、だいぶ……。

いいかけて、志乃は黙ってしまった。ひどく恥かしいことを口ばしった気がした。

——なるほど、心の目。

医者は注意ぶかく自分を見つめているのではあるまいか。いても立ってもいられない思いがする。やっぱりあらぬことをわたしはいう。

——心の目はですね、奥さん、半分瞑っておいたがよかですよ。

やさしく、おおらかな声だった。

——うちの奥さんもなあ、心の目が見えすぎて、困るですよ。

うろたえている患者の心をほぐすつもりか、自分の言葉をおかしがりながら、志乃の脈を握り直して躰をゆすっている。志乃はいくらかほっとした。天草に戻って養生してよいと言われたのは、はりつめていただけに、安堵する気もした。けれども、手のつけようもない病人は、そのまま戻されると聞いた記憶もある。

——念のため、ちょっと。申し送らにゃなりませんからね、診せて下さい。

場所慣れせず、ふらふらしている志乃を寝台に寝せて、真上から灯りを両眼にさし入れた。遠い火が動く気のするのが心もとなかった。医者の動かす手の気配で、志乃は、秋人が買いたいと言っていた外国の眼鏡や、燭台のことを思い出していた。

——世の中の変わってゆくとじゃけん、これからは。灯りちゅうもんが大事ばえ。書物もなあ、読まにゃならん。横文字の書物の、こげん厚かとのあるとぞ。ランプぐらいじゃ間にあわん。

秋人は両手をさし出して、書物の厚さをはかってみせた。わたしは能なしで、せっかく書物の話をしてくれたあの人に、憎まれ口を利いた。

——秋人兄《あん》しゃまは、書物虫じゃけん。

書物神さまと親類中も村の者も言っていたが、神さまといわず虫と言ったのだ。長い間、忘れていた。病院の匂いを嗅いでしまったらいろいろ思い出した。坂を下る時は躰のぐあいも悪かったが、あの人が勉強した所かと思うと、後髪を取って引かれる気がした。この目でなりと、その跡を見てみたかった。見えてさえいれば、あんなにだしぬけに、胸苦しいことにはならなかったろう。

自分というものが闇に閉ざされているそのまわりに、世界が広がっているのが、志乃には心細くも不安なことに想われた。

世の中が違うて見ゆる燭台をば、買うて来てあげようと秋人は言っていたが、その秋人が死んでしまって久しく、わたしには、目が見えていた頃とはちがう世の中になっているのだと志乃は思う。死んだ秋人がこの世にはない、もひとつの燭台を持って来てくれたのかもしれなかった。それに導かれて、時の流れは前の方へではなく、いつも後ろの方へ戻るようになった。

むかしお寺で、未来永劫という数えられない年月があると聞いたことがある。志乃はその未来永劫の中に、自分も這入ってしまったのだという気がする。だからさっき夢の中で重左に、あといくつで、お糸さまになられやす？　と訊ねられたとき、指がうまく折れなかったのだろう。

むかしむかしのものたちが、幾代にも重なり合って生まれ、ひとりの顔になるのだと思われる。人に限らず畜生たちに限らず、その吐く息をひそかに嗅いでいるとき、志乃はそう思う。とても一代やそこらで、あんな生ぐさいような息が吐ける筈はない。人の来て立つ気配も座る気配も千差万別でいて、ひとりひとりが重なるものを持っていた。志乃は死んだものたちの思いの累《かさな》りのようなものをいつも感じる。自分はもう未来永劫の中の人間だけれども、前世のように思えるこの世と、ぷつんと切れているわけではない。

時の流れがありし日に返ることとは、日々の営みと同じだった。志乃は毎夜一心に夢を招き寄せた。計ることのできない歳月が、夢の向うからやって来てくれる。

仄闇の中の六つ辻のような、この世にない時間がそこに現われる。海も空も樹々の枝も、草花も、人間たちはなお、現し身の刻よりは、上べの色を沈め、いのちの色をまとい直して出て来てくれる。志乃はなによりも、夢の世界を愛《いと》しんだ。目覚めている生身の時間よりは、それは想いの深い世界だった。その想いの深さに嘘はなかった。

志乃がそちらの世界を好いているのは、生身につつまれている自分の心が、どうしようもなくばらばらになって、あらぬ所に、それぞれが立ったり座ったりしているのを見出すからである。


戻りの船の中から志乃はひときわ沈みこんだ様子になった。

「久しぶりじゃなあ、おっかさま、天草に寄ってゆきましょうわな」

荷物をまとめてうながしても返事をしない。隈《くま》の目立って来た瞼をぴくぴくさせているのをみれば、そんなにふかくは睡り込んでいないのである。

「御病人であらすなあ、早う横になられませば」

相客の若女房が枕をとってさしのべるほど、やつれが目立って、うち伏しているのに羽織をかけてやりながら、ひとまわりまた平たくなったとお咲はおもう。天草の病院ならば、志乃も気がやすまるかもしれない。

「長崎にはゆかん、天草に戻る」

出発の前にそう言っていた。天草に戻る、などとはめったに洩らさぬことだった。生まれ育った家はあっても、迎え入れてくれる人がいないのは、志乃がいちばん身にこたえているはずである。

——聞きわけのなかことばいうて、おっかさま、天草にはもう……。

待ってくれる身内はおらいませんじゃろうに、とは言えない。家を乗っ取った叔父の家族たちとは、とうに行き来は絶えていた。まわりの親族たちが時折たずねて来て、昔の話をした。

直衛のところに来てから三度ばかり、志乃は誰もいない重左の家、それはほとんど牛小屋といってよかったが、夜中にそこへ逃げ出したことがある。

志乃の稚《おさな》びた人となりをよく知っている年長の従兄弟たちが、騒ぎにならぬうちに居所の見当をつけて見つけ出し、なだめて連れ帰ったという話を、お咲は幾度も聞いている。白髪頭になった気のやさしい老爺たちの語るのを聞いていれば、志乃の若いころの生身は絵物語りめいて思い浮かぶ。

「お前のおっかさまは三十近うなっても十七、八にしか見えぬお人じゃったけん、いつまでもここの家になじみえずになあ、よう戻りおらいたばえ」

「ええ、そのたんびに、小父さまたちが夜中じゅう、探し役目じゃったげななあ」

「そうじゃ。そのたんびにおぬいさまからお使いが来てな、またうちの嫁御が、花あそびしに出らいた。夢魔にどもさらわれぬうちに、連れ戻してくれませ、ちゅうて」

「花あそびちゅうておらいましたか」

「花あそび、花ままん事《ご》といいおらいた。うちの嫁御は世間の毒に当っておらんで、子を産んでも、まだ花ままん事《ご》の続きでな。おむつはこう、片手にひらひらさせて、ひいふうみいよちゅうて、花摘みに行かるわな。直衛がゆけば逃げらるけん、お前方、従兄弟の役目と思うて、村の衆が知らんうちに、連れ戻してくれませな。そう言いおらいたなあ」

「もののわかったお人じゃった。たいがいのお姑じゃればなあ、逃げ出すような嫁御には、悪口言いそうなもんを。志乃さまが子ども子どもしておらいますのを、よっぽど不《ふ》憫《びん》に思うておらいたよな」

「ほんに、おぬいさまになついておらいましたで」

「真夜中の、あのおとろしか、おしょろ河原ば通って。男でも、ああいうところで人にでも往き逢えば、髪の毛が一本立ちする草道じゃが、志乃さまはよう一人で帰りおらいたもんじゃ」

「あの時は月夜じゃったのう。お主と二人で、提灯とぼして往ったけん、よっぽどよかったが」

「後ろ向きで立ち上がらいたなあ。もう魂消《たまが》ったのなんの、二人じゃったけんよかった」

「よか月夜で。いちめん、海の白波の霞んでおるような萱原《かやはら》じゃもんのう」

「ほんに、なんであの時、後ろ向きでおらいましたろう」

お咲は思わず笑い声を立てた。

「そりゃおっかさまは、花ままん事《ごと》しおらいたかもしれん、よか月夜じゃれば」

「こっちは提灯とぼしてゆきよる。道のわきに屈んでおらいたのを、何やら光るが、岩かと思いよった。ありゃ後帯じゃったなあ」

「何しておらいましたろかのう。ふわりと立ち上って、振り向いてな。あらぁ、源三殿なあ、うち揃うて、今ごろどこにゆくと？　ち言わいたばえ」

「おおそうじゃった、そう言わいた。お主よう覚えとるわい。儂もあんときのお顔を忘れきらん、月夜じゃったのう。雨乞いの人形の微笑《わろ》うたごたった」

お咲がたずねた。

「雨乞いの人形ちゅうとのありますと」

「今はあんまり見んのう。姫人形じゃ。竜神さまにさしあぐる形代《かたしろ》でな」

「なるべく美しゅう目鼻を描いて、振り袖着せる」

「そりゃ人間の替りじゃなあ」

「そうともよ。げんにおしょろ河原の塘《とも》には、昔は人柱を立てたとじゃけん。現今はそうもゆかんが、なるべく美しか人形を作って雨乞いをする」

「雨をもらえるか、もらえんかのきわじゃから、末代に名の残る美しか人形を作ろうぞというて、昔は村ごとに競うて作りよったもんぞ」

「儂が曾祖父《ひいじい》さまの代の人形には名がついておって、おしのさまという名じゃったちゅうよ」

　なにか心に翳るものを感じてお咲は尋ねた。

「うちのおっかさまと同じ名かえ」

「そうよ。美しか人形じゃったげな。利きすぎてなあ、その時は死人の出るほどな雨の降って、次の作の出来た時には、供養に念を入れたちゅうぞ」

「儂もその話は聞いとる。その時の人形頭は、権爺という人じゃったちよ」

「そうじゃ権爺よ。手技《てわざ》の名人じゃ」

「ああ、あの三光寺の裏の仏さま方を作ったお人かえ」

「それそれ、あの微笑仏《えまいぶつ》さまじゃ。手技の神さまぞ」

「一生嫁御も持たずに、かねては石の面ばかり彫ってのう、偏骨者じゃったちゅうよ」

「嫁御も持たずに微笑仏作って、それから最後におしの人形を作ってのう、わが作った人形を抱いて、いっしょに沈まいたちゅうわい」

親の代から故郷を離れているので、お咲がおしの人形のことを聞いたのは、この時がはじめてである。

「その時の雨乞いは、はなから気の入れようが違うておったちゅうよの。それというのも権爺の人形が、なかなか出来あがらずに、時々小屋から出らいますありさまが、あんまり魂離れしとる様子じゃからして、権爺は、わが作る姫人形に、魂とられてしまうとじゃあるまいかと、みんなして、噂しよったちゅうよ」

「あそこの石山に、しめ縄張って小屋がけして、出来あがるまで誰も入るこたならんちゅうて、子どもがさしのぞいても、汚れ神でも来たごとく忌み嫌うて、追っ払いよらいたげな」

「ふだんとは、打って変った人間になっておらいたそうじゃ」

「おなごどもが見たさになあ、食い物をとどけにかこつけて、近づくのじゃが、戸口に入るまえに声がして、お玉どんかえ、ごくろうじゃった。食い物なれば、そこの水瓶《みずがめ》の上に置いて下はれ、と言わるそうじゃ。その声がなあ、かねての権爺とは違う。海の底からでも言うような声で、そのころから、魂は海の底におらいたのじゃろうと、うちの曾祖母《ひいばば》さまが、のちのち、語りおらいた」

「そういう話を小《こ》まい時分、よう聞きよったのう。いったい権爺は、魔物でも生き返らせておらるとじゃなかろうか。痩せ光りして、ただの人とも思えん姿になっておらいますがと、ぎんぎん照りの空を見上げて、語りよったそうじゃ」

「期日が近うなっても、一向に小屋から出て来らいませず、あちこちの村では雨乞い鉦《がね》が鳴りはじめる。俺家《おるげ》の村はこのたびは姫役じゃが、こうも人形《ひとがた》作りが遅れてはどうなるかと、みなして小屋のまわりまで鉦うち鳴らして登ったちゅうぞ」

「そういう話じゃった。おしょろ河原に集まって、今年の雨乞いは出遅れたぞ。他の村々は、満願の日をきめて鉦打ちの行に入っとる。姫役のわが村がいちばん出遅れてしもうて、なんちゅうことか。もしや雨が来んとすれば、一村ながら罰の受けかぶりじゃ」

「だいたい石仏さまや獅子頭を作る人間に、おなごの形代を作らせるちゅうのが、そもそもの間違いじゃ。みろほら、期限が来ても出来あがる筈がない、ちゅうて騒動しはじめて」

「人形《ひとがた》が出来んとなれば、権爺をば人柱に立ってもらおうぞ、と言い出す者もおったげな」

「気が立っておろうけんのう、あの鉦の音に追い立てられては」

「ぎんぎん照りに、あの鉦の音がいっせいに響き合うてみろ。うちなえた草木も、ふるえ出すような音色じゃからのう。催促にゆこうぞちゅうことになって、みなして鉦を打って、石山まで登ったたちゅうからのう。取り巻かれてひと晩中、鉦の音をたたきこまれたなれば、気が狂おうわい」

「いや、権爺もそれで狂わいたのではあるまいかのう。おしょろ河原から登った鉦打ち組と、ついて往った人数は、五百はおったろうもん。取り巻かれてみろ」

お咲はそこまで聞いて、志乃が時おり呟く言葉を想い出した。

「ああ、ひょっとして、そんときの文言はこうではありませんかえ。

　月の満願　今夜がかぎり
　姫が面も　今夜がかぎり」

「それそれ、その文言じゃ。そういうて一心に鉦をたたく。ちょうど八月の十五夜じゃったそうじゃ」

「そういう時期までも雨が降らじゃったちゅうは、よほどの大ひでりじゃったわい」

「おしょろ河原に往きつくころは、あそこは広かけんのう、あちこちから鉦の音聞きつけてうち集まって、そのような人数ちゅうはなかったそうじゃ。お月さまが出て、とすとすとす、はだしの足音させてくり出すうちに、地面が高うなって、みんな魂《たましい》が飛んだちゅうよな」

「儂が家《え》は、曾祖母さまの頃は日向《ひなた》山にありよったもんで、その夜のことは語り草になっとる。日向山の坂から見渡せば、常にもなかよか月夜で、鉦の音がする。胸が騒いで、見下しておったらおしょろ河原に、風もないのに白波でも巻きのぼるように、ぽっぽぽっぽと精が立つそうじゃ。こりゃ、権爺の満限の日じゃから、竜神さまの精が、あのへんの萱原に来らいましたにちがいなかと、躰中ぞくぞくしたそうじゃ」

「島々七十ケ村もの難儀となれば、人間ではなか衆たちも、いろいろ来て、依りついておらいましたろうよ」

「そうじゃ。人間ではなか衆たちが、とろとろ跳ねておらいて。さあ、権爺がところに行こうぞ。今夜こそは姫を拝ませてもらおうぞ、今夜がかぎりぞというて、押しあがって小屋をとり包んだ。

月の満願　今夜がかぎり
姫が面も　今夜がかぎり
拝みやしょう
拝みやしょう

鉦をうちならして三めぐり、四めぐりするがしんとして、小屋からは返事もなか。さては権爺は満限の日まで、形代をつくりえずに、逃散《ちょうさん》しこけたかと、しばらく鳴りをひそめて待った。常にもなかよか月夜で、しめ縄の御幣《ごへい》がひらひらする。中に押し入ろう勢いじゃったが、やっぱりさすがに、あの石の山じゃ。あんまり山じゅうしんとしとるもんじゃから、おとろしか。先立って押し入る者はおらじゃったげな。十五夜の夜さりともなれば山の上は寒かけんのう。お互いぞくぞくしよるうちに、小屋の戸が中からぎいと開いた。

昼なれば破れ戸で、中の様子が見えんでもなかが、いくら月夜でも、しめ縄囲いの外からでは中は見えん。で、その中から戸が開いた」

「おお儂もそんときの様子なら聞いておる。権爺が姫人形を抱えてよろよろ、月あかりに出て来らいました」

「おお、その姫御前の、あんまりの大きさ、いや、人間のおなごに寸分違わぬ大きさで」

「いんや、この世のものではなか人形《ひとがた》で、取り囲んだ面々は、鳥肌立って声もなかったそうじゃ」

「権爺は、その人形にしんからかしずいて座らせて、しゃがれてしもうた声で言わいたちな。

――あした、陽の沈むころ、このおしのさまは、竜神さまのところへ参られる。今夜は、面々に参ってもろて、嬉しかと言いおらる。

そういうて、石のこっぱの上に座ったきり、あとはしゃりしゃり、石のこっぱの音がするばかり。かねてそこらは権爺が石を割って、石仏さまをつくらるところじゃけん、夜目にも、石のこっぱがあちこち累《かさな》っとる。面々はしんとなってしもうて、はあ、なるほど今夜は、この形代《かたしろ》の姫さまに呼ばれて、供養に来たわけかと思うたそうじゃ」

「月の光に見れば見るほど、おしのさまの美しさ。たったひと夜をこの世におって、あしたは海に沈まるげな。権爺の悪口いうて悪かったと、みなして月の光で草花摘んで。日であそこの石山は蔦かずらの山じゃからのう、頃はちょうどかずらの花のさかりよ。日でりの夜でも花は咲いて、晩にはことに香るけんのう、権爺の破れ小屋をたちまちみなして、花かざりして香らせて、朝も近かが権爺さまよ、姫さまに、今夜はお伽《とぎ》をしませよと、はなむけいうて、こんどは違う音色に鉦をならして、石山を下ったちゅうよな」

「あけの日の雨乞いは、はなから魂の入ったものじゃったそうな。いわばよその村より出遅れとったわけじゃろうが。権爺とおしのさまを押し包んで、海縁《うみべた》までゆき着いたが、ゆき着く頃から倉岳の上に黒雲が出て、稲妻が走ったちゅう。

　さあそうなればもう、沖へ沖へと姫舟に乗せておしのさまを連れてゆくばかり、櫛まで挿させてあったちゅうよ、長か後ろ髪に。それをみてみんなずうんとしたちゅうが、なにがなにやら、ただもう竜神さまにその舟をば、ひき取ってくだい申《も》せとさし出して、拝んでいるうち暗うなって、柱のごたる太か稲光が、いきなり姫舟の上に立った」

「そうじゃ、権爺の立ち姿がくわっと青火になって、人形を抱いたまんま、姫舟がひっくり返ったちゅうよな。見た者もおったし、肝つぶして見らじゃった者もおった。おしのさまは、海に入りざまに燃え上らいたちゅうよ」

「そん時の雨ちゅうは、これも語り草じゃ。倉岳一帯の山崩れで、いまもあそこの山は肋《あばら》が出たまんまぞ」

「権爺がおしのさまを抱いて死ないたけん、竜神さまが機嫌を損じて、十五、六人の人間、牛馬までも押し流して連れてゆかれたと、年寄たちがいいおらいたのう」

「しかしそのおかげで、次の作はよかったそうじゃ。人死《ひとしに》があった年ちゅうは、やっぱり無駄にはならん。それだけのことはあるもんじゃ」

お咲には、両親の故郷から親類たちが来て語ることが、ことごとく珍しく思われた。日に日に町めいてくる葦野の暮らしに日頃はなれているつもりが、島の年寄りたちの話にひき入れられていると、この世がじつに奥深く感ぜられる。志乃は二人の従兄弟たちよりひとまわり歳下のはずだが、こういう話を聞いて育ったのだろうか。直衛からも聞いたことはなかった。

月の満願今夜がかぎりと、ときどき呟くのを、病気ことばだとばかり思っていたのである。幼い時分に、志乃は自分と同じ名の雨乞い人形のことを聞いたのかもしれない。天草に戻るなどと、出発のときに口走ったのは、お咲の知らぬ島の世界がまだまだあって、そこに戻りたいということなのだろうか。

だとすれば、躰と心をあずけられる屋敷を失った志乃が、自分の母親ながら哀れに思われた。権という名の爺は重左爺に似てはいないか。人間は生まれ替わるというから、あんな狭い島の中でひょっとすると、むかしいた権爺の生まれ替わりかもしれないとお咲は思うのだった。そうはいっても、三つくらいまで生きていて可愛がってくれたという重左爺を、お咲は覚えていない。

三之助はくぐもるような鳥の声にうながされて目ざめることがよくあった。それは旅の途中で一度だけ聴いた鶴の声である。

直衛のところに奉公にゆくのに、舟の上と馬車とを合せて、たかだか十里くらいの旅程だったが、三之助には初旅だった。

何年か前、姉を見送った舟着き場に、祖母が杖をつきながら出て来た。戸口を出しなに振り返ると腰の曲った老婆が、いつもは締めぬ朱珍《しゆちん》の細帯を前に垂らして、藁草履をひきよせようとしていた。三之助は言った。

「お祖母さあ、来やらんでもよかが。坂があぶなかでなあ。盆正月には戻って来っでよ。ここの縁側に居《お》いやんせ」

「そういうな。節句浜の巻貝《びな》ん衆が、たまにゃ下りて来やんせち、呼びおらよ」

可愛らしく微笑んで、祖母は帯の結び目に手をやり、懐を押さえるしぐさをした。祖母がこの細帯を締めるのは、お寺に詣る時だけであったのを三之助は思い出した。長着の上からでなく、裾が切れて、膝までしかない普段着にそれをしているのをみれば、見送りの略装のつもりらしい。

「三之助よ。これをばなあ、持ってゆきやい。おまえの臍《ほぞ》の緒じゃ」

そう言いながら、煤《すす》にまみれてくしゃくしゃの渋紙を差出した。くの字に曲った腰を、けんめいにのばそうとして振り仰いでいる顔を見て、三之助は、自分が旅に出るのだと実感した。

「命にかかわるような病気になったなら、そこの家の衆に頼んで、煎じて貰えよ」

老いのそこひで白く濁りかけた目に泪《なみだ》が浮かび、牛旁《ごぼう》のような細い手がふるえていた。

近所の女衆《おなごし》がその耳元に口をつけ、こもごも、ゆっくりと言いきかせた。

「お小夜さぁの往きやった長崎とおもえば、遠かがなあ。三ちゃの往く先は、すぐそこの隣り国やっど、お婆さぁ」

「そうじゃ、嘆きやんな。お小夜さぁのところより、近か所じゃ。潮がよければ、一日潮で往かるるところちゅうど、お婆さぁ」

老婆はちいさくうなずきながら聞いていたが、しばたたいている目は三之助から離れなかった。

「隣りちゅうてもなあ、肥後はよその国じゃ。その臍の緒は、お前が生まれた時から、今日の日まで、神さまにお供えしておいたものじゃ。向うに往たても、神棚のはしなりと貸してもろうて、鼠になんど、かじられんようにせいよ」

母親はものを言わず、祖母の言葉にうなずいていた。遠ざかってゆく母と祖母の姿をみつめながら、三之助は姉を見送った日のことを想った。母と祖母が同じように見送りに出た筈だが、二人がどういう様子でいたのか、覚えていない。顔と躰をゆがめて、揺れる小舟の上から袂を振った姉の姿だけが、まなぶたに灼きついている。

舟は、姉を乗せて遠ざかったあのときの方角ではなしに、陸地の街道をそれほど離れぬよう北に向かって漕いでいた。

「こう凪《なぎ》では、帆があげられんなあ」

三之助を連れに来た才吉が、櫓を漕いでいる船頭に言った。

「節句の潮じゃ。こういう凪の日でも、明日はわからんでなあ」

「そうじゃ、今日は幸いじゃった。凪でなければ、蜜柑なんども積まれんじゃった」

「今頃の蜜柑は、町の衆には珍しかろうよ」

「町の衆でのうしても、ときどき戻れば珍しかど」

弓がたわんで揺れるように、船頭は躰を規則正しく動かしている。

「だいたいは、正月しか出さんものじゃがなあ。あそこの木は、成り盛りじゃから、今頃までも分けてもらえて、何もかも幸いじゃった」

長島の蜜柑は温州の原種といわれて、小粒で種がやたらと多い。芳香のよさが名高くて、正月になると舟に積んで出荷した。葦野の町などでもそれを買った家では、三、四月、あるいは夏までも皮を囲炉裡《いろり》であぶって保存し、香辛料に使った。

「凪はよかったが、櫓漕ぎがなあ、しんどかろ」

才吉はおだやかなまなざしを三之助の方に向け、小さな蜜柑を三つ四つ、三之助の方に転がして、自分も口に入れた。強い芳香が舟の上いっぱいにほとばしった。才吉は言った。

「よか漕ぎ手がここに居ったど」

自分が言われていることなので、三之助はぺこりと頭を下げた。

「ほんに、よか兄者《あにょん》になったのう。親父殿の死なれた時は、まだ膝ぎりぐらいの小僧じゃったが」

「月日のたつのは、いっときのもんじゃ。もうじき、兵隊検査に行たてもよかが」

「ほんになあ、兵隊検査が来《く》ってなあ、うかうかしとれば。して、もういくつかな」

「十四になり申《も》した」

「十四じゃと、ふーむ、よか年頃じゃ」

才吉も船頭も、直衛の家に、親の代から働きに来ている。長期間の人夫や職人の補充には、人情の深いこの島や、かいわいの島の人たちに来てもらう習いが出来あがって、つねに幾人かの者たちが居着いていた。人探しは、島に信用のある才吉と、息の合ったこの船頭に任されていた。

「ほう、やっぱり節句の浜じゃ。潮もまだよう干かんとに、はやばや出ておいやる」

「在の衆じゃなあ、はやばや出て来て、まだ潮も干かんとに」

「節句浜じゃればなあ、一年一度のことじゃ、弁当背負うて出ておじゃったな」

船頭はあとの言葉を三之助に言いかけて微笑んだ。

才吉は蜜柑の種を口の中から海に向けて吹き飛ばし、磯の岩に腰かけた、手拭いかぶりの女衆たちに手をあげて声をかけた。

「よか天気じゃんなあ」

聞えたとみえ、打ちくつろいでいるらしい一人が手招き返した。

「揚がって来やんせ。節句ちゅうのに舟出して、何を働きやっと」

「沖の方さに、蛤《はまぐり》とりじゃあ」

ひときわ高く透る声が向うから答えた。

「蛤ならなあ、ここにいろいろ揃うとるがなあ」

女たちはどっと笑み崩れた。

こういうやりとりを、三之助は幼い頃から見なれている。よその舟に乗せられて、親の島を離れる今日という日は、節句浜の日だったのかと、そのとき思ったのだった。人家があるとその脇に桃の花が咲いていた。岸辺に近い海面はあくまでも澄み、つややかにさし出た濃い葉の間に、椿が咲き綴れて続く。

もの心ついて以来、父親と暮した日は短かった。節句という日は、女衆たちが浜に下りてゆく日で、母は桃の花を仏壇にあげ、赤い檜扇貝の皿に紙で手折った小さなおひなさまを二つお小夜に並べさせた。

——姉さんとな、節句の蓬《ふつ》を摘みに行って来やい。

祖母の声が耳元でしたような気がして、胸が疼いた。姉とふたりで籠を抱え、畑の縁《へり》や丘の迫々《さこさこ》で菱餅用の蓬を毎年摘んでいた。

出がけに、塩味のその蓬餅を竹の皮に包みながら、「こげなものを、萩原の奥さまは食べやるもんじゃろかい」と母は心配しながら持たせて送り出した。

足がかりのよさそうな岩場には、山間の村々や在の女房たちなのであろう、三々五々散らばって貝を採っている。

舟が進むにつれて潮の干いてゆく磯に、陸の上の草原よりもびっしりと、海の草が敷きつめている。女たちの中には、裾を腰の上までからげあげて上体を曲げ、肩まで漬かりながら、一心にヒジキをかがり採っているものもいる。

村で見慣れている筈なのに、この日の景色は三之助の胸に残った。島の外というものを舟の上から、はじめて距離をとって眺めたのである。女衆たちが出て来る山の村々のことがおもわれた。

山々は海岸線にそって続き、菜の花の段々畑がかすんでいる。舟が迂回してゆくにつれて、空もゆっくりと広がり、世間というところへ出てゆきつつあるのだと実感された。

――いっきすぐ先の隣り国じゃ。

近所の衆たちがそう言ったけれども、ついこの前の昔、十里ばかり先の肥後との境には、「野間の関」という関所があったそうだ。他国の人間が手形を持たずに隠れ入ろうとすれば、ひっとらえられて、首をはねられたのだと年寄りたちはいう。

――隣りちゅうても、他国は他国じゃ。くれぐれ用心しやい。

祖母は前夜そう言いかけ、声を落とした。

――お前ももう、青年組《にせ》に入る歳じゃ。他国にゆかんでもじゃが、ゆくならなおさら、これから先はいかなることがあっても、わが本心をば、人には決して語るまいぞ。後縄《うしろなわ》をかけらるることもあっとじゃっで。

津口の番所が置かれていた島で、祖母の若い頃には「十年のいくさ」があった。祖母のつれあいは、刀で切られた人間の生首と胴とを鹿児島で見て、命からがら逃げて帰り、その見聞のことは、家や村の語りぐさになっている。「他国」というのに極度に敏感な人間が育ったとしても、不思議ではなかった。

朝立ちした舟は昼すぎに蕨《わらび》島の浦浜に着いた。才吉は舟を下りしなに言った。

「ここでな、蜜柑を少し降してゆこ。出水の麓《ふもと》に、頼まれたところがあってな、ちっと加勢してくるるや。

それからな、今夜はこの船頭さんの家に、泊めてもらう。ここの島の人じゃ。長島ん衆たちがゆき来には、いつもお世話になっとる。

挨拶に行って、家の衆たちに、顔をおぼえてもろうたがよか」

広い世間という言葉があるけれども、漁師の村というものは、長島とたいして変ったものでもない、と三之助はおもった。ときどき働かせて貰っていた島内《しまうち》の網元の家より、船頭の弥蔵の家は、いくらか見劣りがして親しみやすかった。

それもだけれど、背丈がわずかずつ違う子どもらが、わらわらと溢れているのには、びっくりさせられた。舟の着くのをそこらで見ていたのだろう。干潟の間を通っている汐澪《しおぼり》に、じゃぶじゃぶ這入りこんで来て舟をとり囲んだ。男おんな合わせて七、八人、目鼻の似通って色の黒いのが、人懐こい眸をして、こもごも才吉と三之助を見くらべている。

弥蔵が舳先《へさき》に立って輪綱を投げるのを、手品の相方《あいかた》のように受けとめて、渚の杭にくくりつけたのが頭《かしら》息子なのだろう。十二、三ぐらいにみえた。ところどころ継ぎの当ったどんざ着物をまといつけて、春もまだ半ばというのに、すらりと出た両の太股まで陽やけしている。舳先の綱を父親とひっぱりあって、ひき寄せた舟にひらりと飛び乗る跣《はだし》の足も腰つきも、舟になれきった身のこなしだった。

三之助はふと父親のことを思った。生きていたならば、この親子のように、自分の家の舟があったのだ。

――親は戻って来んが、三之助よ、舟はいつかは、買い戻してくれよ。

祖母がそう言ったことがある。

少年はふたたび汐道の濠をおおきく飛んで、陸へ降りた。はだけているその胸元をめがけて、才吉が、網でも投げるような恰好で、蜜柑を包んだ大きな風呂敷包みをほうり投げた。

「ほーら、受け取れ、長島の土産じゃ」

茶色の唐草模様の風呂敷包みは、鈍い音を立て、少年はたたらを踏むような足つきでそれを受けとめたが、三之助の方を見て、ちらりと笑ってみせた。三つ四つばかりの蜜柑が、鮮やかな色を見せて、湿りのある葭《よし》むらの中を転んだ。

下の子らが奪い合おうとして、潟の上にすべった。蜜柑を摑んだ子が取りそこねた子と睨みあったが、姉らしいのにたしなめられ、蜜柑はそれぞれの手に分けられて、ちょっとした騒動はすぐにおさまった。泣いていた子も、潟を蹴飛ばしていた子も、舟から帰ったばかりの父親に、自分の声を聞かせたいらしい。

風呂敷包みの方に駆けよった子どもたちに、父親は舟の上から怒鳴った。

「おっ母《か》んにみせてな、仏さまにあげてからじゃっど！」

そしてすぐまた続けてつけ足した。

「こらぁ！　有難うを先に言わんか、才吉さんに有難うを！」

躰をぶつけ合いながら、子どもらは舟の上を見上げたが羞かしがって、互いに隠れ合うようにしながら、口々に言った。

「有難うなあ、小父やん！」

「いつも有難うなあ！」

才吉はこの子らと付き合いがあるらしい。まるでその子たちよりも上廻る程な悪戯っぽさと、優しさが、眸の奥に湛えられていた。彼は同意を求めるように三之助を見つめ、自分で幾度も肯いた。

食事の時は見ものだった。故郷の島でも、子沢山の家は珍しくないが、そんな家で一緒に食事をしたことはない。この家にはまだ祖父母もいて、昔からそこに居た子らにものをいうように、老爺は三之助にものを言った。

「お爺さぁなあ」

弥蔵の妻女が、大きな丼を老爺に持たせ、自分の掌をしばらく副えながら、大きな声で耳元にいう。

「あのなあお爺さぁ、こん衆《し》はなあ」

片手で三之助を指差す。

「こん衆は、長島の衆じゃんど。才吉さんが連れて来やったと」

「ええ、そうか」

妻女が手を離すと、丼の汁がこぼれかかる。手打ちうどんが入っているのである。

「年寄りにはなあ、あねじょ。もちっと小さい碗でなけりゃ、重うして、傾くが」

と老婆がいう。

「はあ、婆さ、そいでもなあ。爺婆《じいばあ》さぁは、家の柱神さまじゃっでなあ」

「神さまじゃればなお、大丼で食えば見苦しかでよ、小さな碗にしてたもんせ」

「はいはい、わかりもした。こん次からなあ」

飯をよそわれる順序はきまっているらしいが、子どもらの食欲はすさまじく、妻女は額に汗をかいて、たくしあげた肘でそれを拭い、艶のある声で言った。

「兄者《あにょん》なあ、うちに来たら遠慮はいらんとやっど。御飯食べも、いくさと同じじゃあよ。遠慮しとれば、食べださんでなあ」

分厚い丼を持たされている老爺は、とぼけたような声を出した。

「鍋の底が見えんうちに、早う食べたがよかど」

次の朝は馬車に乗るために早立ちした。自分の島の、畑とも田ともつかぬ狭い作地を見なれている目には、葭の茂みに囲まれてひろがるここらの田んぼに目がひらく思いがする。

海を埋めたてた干拓地で、まだ潮気があるのだと才吉が教えた。靄の這う葭むらの中から、くぐもったコロロ、コロロというような声が湧いて聞えた。顳顬《こめかみ》のあたりが、ずんとする声だった。

「鶴じゃ」

顔を上げ、才吉は言った。冷たい朝の空気をふるわして羽音がきこえる。二人は立ち止まった。

三之助は、靄の中にうすく閉ざされている前方の田んぼを見まわし、後ろを振り返った。

朝の茜をうっすらと残して空は海の上に広がり、泊って来た集落も靄の中にかすんでみえる。コロロ、コロロという声は、なにか高雅なものたちの化身が繊《ほそ》い首をさしのべて、どこかへのぼる心づもりを、一心にのべているように聴える。

「鶴じゃ」

三之助は身震いした。空は一と色ではなく、青瑠璃と朝の茜のわかれるあたりに、羽音を立てて舞い上った鳥たちが、くっきりと浮き、列を組もうとしていた。

足の冷たさを感じて下を見ると、固く小さな蕾をつけた蓮華の葉がしとどな露に濡れて、地面にびっしり敷きつまり、自分の脛がまるで水に漬かったように立っている。こちらの世界と、鶴たちの世界との境界の杭のようだと、三之助は自分の足のことを思った。

そのときの感じがよく夢に出てくる。朝の茜であった空が、赤すぎる夕焼けになっていたりする。鶴たちは夕焼けの色に引きこまれ、浮力を失って失速しはじめる。激突する地面はない。底なしの下界のその下に奈落というのがあるそうだ。奈落というのは、夢によれば底がないのである。墜ちてゆく鳥がいたましくてならぬ残夢感の中で、今朝も目醒めたのだった。

鶴が啼《な》いていると思ったのは鞠《まり》つきの手真似をして遊んでいる綾の声だった。息をはずませて、とぎれとぎれに唄っている。三之助ははね起きて頭を振ったが、いつまでも寝ていてよいといわれていたことを思い出し、また寝床に長くなった。

一ちょう　二ちょう
三ちょう　四ちょう
蝶々さんが　ひいらひら
蝶々さんが　菜のはな

綾がいつだったか、やはり鞠をつく身ぶりをしながら、志乃とうたいかわしていた唄だ。

菜のはな　ひいらひら
蝶々さんが　ひいらひら
ひらひら　ひいらひら
梨のはな

聞き覚えがある。あれは梅雨の頃だった。外仕事ができず、志乃の別棟の掃除を申しつかって、小半時ほど、縁先から二人の様子を三之助は眺めていた。うたいやめ、身ぶりをやめて、綾がときどき、志乃の方を促すように見上げていた。すると志乃が、ひどく稚いような表情になって、とぎれた続きをつないでうたう。祖母が孫に教えるという感じではなかった。二人でかけ合って、無心にうたっている。——蝶々さんが　ひいらひら　ひいらひら　梨のはな……。あのとき志乃がそううたったので、三之助は覚えていたのだろう。

ふだんの会話のできにくい志乃の中から、唄言葉がときどき湧いて出るのに、三之助た。

は感心していた。綾はどうやら、志乃のうたう素質を受け継いでいるのかもしれなかっ

——あんまり聞いたことのなか唄じゃ。俺家《おるげ》の婆さぁは、うたいやらんじゃったなあ。

三之助の気持の中では、婆さぁがそれを知っていたかどうかが、何ごとかを定めるとき の基準となっている。

——いつか戻るとき、婆さぁに、この唄をば持って帰りもそ。それから姉にも、

と考えると胸苦しくなって寝床に座り直した。そして声の聞えてくる方を見た。古びた墓石群を両脇に置いて高く伸びた柿の木があった。あまりに高くて取りにくいのか、熟しすぎた柿が、あちこちに残っている。一群ずつ寄り合っている墓石のぐるりを、綾は袂をひらつかせて鞠をついてまわっていた。いや鞠はなくて、身ぶりをしているのだが、目つきが真剣である。唄がときどき途切れ、はあと吐息をつき、袂を抱いてひとり言をいっている。

「……海よりも空の方がひろかとよ。それゆえなあ、舟も車でゆくわけじゃ。糸さまゆらゆら……糸さまもなあ、舟で往かいたちゅうわいな。お糸さまちゅのは誰かいな」

三之助は噴き出した。しかし俺もお糸さまちゅう人を知らんなあ。

蝶々さんが　ひいらひら

糸さま舟で
ゆーらゆら

お糸さまという言葉が、ときどき志乃の口から洩れて出る。ここは志乃の実家の門徒《もんと》寺《でら》だと聞いている。この寺にゆかりのある人かもしれんと三之助はおもう。

「綾に、鞠を買うてやろうか」

昨日地元の病院からの帰り、お咲は三之助に言いかけてすぐに打ち消した。

「いやいや、鞠のなんの持たすれば、あの広縁じゃけん、鞠つきには持ってこいじゃ。お寺の迷惑になろな」

起きあがって顔を洗いに縁から出た三之助をみて、綾がかけよって来た。額ぎわも小さな鼻の頭も汗が噴き出している。首に巻いた手拭いでその汗を拭いてやると、綾はしばらくされるがままになっていたが、魚のようにぴくんと躰をはずませてすり抜け、両手で顔を撫でた。

「くさかよう、三やんの手拭いは」

苦笑しながら釣瓶《つるべ》をたぐりかけた三之助の手元を綾はみつめ、脚のついている手洗《ちょうず》盥《だらい》のわきに屈みに来て、水があけられると両手をぱっとさしのべた。

「こらあ、袖が濡れたが！」

「自分で洗濯する」

「なんの、綾しゃまに出来るもんか」

「できる！」

　綾はきらりとした眸で見あげ、笑って、いきなり三之助の首に巻いているさきほどの手拭いを引き抜くと、手洗盥の中に漬け込んでしまった。

「これからまず、洗おうな」

　かぶりを振ってみあげられて、またやられたと三之助はおもう。綾の髪は、頂点のぐるぐるがすこし左寄りになっている。ゆうべ洗ってもらったらしい髪が、寝起きのまま肩の前と後ろに分かれて垂れていた。今朝はまだ結ってもらえないのだ。柿の梢に風があるのだろう、盥に張った水に陽の光がゆれ、色づいた葉が井戸のまわりに舞い落ちた。

　言い出したら頑固なところのある幼女である。三之助は手拭いの片端を綾にあずけたまま、いま片っぽうを洗いはじめた。

　お咲が小鍋を抱えて井戸へ出て来た。

「あれあれえ、もう袖ば濡らしてしもうて。また三やんば起こしてしもうたと。よんべはおそうまで、荷物運びしてもろうたとに。今日は祭りじゃけん、ゆっくり寝かしておあげ、ちゅうたろう」

「起こさんやったよなあ、三やんはひとりで起きたもん」

「いんや、起こされやした。鞠つき唄うとうて、地面ばどすどすいわせやったで、目がさめ申《も》した」

「うそじゃ！」

「ほんとじゃ、この草履でどすどす」

お咲が慌てた声を出した。

「あれまあ、よそゆき草履はいて井戸端に来て。脱いで脱いで早う。天鵞絨《びろうど》は、水に濡らすなち、いうてあるど」

紅い鼻緒がすっかり水に濡れているのを抱きあげて、無理に脱ぎ放させると、お咲はそれを裏返して、竹の垣根にひっかけた。

「ほらやっぱり叱られやった。三やんのいうこと、聞きやらんもんで」

べそかき声を出して幼女はお咲を見あげた。

「あの草履はいて、三やんと祭りにゆくと」

「もうゆかれん、濡らしてしもうたけん」

綾が泣き出した。三之助は自分が言われたような気がした。

「火い焚いて、乾かしましょか」

お咲は片目をつぶってみせ、頭を振った。

「いうこと聞いて、おとなしゅうしておれば、夕方までには乾こうよ」

　ここの寺に来てからもう、六日ばかりになっていた。挨拶について来た直衛は、寺の門前で人力車を降り、こわばっている志乃の手をひきながら言った。

「ほう、青蓮寺のこのあたりは、お前の里にだいぶ近かぞ、ほら、こっちじゃ」

　志乃の躰を向け変えようとして、肘のあたりを摑んだ。ごちごちしている妻の感じがそこにあった。

「あそこあたりは、墓所《はかしょ》かのう」

　顔なじみの老いた使い僧が、尻をからげて出て来た。水桶を下げている。紅葉した柿の葉が、掃き清められた境内に散っているのが清々しかった。

「こりゃまあ、早うお出でなはりましたな、儂や、水撒くつもりじゃったが」

「ご苦労じゃのう。のう徳一どん、あそこの岬《はな》あたりが墓所じゃの」

　水を打って客を迎えるようにと、言いつかっていたのであろう。直衛の問いにはすぐ答えず、徳一坊は、まばらに生えている胡麻塩頭をさしのべて、直衛の足元近くにいきなり柄杓《ひしやく》で水を撒いた。無類の善人だが、少し頭の弱いのを村の者たちに愛されていた。

「この人が世話になるのでのう、徳一どん」

　徳一坊は忙しく二、三べんそこらに水を撒いて顔をあげ、志乃の方をみて、反っ歯をほころばせた。

「いんや、こっちがお世話になっとり申《も》しやすで。ようおいでなはりました。暑うござしたろ」

天草に帰るのだと思い込んでいる志乃のために、滞在先がこの寺に定まったのは、もと高原家の縁と、直衛の器量というものだったろう。お糸の事件以来、高原家が菩提寺を頼んだのが、直衛の家と遠縁に当るこの青蓮寺だった。その離れを何か月か借りられることになった。

山あいのおだやかな坂を上った中腹で、地元の病院へ通う便もよかった。昔は駕籠《かご》で、門徒の家にゆき来していた寺の方丈も、今は人力車でゆき来する。それもあって、病院のゆき来に、人力車が心やすく来てくれるのも助かった。

ここにいて少しでも気が安まるのなら、躰にいちばんよい。体力がつかねば、眼の方もはかがゆくまい。家の事情がゆるすのであればそうした方がよいと、こちらの医者にもいわれたのである。

長期の滞在になりそうなので、幼い綾を手元に置いた方が、志乃も気がまぎれよう。長崎からの帰り、志乃から手の離れぬお咲にかわって、三之助が綾を連れにもどった。綾ははじめて乗せられた機械船に愕いた様子で、舷《ふなばた》の上まで三之助に抱えあげてもらい、その波しぶきにしばしが間、視入っていた。

青蓮寺につくまでに、綾の手を引いては道が長かろうから、抱いて人力車に乗るようにと、咲から言われていたことを、三之助は守らなかった。潮のまだ引ききらぬ渚の中まで人力車を乗り入れて来て、客引きをしている車夫たちを、綾が怖がったからである。

「嬢しゃまほら、乗りやっせ。ただじゃけん。兄《あぼ》さんの分だけもらうけん」

船から降りる客を取りあいするのに、車夫たちのあげる声がおおきすぎた。幼女の着物の身八つ口のあたりを、抱えあげようとする車夫と、やるまいとする三之助が、綾を奪いあいするような恰好になった。綾は足をばたつかせ、三之助の首にかじりついて叫び声をあげた。長崎土産を下して来たばかりの、天鵞絨《びろうど》の小さな草履が潮に濡れた砂の上に落ち、綾はひきつけを起したように泣きじゃくった。

鞠つき唄をまだ目の醒めやらぬ耳に聞いていて、三之助はそのときの綾の手の感じを思い出して、不思議な幸福感にひたされた。

綾は人力車と行きあうたびに、おんぶされた背中でびくりと躰をふるわせて、首にしがみつき、町並をはずれる頃に安心したのか背中で睡ってしまい、ずり落ちそうになって非常に困った。舟が発着する汽笛は青蓮寺の高台までよく聞える。それが鳴ってから、あまりに到着がおそいので、お咲が徳一坊を迎えに出させたとき、三之助は海辺のアコー樹の根元に、半纏《はんてん》を脱いで綾をくるんで寝かせ、自分も腰かけたまんま居睡りしかけていた。

「馬鹿正直で頑固者じゃけん、ひょっとして、人力車に乗らずに、歩いて来よるかもしれませんと。帯ば持って行って下はりませんか」

お咲が背負い帯を持たせなかったら、戻りに油徳利を下げて帰らねばならない徳一坊とふたりで、睡りこける幼女を、素手でかわるがわるおんぶせねばならなかった。四つと言っても、睡り込んでくたくたになった子は、持ち重りがするのである。

「やっぱりな、躰が太かちゅうても、三やんな若かけん。風邪ひかするばい、地《じだ》に寝せたりして」

徳一坊はそう言って帯をとり出し、屈んでいる三之助の背中へ、器用に綾を結わえつけた。三之助が綾を背負ったまま立ち上ると、徳一坊はその肩より低かった。途中で目をさました綾が歩き出した。

綾ははじめての長い道中のことを、徳一坊におしゃべりして聞かせた。

「あのなあ坊さま、船はな、馬が曳くとじゃありまっせん、自分でゆくとじゃ。人力車もなあ三やん、馬は曳かんなあ」

「そうでやすとも、嬢しゃま。馬ちゅうもんは、船は曳きやっせん」

綾の話は徳一坊を喜ばせた。村の者たちは彼のことを徳一どんと称んでいたが、いたいけな幼女が、のどに水飴でも含んでいるような声で振り仰ぎながら、話しかけるたびに「坊さま」と呼ぶので、この使い僧はいたく羞《はに》かんで首を折り、心なしか、ふらつくような足どりになって、ちいさな笑い声をたてた。

数えてみればここに来てから六日すぎになる。ひっそりとしている志乃のせいだろうか、三之助はもうだいぶ前から、ここに居ついているような気がする。綾は、仏さまがたくさんおられるお寺だから、鞠をついて、音をさせてはいけないのだと言いきかせると、よくわきまえて、真似遊びでここ数日、満足しているらしかった。この初孫と志乃はよっぽど気があうとみえ、ここに来る以前から、たがいに囁きあったり忍び笑いを洩らしたりして、大人たちの心を和めていたが、近所や親類の者たちは、そんな様子を見かけて言いあったものである。

「よう遊んでおらいますよ。綾ちゃんと」

「ほんと、よう遊んでおらす。ありゃあ、なんの唄じゃろうかえ」

話しかけた方は、自分の頭を指さしていうのだった。

「やっぱりここが、並と違うけん、ああいう唄も出て来るとじゃろな」

「しいっ」

「わたしどもも、あのように遊べる身分になってみたかよ」

「馬鹿いうまいぞ。お咲さんや国太郎さんが、どのよに苦労しておらいますかえ」

「そうじゃなあ、ああいう家には、ああいう家に付いた苦労が、あるぞなあ」

「当り前じゃ。苦労のなか人間ちゅうがあるもんか、世の中に」

「志乃さまはあれでなかなか、細気《こまぎ》のつく人ぞ。うちらが加勢にいたても、わかっておらいましてな、加勢の衆にゃ、お茶は淹《い》れたかえちゅうて、お咲さんに念押ししおらるばえ」

「目ぇも頭も並とはちがうが、国太郎さんも樫人《かしひと》さまも、事によっては志乃さまを立てて、いざという時は、物事の中心から、外してはおられぬばえ」

「うちらのように、安気《あんき》な人間とはやっぱり違うとじゃろな。考えつめた揚句に、ああいう風にならいたとじゃけん。昔は、織りの名人じゃったちよ」

「そりゃ、うちらもよう聞くことじゃ。志乃さまの織らいた前掛けちゅうて、品のよか前掛けをば、藤迫《ふじさこ》の婆さまは、生き形見にして持っておらいましたなあ」

「もう二度と、織っては貰えんのじゃから、お前どもは、宝を持っとるも同じぞちゅうて、藤迫の婆さまが嫁女にいうてな」

「わたしは衣裳を見せてもろうたことがある。あそこの家の虫干しに」

「どげな衣裳じゃった」

「曇り空の夕焼けのごたる、衣裳じゃった。山蚕《やままゆ》で織らいたちな」

「くちなしの実やら、蓬《ふつ》やら摘んで寄せて、染めらいたちゅうよ」

「ああいう染め色は、あんまり見らんな。内光りして」

「ほんに内光りして。端布ば貰うて、前掛けにしたが使わずに持っとるち、言いおらいたな。あの婆さまももうおられん」

「ことやかましゅうして、女どもがぴりぴりしとった婆さまじゃったが。歳の若か志乃さまをば褒めちぎって、珍しか事じゃったよ」

「今は織りもできずに、まあほら、綾しゃまと唄うてなあ」


浜辺の祭りは終りに近づき、呼びものの獅子舞いに入った頃から、厚味のある雲が垂れこめてきた。鳥居のぐるりののぼり旗が、ときどき音を立ててはためき、ゆっくりと来る風が、土埃を巻きあげる。

おんぶしてもらって、獅子が近寄ると息をとめ頭をひっこめる綾が、背中に顔をくっつけたままものをいう。

「雨の来たよ、三やん」

「おつむに来やしたか」

「おつむにも、足にも来た」

綾はそういうと、紅色の草履をぱたぱたはたきつけるように、三之助の両の腰へ振った。

「戻りやしょうか」

「いやぁ、戻らん」

「大降りになれば、濡れますで」

「祭り雨じゃけん、よか」

ついさっき、群衆の中でそういう声があがったのを、綾は耳ざとく聴いていたらしい。

――一と雨来るのう。

――頃もよか。よか祭り雨じゃ。

――獅子どのも、今夜はのびのび、飲み明かしじゃろう、祭り雨になって。

獅子の口から舌のように腕が伸びて、造り花の牡丹の枝を拾ったとき、群衆は笑み崩れながら、そういうようなことを言いあったのである。綾は背中で聴き覚えたらしい。

薄衣の水干《すいかん》を着て、美々しく化粧をほどこされた稚児が、獅子の導き役をつとめていた。

「なあ三やん、あの児はどこから来た人じゃ」

「さあて、祭り役の家の稚児じゃと思いもすがなあ」

「船に乗って来らしたと？」

「さあ、それは」

三之助は曖昧に返事を途切らせた。ひとときわおおきな風が舞いあがり、稚児の水干の袖がふくらんだ。袖の中の牡丹の枝が、しぼり取られるように巻きあがると、弧をえがいて地面に落ちた。花の芯に仕込まれた鈴が鳴った。

薄い衣にすっぽり包みこまれて、蛹《さなぎ》のように立っていた稚児の手に、獅子の口から出た腕が牡丹の枝を握らせると、五つばかりのその児は祭り化粧を台無しにして、べそをかいた。付き添い役が羽織袴に山高帽といういでたちで、しきりに汗を拭いた。獅子の後脚は、めくれあがった脚部の覆い布を、蚤《のみ》でも掻《か》くような片脚のしぐさで、けんめいに降そうとしたが、躰に巻きついた布がおりない。そこでも手が出て、布をおろした。獅子頭を恐しがって後すざりしていた子どもたちは、脚の仕組みが丸見えになったのをまじまじとみて、手を振り上げながら笑いさざめいた。

雨がぱらぱら来はじめ、祭りは終りの熱気でどよめいていた。

「徳一どん、飲め。お経のなんの、今日はどうでんよかぞ」

そういう声がきこえた。徳一坊は、どぶろくの大徳利をつきつけられ、数珠を手にしたまま、坊主頭の地肌を赤くして、人びとの中を後すざりしながら陶然と笑って、三之助に合図した。

往き来が絶えていた志乃の実家の叔父が、蝮《まむし》に噛まれたという知らせが、青蓮寺にもたらされたのは、大降りになったあけの日だった。医者に走ってくれる人間が祭りに出はらって、近所に誰もいず、手おくれになって、ふだんの日ならば助かったものをと、使いの者が言ったという。

「お咲さん、あんた方の縁家の無常じゃ」

寺の方丈は志乃の部屋に来て声をひそめた。

「兵右衛どのが死ないましたぞ。祭りちゅうのに蝮にやられて。秋の蝮はひどかちゅうでのう。選りに選って気の毒に。墓掘りの衆がおおごとじゃ、こういう雨の日に死んでくれて。南無阿彌陀仏」

「おっかさま、高原の叔父さまが、死ないました」

こういう時は、正気になって聴くのだろうかと思いながら、たしかめるようにお咲は耳うちした。しんとした気配で志乃はしばらく黙っていたが、

「あの人が、往たて下さるとじゃろうもん」

と答えた。

正気かもしれなかった。

「お父っつぁまはまあ、いざちゅうときはいつも間に合わん」

方丈が気を利かせて、電信を打ってくれた。幸い直衛は長崎へはゆかずに、葦野の家に戻っていて、葬儀の時間に間にあうよう、船が出せると言って来た。

志乃は出席しないが、この寺にいることが知れて、目立つことになるのではないか。

「あんまり庭先のなんのに、おっかさまをお出しするなえ、あぶなかけん」

お咲は三之助に言いつけながら、直衛の到着が待ち遠く思われた。志乃の叔父という人を話にきくことはあっても、ほとんど知ることはない。

——小灯《ことぼ》しの芯のごつ、出し前を、惜しみ惜しみして暮らさるけん、長保《も》ちして生き

らるのう。

兵右衛の長命を親族たちはそう言っていた。それが祭りの日に蝮に噛まれたとは、よくよく噂の種になる人だったとお咲には思えた。物売りや門づけの者らが、高原の家を敬遠して寄りつかないといわれていたが、旅の瞽女《ごぜ》などを泊めて、人の集まるのを好んで来たわが家の家風とは、だいぶ趣きの違う家筋に想える。

――志乃さまの親御が生きておらいましたならば、人の往き来も賑わうお家でありましたばって、村の者はみんな、今の叔父御じゃなか、先代さまのお世話になっとりやすと。

志乃を見舞いに来る者たちはほとんどそういうけれども、葬式ごととなれば、死んだ当人の世話になっておらずとも、一村こぞって集まるにちがいない。叔父には子がなくて、養子を取っていた。血縁としては、これで往き来もほんとうにおしまいの葬儀かもしれなかった。本来ならば、志乃も出席すべきかもしれないが、病人なのは知れ渡っている。遠い親族なども全部集まるところへ、わざわざ志乃をさらしに出すまいとお咲は思う。志乃が嫁入ってここの村を離れてから、もう二十五、六年にもなろうか。葬式といえば、祭りのときより人の目が集まり、志乃がゆけば恰好の話題となるにちがいない。

「うちのおっかさまは、仏さまのじきの姪でござりますばって、あのとおりでございますけん。父が到着しますまで、わたしがお通夜に参ります。お供させて下さりまっせ」

お咲は方丈にそう申し出た。七日七日の法要ごとの相談に、ひんぴんと叔父の妻女や養子の縁家たちが、寺にやってくるにちがいなかった。志乃だけでなくお咲も、せっかく落ちつこうとした寺だったが、居り苦しい気がした。

（これでまたおっかさまの容態が悪うなるやもしれん）

直衛の到着を待って、次の療養地を探してもらおう、お咲はそう思っていた。遠い道のりだからと、まだ明るいうちに方丈が、役僧とお咲を連れて通夜に出かけたあと、志乃は珍しく三之助に、外に出てみたいと言い出した。

「外はまだ地面が湿っておりますので、危のうござります」

「湿っておるかえ」

そういうと、志乃は墓石のまわりで遊んでいる気配の綾に声をかけた。

「綾しゃん……綾しゃん」

志乃から直接呼ばれることなどめったにないので、枯れた鬼灯《ほおずき》の袋をあけ、赤い珠をのぞいていた綾は、すこしおどろいた様子で立ちあがった。

「綾しゃん、おらんと？」

咽喉がせまくなったような、きゅんとした声で綾は返事した。

「ここにおりもす、ばばさま」

「なにしとる」

「ほおずき、ほどきよる」

「あのな、お墓にゆこうか」

「どこのお墓に」

「梨の木のお墓に」

「お糸さまの墓ぞ」

「梨の木のお墓は、綾は知らんもん」

「お糸さま？　重左ちゅう人は、だれ？」

おさない綾もこの頃、志乃の中にあらわれる重左が、三之助に重なり合っているのを弁《わきま》えて、若い従僕を見上げた。

三之助は言いたがえたにすぎないという顔をし、手桶を下げて突っ立っていた。梨の木の墓というのを、ときどき志乃が口ばしる。お糸という人の墓らしい。

寺に来たときから、それがどこにあるのか、坊守《ぼうもり》さまにでも尋ねてみたいと、三之助は思っていた。今日の仏の、叔父御の墓地とひとつところだとまずいが、うんと離れているなら、志乃さまの言われるままにお連れしようか、自分の目でもたしかめてみたいと、三之助は心がうごいた。お咲からあとで叱られるかもしれなかった。

坊守はあっけらかんとした口調で教えた。

「ああ、梨の木の下のお墓なあ。お糸さまのお墓でござりましょう。高原さまが、こちらに寺替えなされてから、ゆかりの深かお墓じゃけん、知るも知らんもありませんと。先代さまから重々供養も頼まれておりましてなあ。ねんごろに、お経もさしあげとります。

今日の仏さまのお墓は、とんと方角ちがいでござります。ずっと遠うにござります。お糸さまの墓なら、うんと歩まんでも、隣ぐらいの近さじゃ。手えひいてさしあげれば、暗うならんうちに、お詣りができまっしょ」

「お盆のお下りじゃ、戻りに灯しておいでませ」

そういうと、坊守は綾と志乃の手に、ほの赤い色の小さな丸い灯籠を持たせた。このあたりでは、ほおずき灯籠と呼んでいる。

秋に入ってゆく野の小笹や、花穂の出ている蓬の香りが、ゆるやかな上り坂の小径に漂っている。見えない目ながら茜の色は瞼に感ぜられて、志乃は、遠い彼方の野に這入ってゆくような心持ちであった。地面の湿りぐあいは三之助が心配したほどではなく、夜来の強い雨は、この坂道のうわべを走り下ったのかも知れなかった。

「ほらここに、岩が出張って来とります。綾しゃまも転ばんように」

すぐそこの隣と坊守は言ったが、歩きなれぬ志乃の足には、言われたよりも遠くおもわれた。三之助はその足つきを見て、やめさせればよかったと後悔したが、引き返すわけにはゆかない。志乃の顔つきが、常よりもたよりなげである。

夕べの茜に照らし出されて、半眼をひらいているその顔が、なにかに似ていると三之助は気になった。昨年の蔵干しの時、直衛が居合わせて、古びた桐の箱からとり出してみせた女の面を思い出した。

——曾祖父《ひいじい》の時、この家に泊らいた傀儡《くぐつ》遣いの年寄りが病みついてな、祖母さまの介抱を受けて死ないたそうじゃ。その人の形見じゃと。

直衛はそう言って聞かせた。

女面もだが、それを包みこんだ紅絹《もみ》布の、ところどころ燻《くす》んでいる色と、添えられている束の大きいかもじに、三之助はぎょっとした。包まれた面が、うねってみえる。

——よう出来《でけ》たお面じゃ。目の上に傷があるがのう、漆塗《うるし》りぞ。その傀儡殿が彫らいたものか、いわれのあるお面じゃというたそうじゃ。どういういわれかのう。
三、四日ほど、その面は床の間に置かれていた。取り出されたときの布の色が目に灼きついて、三之助は馴れるまで、正視することができなかった。
玉虫色というのか、口紅の色がくろずんで、近づく角度と光のぐあいによっては、ふっくらと愛らしい童女にもみえたが、部屋の中が昏《くら》いときにはなにかを嚥《の》み込んだ老婆のようにもみえた。

「蔵の奥のお局さま」と直衛は称《よ》んでいた。そのお面に、夕茜のかげってゆく中の志乃の面ざしが似ているのだった。志乃は、泳ぐように片手をさしのべて、花穂ののびた蓬などにさわり、覚つかない足取りをかわしている。

「こっちでございます」

手首はやわらかく、骨が細い。かすかに汗ばんでいる。目近にみる志乃の半開きのまなざしは、長崎にゆく前の日にみたように青白くにごって、嵌めこみの、びいどろ玉をおもわせる。

「三やん、ほおずき灯籠とぼしてゆこ」

志乃の蔭から、綾がまだ火を入れない灯籠をさし出した。母親がばたばたと出かけたので、綾は自分で着替えをしたのだろう。墓参りと聞いて、麻の葉模様の浴衣を着ていた。

「なあ、火を入れておくれ」

「まだ明こうございます、ほら」

三之助は夕焼け空を振り仰ぎ、自分の手をかざしてみせた。

「墓にゆくときは、灯籠をとぼしてゆくもんぞ、重左やん」

笑みを含んで綾が言った。眉根を寄せて三之助は綾をにらむ。それでなくとも志乃からときどき重左と呼ばれて、見知らぬその人が取り憑《つ》きでもしたら困る、と思っているのである。

「灯籠は、暗うなってから、戻りにとぼすとでござす。往きには、線香持ってゆき申すと」

「灯籠とぼしてくれんなら、これをば、振ってゆくわいな」

綾はまじめな顔つきになって、片っぽの袂を振ってみせた。からから、というような音がして、袖の振りから、紫の緒をつけた青銅の鈴がころがり出た。

昨日、祭りの終りがけに、綾は、稚児の持っていた花牡丹の鈴が欲しいと、だだをこねた。

子ども用の小さな土の鈴が売ってあって、買ってあたえようとしたが、「あの花の鈴じゃなかと、いらん」と首を振った。

「神さまのものじゃから、ああいうのを欲しがれば、罰が当ります」

叱られて諦めたようだったが、寺に戻ってお咲の顔を見たら、また鈴の話をして、いつまでもしくしく泣いていた。鈴、という言葉を聞くと、志乃はなにかの形でいつも反応を示した。めったにないことに、守り袋の中から、青い錆のところどころ吹いている おおぶりの鈴をとり出して、綾の手に持たせた。一と晩だけ、と志乃は言った。

「これはな、魂じゃから、失うてはなりませぬ。くれるとじゃなか、貸すとばえ」

「これは魂?」

「そうじゃ魂じゃ」

「だれの?」

「お糸さまの、いやわたしのじゃ……。手をお出し」

綾がまじまじと見あげるのに、見えない目をしばたたいて、その指をまさぐりながら、掌に乗せてやった。古い鈴を綾はじっとみつめていたが、もう片方の掌をそえて囲いこみながら呟いた。

「魂じゃと……。これが無うなれば、お志乃さまの魂が、無うなるのじゃ」

神妙な顔付きで去る子を見ながら、お咲は心配になった。

「寝たら、じきに取り戻しましょ」

「いやいや、一と晩ちゅう約束じゃけん。目がさめて無うなっておったら、また泣こうぞ」

そのようにいう志乃は、ほとんど正気人とかわらない。

思いもかけぬ「叔父御の無常」で、大人たちは、鈴のことをすっかり忘れていた。

綾は今まで音がせぬよう、袂を握っていたのにちがいなかった。

「なあほら、魂じゃ」

落ちた鈴を大切そうに拾いあげ、声をしのばせながら、志乃の耳許に持って行った。

そして自分の着ている四つ身の帯の付け根を指さした。

「三やん、ここに結んで」

志乃はときどき洩れ出る鈴の音に聴き入っている様子だったが、綾が離れたはずみに、笹の根にでもつまずいたのか、よろめいて座り込んだ。

「しもうた！」

やっぱりお連れせねばよかったと、口のうちに呑みこんで助け起こしながら、地面を見ると、達磨《だるま》の形のような茶色の小さな果実が、志乃の膝の先に転がっている。

「やあこれは、石梨じゃ」

拾いあげると、小さな実なのに、ごとりとした重みがある。歯も立たないほどな固い果実に、かじりつこうとした小さい頃のことを、三之助は思い出した。あたりを見まわすと、青い果実の匂いが漂っていて、大きな梨の木が、夕焼け空に切り絵のような枝を張っている。

「志乃さま、もうじきそこでござります。梨の木が」

志乃はひざまずくような恰好でいて、しばらく立ちあがれなかった。

梨の梢のさや鳴りが、波の広がるように志乃の耳に聴えた。こういう風が出はじめると、日昏れが早い。綾もその風の音に誘《いざな》われているのか、まだ火の入らぬ丸い灯籠を掲げなおし、うかがうようにあたりを見まわして、志乃の肩に手を置いた。

「なあ、三やん、ここはどこ」

「ここは、さあ、お糸さまのお墓のそばの原っぱでござりやしょう」

「蛍河原じゃ」

志乃はそういいながら、綾を抱きとる恰好で立ちあがった。

「蛍、ああ蛍。飛んでおらん、一匹も」

「もう過ぎた頃でございましょうで」

「残りの蛍が、おるやもしれんなあ」

綾は陽のさっと翳った葭《よし》の中の道へ、空の灯籠をかざしてすたすた歩きかけたが、ふと振り返った。

「志乃さまのお顔が白うなった」

そして一息ついて言い重ねた。

「なあ、お糸さまちゅうは誰じゃ」

「重左が教えてくれたお人じゃ、知っとろう、三之助」

「えっ、わしは知らんお人で」

「そんな筈はない、知っとろう」

中腰になった志乃が、喘ぐように首をさし出した。

「水の香りがいたしましょうが」

「はあ、そういえば」

「今年はちゃんと、水車は廻《ま》うたかえ」

「いや、水車ちゅうは、どこの水車で」

「ちゃんと廻わさんと、向うの方へ往かれんとばえ、ご苦労じゃけんど」

「あの、向うちゅうは」

「忘れたのかえ。十六夜橋《いざよいばし》の向うじゃったろ」

真中にいる綾が話をひき継ぐように、二人を交互にふり仰いだ。

「十六夜橋の向うに、お糸さまがおらいますと？」

「そうじゃ。今夜までくらいは、残りの蛍が飛ぼうぞ。水の香りがするけん」

「稲の香りのようなのがしますなあ」

「稲が出来ねば、思いが残って、向うにも往かれんじゃろ」

綾がたずねた。

「その橋ちゅうは、どこあたりに、かかっておるとじゃろ」

「ここの蛍河原に」

綾はのびあがり、まだ火の入っていない灯籠を高くかかげて四方を見た。腰の脇につけてもらった鈴が、かすかに鳴った。

葭の続く原の向うに、陽の没した海がまだとろとろと動いていた。マッチをすって二つの灯籠に火を入れた。小さな児がほおずき灯籠を持って這入ると、昏れてゆく葭むらの中の道が、繭の形の洞《うろ》にみえる。

「綾しゃま、あんまり先の方にゆかれますな、夢魔に」

夢魔にさらわれますぞ、というのを口の中に嚥みこんだ。海の面の残照はもう、足許にはない。虫たちの鳴く時期もすぎて、草むらの奥で残りの地虫が、ときどき儚《はか》なげに鳴いている。土がやわらかく湿っていた。乱れ落ちた葭の葉を踏んでゆく三之助と志乃の足音が、宵闇の中でけものの足音のようにも聞えた。先の方をゆく綾がときどき立てている、くぐもった鈴の音が、三之助には不安に想われる。

――これは魂じゃけん。

昨日の夕方、志乃がそういいながら綾に渡した古びた青銅の鈴は、幼い児が遊ぶには、似つかわしいとは思えなかった。

(誰の魂じゃといわいたのじゃろう)

三之助は志乃の手をひきながらそう思った。

さっき、付け紐の脇に、紫の組み紐ながらくくりつけてやったとき、綾はお守りをつけてもらったように神妙な顔をしていた。

ときどき後戻りして灯籠をさしつけに来るのをみれば、志乃の足元を気づかっているのだが、自分より丈高い葭の中を、まるで躰になじんだ道をゆく足どりになっている。かはたれどきの世界と通じあっているような目つきで、この小さな児は三之助を見上げた。

海の光はだんだん消えて、風が立ちはじめている。さっき、梨の枝の間にみた淡い月が、くっきりして来て、高くなった気がしたが、梨の木はみえなかった。葭の丈が三之助を包むほどになって、道はさらに細くなった。躰でかきわけねば行けないほどなのは、ひさしく人が通らないからではないか。

ひょっとしたらあの梨の木から、だいぶ迂回しすぎたのではあるまいか。そういえばさっき、志乃が転んだあたりに、脇道があったのだ。

あちらが本道であったかと、三之助はうろたえた。まさか、この昏れ昏れ時にお月さまはあるにしても、迷うたのではあるまいな。

志乃はほとんど中腰になって、手先だけをあずけながら、足探りで歩いている。迷ったなどと悟られたくなかった。その志乃が、後の足をひきずるようにしてふっと立ち止まった。

悟られたか、勘の強いお人じゃ、そう思ったが黙ったまま振り返った。かすかに喘いでいる。外歩きになれていないのを連れ出さねばよかった。月の影を受けた顔がまた、あのお面に似てきた。

(早う寺に戻らねば)

後悔された。そういえば、さっきまでときどき鳴っていた綾の鈴の音が止んでいる。しんと立っていた志乃がそのときものを言った。

「なあ、ほれ……。水の音じゃろう」

昼間みれば桜ねずみ色の袖が、色のない風にふわりと動いて、志乃は袂で目を拭いた。たしかに、耳を澄ませていると、川床を流れるような水の音がする。そのとき、くぐもったあの鈴の音がせわしなく聞こえて、葭むらの向うに綾の声がした。

「三やあん、早う早う、川じゃ川じゃ、舟があるよう」

三之助はほっとした。

「もう先へはゆかれますな。今すぐゆきやすすから」

声を投げておいて、葭を片寄せながら踏みしだいた。志乃のために歩きやすくしなければならない。二十歩ほどもゆくと、眼前が急にひらけて河原に出た。おだやかな流れの音がしているのは上手の方で、目の前の淵の先に、朽ちかけた小舟が半ばは沈みながらつないである。さして広い河原とも思えない。

葭むらを出て躰が一瞬、見知らぬ世界に這入り込んだ感じを覚えた。夜目にはしかとわからぬものの、向こう岸の葭むらの続きは畑地かもしれなかった。満月をすぎた月がさっきより鮮明になっているけれども、雲が出て、川霧がもやっている。

わずかに照っている淵の向こうに、赤い丸い灯りがうつって揺れていた。反りをみせて浮き上がっている橋の中程に、綾の影が立っている。いま出た小径は川土手の脇道につながって、橋へ行くと思われる。

「三やんこっち」

そう呼んで、赤い灯籠が、ゆっくり上下にゆれる。

「舟じゃ、ばばしゃま、ほれそこに」

「綾しゃまが、橋の上に立っておらいます」

志乃はそれを聞くと、立ちどまってしばらくゆらゆらしていたが、絡み落ちるように三之助の腕から、自分の手を抜いて言った。

「舟、どこの舟かえ」

追っかけて、橋の上から綾の声がした。

「どこにゆく舟、三やん」

綾の方角から、もひとつ舟が見えるのだろうか。三之助には目のさきの、半ばは沈んだ朽ち舟しか見えない。返事しかねていると、志乃が小さくうなずいた。

「重左が、油を絞《し》めに来たとじゃろ」

えっ、と思っていると、続けて言った。

「橋の袂に舟つき場があろう。どういう形の橋かえ」

「どういうちゅうて、あれは石の橋のようで」

「どういう形の」

「あんまり高うはござせんが、水の面から八、九尺ばかり」

「そのようで。真中が反っておりやす。……蔦じゃろか、えらい巻き下がって、昼間みればどういう橋じゃろう」

「石の橋かえ」

あとの言葉は自分の口のうちに呟いた。

川の幅は五、六間ほどはあろうか。雨上りでいくらか水が増しているにしても、淀みのぐあいからして、ふだんの川幅に近いように思われた。ところどころに這っている霧のせいで、向こうの景色も綾の立っている影も、どこか朦朧《もうろう》としている。綾の持っているほおずき灯籠の色が心もとなくみえ、思わず志乃の手に自分の持っていた一つを握らせた。華奢《きやしや》な手首がほの赤く染まって闇に浮いた。山裾のあたりを見すかしてみた。灯りひとつみえない。橋の上手の道を上れば、あの梨の木も、反対側の向うに寺もあるのだろうか。

「その橋のなあ、向うかこちらに、おおきな木《きい》がありますかえ」

「ああ、そういえば、向うの袂の方に、おおきな藪くらが見えやすが」

「ひょっとしたら、臘梅《ろうばい》の木《きい》とおもうがなあ」

「はあ、臘梅ちゅうは」

「臘梅ちゅうは、梅よりも早うに咲いて、香りのよか花じゃ。鼈甲《べっこう》色の花びらの、梅に似た花がありましょうが」

「ああ、わしげの村の阿彌陀堂《あみだどう》のかたわらにある、あれじゃ。匂いのようして、花は目立ちませぬなあ」

「目立たぬばって、花は、鼈甲の簪《かんざし》よりは美しか」

三之助は叱られたような気になった。

「その木《きい》が向うに見えぬかえ」

「木《きい》じゃと思いますなれど、あれは」

「見て来ておくれ、重左」

重左といわれて戸惑ったが、この頃ときどきそう呼ばれているので、三之助は慣れはじめていた。

綾の持つ丸い灯りがまたゆれた。先へゆくつもりらしい。

「綾しゃま、そこに居られませ。蝮が飛んで来ますぞ」

今までの道に、よく蝮が出なかったものだと思いついて、三之助はぞっとした。

「そこの木の下の藪くらには、蝮が居りやす」

耳に入ったとみえ、綾は振り向くと、鈴の音をさせながら小走りに戻って来た。大きく息をついている。やっとそれを渡す気になったか、ほおずき灯籠を三之助にむかってさし出したが、火が急に細くなった。葭の藪を出ていてよかったと思いながら、三之助は腰袋の蠟燭をとり出して膝をつき、小さな提灯の火をつごうとした。

「綾しゃま、火を囲うて下さりませ」

両手をさし出して綾が火を囲った。すると橋の下から風がふっと来て、じりりっという音を立てた火が消えた。そこだけ愛らしい赤い色がともっていたのに、あたりは色のない世界になって沈みこんだ。しまった、と思ったが、

「あ、いや、もうさっきの藪を抜けましたけん、よかよか。この道なら大丈夫じゃ」

三之助は二人に言った。

橋の幅は四尺そこそこだろうか。綾の首までほどの欄干である。ところどころ石の縁《へり》が欠け蔦がずいぶん巻き下がっているようにみえる。ずいぶん古い橋かもしれない。蛍河原か、そう思って見渡した。これが志乃さまのいわれる十六夜橋だろうか。

沖の方にも灯りはみえない。寺はどっちの方角か。そう遠い筈はないが、葭の原や畑の土手が重なりあって、かくれこんでいるにちがいない。そもそもは、お糸さまの墓というのにゆくつもりだったのだ。

足元をたしかめて、丈夫そうな石柱に綾と志乃を寄りかからせ、三之助は橋を渡りかけた。

うしろで志乃の声がした。

「臘梅の木《きい》の下に、水車がありましょう」

振り返った。志乃に持たせた灯籠の灯がそのときふうっと幾度か淡くなって、消えて

しまった。

「ああ、いいや、藪くらが高うして、見分けえません」

志乃の声がいちだんとかぼそい。

「油を絞める小屋じゃけど」

「さあ……、ちっと待ち申しませ」

さっき綾の赤い火をうつしていた橋の下の流れが暗くて、音は聞こえない。海は半里ほども先だろうか。満ち潮のときは舟が上がってくるのかもしれなかった。

臘梅というのは、まだ梅も咲かない頃に、香りに誘われて見あげたことがある。鼈甲細工のような色の、小さな透きとおった花びらが空に浮いていた。花の咲かない時期には、三之助はちゃんと見たことがない。秋にはどういう姿をしているのだろう。枝ぶりがほかの木とはちがって、根元から幾本も芽が伸びているので、それと見分けることができるかもしれない。

近づいて見あげると、やさしい葉の形が、魚たちのねむっているようにかすかにゆれていた。

灯りが消えてしまって不安になり、躰を寄せあっている二人に三之助は大声で言った。

「お月さまの光じゃが、臘梅のようにござす。ここはどこでござりましょうか」

「水車の小屋はありますかえ」

「藪が高うしてみえません」

「川の縁に道がついとりましょう」

「いいや、そこらじゅう藪でござります」

橋の下から湧いている風に、木の頂きも藪も波の底のように動いている。

「さっきから水車の音が聞えよるけど」

志乃はそう呟いたが、三之助には聞えない。

「油小屋の灯りが見えとろう、こうまか皿の灯りが」

「さあ、藪が暗うして」

「油小屋?」

と、綾はいった。

「どこの」

「重左がまわす水車じゃ、油を絞める」

三之助は、ああまたと思う。

「梨の木は見えようか、そこの反対側の墓のあたりに」

「臘梅の木は近うにありますばって、梨の木はどこでござりやしょう」

「さっき石梨をひろいましたろ」

「はい、ここに」

綾が欲しがるかとおもって、懐に入れておいた。いつだったか志乃が、

「お糸さまの墓のそばには、胎の中の赤子《やや》のごたる、石梨の実《な》るとばえ」

と言ったことがある。

懐からなんとなく取り出して握ってみた。そういえば、赤子の姿をしていなくもない。梨を拾ったところは木の下ではなかった。どこかの童が木の下で拾って、かぶりついてみて歯が立たず、しばらく持っていて投げ捨てたような位置に、その青い実はあった。あのとき梨の木は近くにみえたが、うっかり迂回して方角をたがえたらしい。

つい近くにあった梨の木だから、昼間ならばみえそうなものだが、霧まで出ていて、見当がつかない。

そこらの枯草をかき集めて、志乃と綾を座らせた。まだ露の降りる時間ではなかった。それにしてもこう昏れてしまっては、墓詣りよりも寺へ帰りたい。あちこち手をやってマッチを探すが、藪の中ででも落としたのだろうか。綾の袂にも入れておいたのがなかった。

「潮が上がっているのかえ」

おだやかなほそい声で志乃がたずねた。

言われて、あらためて橋の下をすかしてみた。流れの音がしないのは上げ潮が来て、水位が満ちているせいかもしれなかった。

「そうかもしれやせん。この水は上げ潮かも」

「そうじゃろう、潮の匂いのするもん」

目がみえない分だけ志乃の嗅覚は鋭敏で、かねがねおどろかされている。志乃がいつもよりしんとしているのは、三之助がさっきから、すくなからずうろたえているのを、見て取っているのかもしれなかった。

「三やん、灯籠灯して、早うゆこう、橋の向うに」

そう言って、綾は鈴を振ってみせた。闇の中に余韻をふるわせて鈴は鳴った。志乃が綾の手首をふいに抑えた。

「やたらに鳴らすもんじゃなか。呼び寄するちゅうもんぞ」

「呼び寄するちゅうはなんのこと」

「しいっ」

ほの闇に志乃は瞑目しているようにも、半眼をひらいているようにもみえる。藪の中に病人さまをお連れして、どこをほっつき歩いていたかと、寺の人にいわれそうな気がした。ともかく寺へ出る道をたしかめねばならない。

「なあ、ばばしゃま。呼び寄するちゅうはなんのこと」

「こうまか子《こお》が、鈴をしゃらしゃら振ってゆけば、呼び寄するちゅうたもんぞ」

「ああ、ほんと、獅子がお祭りに寄ってきた」

綾は祭りの獅子舞いを導いていた、鈴振りの稚児を思い出したらしい。

「そうじゃ、獅子でもなんでも暗か所から来る。もうわたしにお返し」

すこしおびえたように綾はすり寄って、素直に自分の着物の脇を志乃にあずけた。手さぐりで紐をとき、鈴をはずしてやりながら、志乃がいう。

「ここの橋の袂に、上ってくる舟のおる。潮が来とるけん」

綾が、葦の中にぼんやり透けてみえる朽ち舟の方へむけて、欄干の上から背のびして、火の入っていない灯籠をさしのばした。

「それはどこの舟」

「油を積みになあ、重左が漕いでくる」

「重左ちゅうはだれ」

「重左をば知らんとかえ」

「わたしは知らんもん」

「いつも水車小屋に、おりますじゃろうが」

「どこの水車小屋」

「ほらそこの、橋の袂の」

「ふーん、舟は見えん、ばばしゃま、半分沈んだ舟しか」

「沈んだ舟たちが浮いてくると、水車の音がしよるけん」

志乃の話には誰もついてゆけないが、綾しゃまだけが、一緒の舟に乗り合わせるようなぐあいにお相手ができる。ひき込まれまい、と思いながら、三之助はあたりを見廻した。

「沈んだ舟が来ると」

「そうじゃ、沈んだ舟ばっかり」

「そこにある舟も」

「そうじゃ。魂の乗っとる」

綾はまじまじと志乃を見、三之助を見上げた。火の入っていない灯籠が川風にゆれている。いっそ火を入れない方がよいのではないかと三之助は思った。赤いちいさな灯籠が灯り出せば、かえって見えないものを呼び寄せるのではあるまいか。

「三之助、まだ、水車小屋へゆく道はみつからぬかえ」

「どうも、灯りがのうて、まだ」

「待っておらいますのに、油積みに来て臘梅の下に」

三之助は橋の向うを凝視した。魚たちが群れて睡っているように、水の底のような臘梅の梢が、夜空にひろがっていた。

「なあ、香りがいたしましょう」

「花の香りでやすか」

「菜種油の香りじゃ、絞りたてじゃけん」

「はあ」

「重左が苦労して、絞った油じゃ、あの舟に間に合わそうというて。嫁入り銀をつくるちゅうて」

志乃の声音がふるえをおびて途切れた。川霧がまたひとところ濃くなって、朧梅のあたりを包んだ。志乃の心の中にもこういう霧が流れているのかもしれなかった。

婚約者に死なれ、親をなくした志乃には、嫁入り銀がなかった。親が生きていれば、残してくれたであろう田畑山林も、どこまでが我が家のものか、その境すら、世間知らずの志乃にはわからなかった。管理を任されていた重左には、それを志乃にやるという権限はまるでなかった。重左がそのことでどれほど悲嘆にくれていたことか。

足をくじいて寝ていた志乃を、一生一度のお願いでござりやすといいながら、おぶって舟に乗せ、水車小屋に連れて来た。

――嬢さま、ここの小屋にある菜種は、お父さま、お母さまから頂いた拓き畑から、儂がとった菜種でござりやす。

湿った小屋の匂いと、油粕の匂いがないまぜになって、あたりにたちこめていた。重左は板敷の上に志乃を下すと、火打石をかちかちいわせて、灯芯皿に火をつけた。

――このお皿も、お父さま、お母さまから頂きやした。

火のついた灯芯皿に顔を近づけて、重左が振り向いた。皿を抱えている節くれだった親指が、菜種油に濡れて黒く光っていた。

——ほれ、ごろうじろ。重左が大事にして、何年も油を蓄えておりやした。これは今年ので、夏に絞ったばっかり、よか香りでござしょう。

床下をあげてみせると、小さな火のゆれる下に煤けた壺が並んでいた。

——この油を売って、嬢さま、お衣裳を買いやしょう。長崎から買うてまいりやす。嫁《ゆ》かれてから先着るものやら、髪のものを作り申《も》しやしょう。高原の嬢さまに似合う衣裳を。親御さまがおらいませば、買うて下さいましたものを。

今夜お連れしたは、爺がこんなに、親御さまから、よくして貰うておったのをお見せしようがためで。

嫁入り前というのに足まで挫《くじ》いて。お見せしませ。長崎渡りの膏薬じゃ。この油で溶いて、つけて進ぜやす。

灯芯皿をあちこちさせて、重左は石臼の縁にそれを置いた。いつ用意していたのか油紙をひろげ、貝に入れた黒い膏薬を、石臼の縁の火にかざして溶かした。

——ごめん下さりやせ。ちっと熱うござす。

そう言いながら、横座りしている志乃の裾をはらりとめくった。

——こんなに黒う腫れあがって、親御さまからいただかれた足をば。

眉毛のさし出ている下に、善良そうな目が、ふかい悲哀をたたえて沈んでいるのを志乃はみた。その爺の向うに、不揃いに脱いだ塗りの下駄がみえた。履き古していたが、それも重左が長崎から買って来てくれたものである。錆朱色《さびしゅ》の金襴の緒で、藺草《いぐさ》の表がついていた。暗闇に近い小屋の中で、かすかに色の浮き出ているものといえば、水色の蹴出しと下駄の緒だけである。幾度か、膏薬のこげる音と匂いがみちて、重左の手がわなわなすると思って振り返ると、膏薬をつけ終った老爺は、志乃のくるぶしを自分の膝の間に置き、胡麻塩頭のちょん髷を押し伏せていた。

──わしが、お育て申しやした。

重左は嗚咽《おえつ》しながらそう言った。

「油舟がなあ、ゆくんじゃと。臘梅が咲くころに」

志乃は川風の中で呟いた。そのとき後ろの丘の上で人の呼ぶ声がした。

「三やぁん、三やぁん、お志乃さまぁ」

寺の紋所のある提灯が、おおきく振られている。徳一坊だった。

「あんまりおそいもんで、坊守さまが、迎えにゆけと言われました」

墓をみつけそこなった話を三之助はした。

「すぐ近くでござりやす。土手を二曲りほどすれば、じきに、おおきな梨の木が見えやす。今夜はもう、ここから拝んでおかれませ」

　徳一坊が指さした。

「あっちの方角じゃが、お足許がなあ、無理じゃ」

「ずいぶん古か石橋でござりますなあ。十六夜橋ちゅうは、あれでやしょうか」

　三之助はもすこしちゃんと、志乃を連れて向うへ渡って、臘梅の木や水車小屋をたしかめなかったのが、心残りだった。

「石の橋？　板の橋でござりやしょう」

　徳一坊は答えた。

「昔はな、美しか石橋がありましたげなばって、山壊《やまく》えがあって、志乃さまのお家の水車小屋も、その橋も流されましたげな。

　壊ゆる筈のなか、よか橋じゃったが、袂にあたる土手ながら持ってゆくよな、山水《やまみず》が来ましたげなで。昔の話じゃ。今は板の橋になっとりやす」

　三之助は瞬間、棒立ちになったが、振り返らなかった。

「昔はなあ、河原も広うして、舟が上り下りしよりましたげな」

第四章　みずな

長崎寄合町の藤波楼では、このごろようやく客なれして来たみずなに、八坂神社の野《や》狐《こ》がついた、という噂がささやき交されていた。

言いだしたのは、遣《や》り手のおすがだった。

「もともと、茶色目の、とろとろしとろうが。化粧するときから、だいたい目つきのおかしかもん」

朋輩たちはそういいあった。

「外に馴《な》染《じ》みの出来たとじゃなかろうか。お客は寝せつけておいて」

おすががそういいはじめてから、かれこれ三月にもなろうか。

あたりを気づかう様子で、みずなが勝手口の下足入れに草履をのせるのを、小用に起きてふと見とがめ、同じ草履をつっかけて庭に出ようとしたら、指の間がもぞっとして、狐の毛が夜露に濡れてびっしりついていたと、おすがはいうのである。庭の続きに藪があって、妓《おんな》たちはそこらで小用を足したりする。

「まさか、犬の毛じゃろう。ありゃ犬猫が好きじゃけん」

お内儀はそう言って笑ったが、

「おすがどん、うっかりしたことばいうまいぞ。客がつかんごとなればどうするか」

と念を押した。

外に男が出来た様子はないが、念のためとおもって、男衆《おとこし》をつけてやってみると、八坂神社へゆくには、町中を通った方が足許もよいのに、みずなは客を寝かしておいたまま、寝乱れ姿の上に半纏《はんてん》をひっかけ、裾をはしょって、わざわざ藪くら径に寄り、夜明け方にもどってくる。

「八坂さまに詣りよるのなら、しいて咎《とが》め立てせんでよかろ。もともと、われわれも詣る神さまじゃけん」

抱え主の豊後屋藤吉はそう言ってみたが、やっぱり、けじめはつけさせねばと思って、お湯屋からもどった化粧前のみずなを呼んで、お内儀に言わせた。

「神詣りはとがめんがなあ、やっとお客がついてくれるようになった躰じゃけん。大事にしてもらわんば」

まだ乾き上らぬ洗い髪を背中にすべらせて、みずなはちらとお内儀を見上げた。風呂から上りたての、若い肌が匂っている。

化粧にとりかかるまえの妓たちの素肌の匂いは、妓楼の生命のように、お内儀には感ぜられる。ああ、この妓《こ》はそろそろあと何年と、廓《くるわ》での寿命もわかる。そういう妓《おんな》たちには、退いたあとの手だても考えてやらねばならない。躰と心に余力があるうちに、いくぶんでもよい運についてもらいたいものである。藤波楼は盛りをすぎた妓たちの面倒もよくみると、贔屓筋《ひいきすじ》からいわれているが、彼女らの出世は妓楼の盛衰にもかかわるので、妓たちの若いうちの運というものを大切にせねばと、夫婦は思っていた。

ひょっとして、葦野から時期ごとにやってくる萩原直衛が、みずなを落籍するかもしれないという勘が、お内儀にはあった。

このごろやっと客の目につくようになって、名ざしで声をかける者がふえている。というのも、ほかの妓たちにくらべて、みずなは客のつきがおそかった。

薩摩の小さな島の端っこから連れて来られたときとくらべれば、虫から蝶が生れ出たほどな変りようだった。時期おくれの浴衣からのぞいていた首筋といい、肩といい、その色の黒いことといったらなかった。猿の仔のように、茶色っぽい眸の色のとろとろしているのをみて、遣り手のおすがが、遠慮なく言ったものである。

「まあ、この娘《こ》の黒さ。まさか、南方種じゃなかろうなあ」

それまでろくろく目もあげず、ちゃんとお辞儀もせずに、庭にはためいている色さまざまの下着類をみていた小娘が、赤っぽい髪のほつれ下っている顳をゆっくりあげて、おすがをみた。目尻の切れこんだその眸が、意外と大きく、こんな目尻に仕上げの紅をつけたら、どういう顔になるじゃろうと、お内儀は思ったものである。

長崎の土地で混血の血統は珍しくない。おすがのもの言いは、破れラッパと仇名があるほどだが、南方種とまでは思えなかった。それにしても、相当に煤けた田舎娘ではあったのだ。みずながが、おすがにしっとりなじまないのは、この時の破れ口のせいかもしれなかった。あれからもう幾年経とうか。

赤毛と思ったが、よっぽど汐をかぶって干しあげられていた少女期だったのだろう。ここ丸山寄合町あたりの水になじんでからは、髪までしっとり黒うなって来たと、みずなの洗い髪を眺めてお内儀はおもう。

ほかの妓たちにくらべて客のつきようがおそかったのは、無口な上、れいの目の色で、山猫が後すざりしながら怒っているような様子が、気味悪がられていたのかもしれなかった。

「おすがどん、愛想口のいっちょも仕込まんことには、みずなにゃあ、客はつかんぞ」

最初の客であった漆器問屋がそう言ったことがある。

「お堂の観音さまと、海の魚としか、口を利きよらじゃったちゅうけん、人間の男衆に、なじみませんと」

ものを言いかけても、みずなに、はかばかしく返事もしてもらえぬおすがは、やけっぱちでそう答えた。

「どこの姫さまじゃあるまいし、ものいわん妓ぉよのう」

ついこのごろも、他の客からお内儀はそう言われた。手をかけさせる妓でも生かせる道はあるのだと、お内儀は踏んでいる。客の苦情に、はいはいという受け答えはしない。

「なんしろ、薩州の島育ちで、こないだまで泳ぎ廻っておったとでしょうけん、まだ魚の性が取れませんとじゃろ」

「ふーん、魚の性なあ。そういえば、生《い》きはよかようにある」

客はそういって口ごもる。

どこの姫さまとは、いやみだけではなかった。この妓のように紅白粉の塗り映えするのも珍しい。

客をとりはじめて二年目の正月に、初島田を結わせてみた。おすがが溜息をついた。

「この首すじの美しさ。殻から素抜けた白蛇《しろへび》のごたる」

島田の結いはじめに、縮緬《ちりめん》の紋付を贈ったのは、直衛だった。濃い藤色地の裾に、幽《かす》かな白い藤をちらし、裾の模様とおなじ下り藤の紋がつけてあった。藤波楼の紋所である。

「わかったお人じゃ、店をたててもろうて。しあわせもんぞおまや。なあ、みずな。どうやら、やっと上客がついてくれるようになって。魂いれて勤めんばならん、運が向くかもしれんとじゃけん」

豊後屋夫婦は、たとう紙をひろげてみせて、高島田の髷が重そうにうつむいているみずなにそう言った。

染め色がまだ香るような衣裳の裾をつまんで、お内儀は絹糸のしつけを解いた。縮緬特有の重い音がたとう紙にすべり落ちた。

目の前に、絵にもみなかった縮緬の衣裳を置かれたとき、みずなは、躰になれていたあの海の潮に似たものが、じわっと自分をとり包み、底の方にひきこむような感じをおぼえた。

「嬉しゅうはなかとかえ。ちゃんと、お礼のいいみちを覚えんば」

お内儀の言葉にわれに返り、みずなは、教えられたとおりに三つ指をついた。

「だいぶ、お辞儀のしかたも形になって来た。やっぱり歳月じゃ」

うなずきながら、お内儀は膝から布地をすべり落して撫でやり、藤吉を見やった。

「わたしはこういうよか色の縮緬は、袖を通したこともなか」

「つくればよかろうて、似合うなら」

藤吉は長火鉢の向うで帳面をたぐりながら、鯉のまぶたのような目を細くして答えた。

あのときの島田髷よりも、素顔になったいまの洗い髪姿に、あの衣裳をうちかけたならば、しんとして、姫さま顔にみゆるとお内儀はおもう。これで口のききようがよくなれば、いうところはないのだが。

「そこでなあ、お前の神信心じゃが、とくべつの願でもかけとるとかえ」

みずなはちらと目を泳がせていたが、しばらくしてかぶりを振った。

「いんえ、ふつうの神信心」

「ようお詣りにゆきよるらしかが」

「はい、夜さりすぎてから」

隠すかと思っていたら、すらすらと返事をする。

「その夜さりがさて、問題じゃ」

「なしてでござしょ」

「なしてちゅうがあるか、お客にご無礼じゃろうが」

「お客が、寝らいましてからしか、ゆきよりませんと」

「おまえな」

藤吉は聞いていて、思わず片膝を立てた。

「みずな、おまえな、お客が寝らいましたあとも、つとめのうちちゅうを知らんとか」

はなれ島の漁家育ちで、勘《かい》なしというか、まだ小娘のくせして、みずなはお客にもこんな風にものを言うのかもしれない。

「ものいわぬ妓ぉ」と言われたりするのは、あれもいうてはならん、これもしてはならんと、おすがに言いふさがれて、猫をかむっているのかもしれない。折角、上客がつこうとしているのだ。魂を入れておかねば困る。口調はそれでもおだやかである。

「よかか、お前の躰は、まだお前のものじゃなか。つとめちゅはそのことぞ」

みずなが藤吉の口ぐせを聞くのは三度目である。この藤波楼に来たときと、最初の客を迎えたときと。

父親が時化《しけ》の海に出で、造って間もない舟もろともに行く方しれずになり、残った借金のかたにここに連れられて来た。舟の借金は知っていたが、わけのわからぬほかの証文をみせられて、祖母と母親が暗い灯芯皿のわきで途方にくれていたのを、みずなは心にきざんでいる。寝入っていた弟の顔とともに。

朋輩たちは藤吉の口ぶりをよく真似た。八坂神社に詣った帰りの石段に腰かけて、ほかに人がいないとき、妓たちは藤吉の口ぶりを真似て打ち興じた。

「お前が躰は、この家にゆずり受けたもんじゃ。大事にしてもらわんば」

「煙管《きせる》くわえてなあ、もうおぼえた。百もわかっとることをば」

「ほんに、もうおぼえた。はよ、石炭船の船長さん見つけて、わが躰になろ」

「ほんに、この衣裳脱いで、わが躰になろばい」

「それにしても、おっかさまの方は、よけい口は言わっさんなあ、旦那さんほど」

「心はひとつよ、口に出んだけやろ。遊女屋じゃもん」

みずなはそういうやりとりの中で、仲の良い小萩が言ったことを思い出した。

――よか衣裳着るときゃ、嬉しかちゅうが不思議なあ。借金も増えるとに。

神信心というのは、わが心でするとじゃもん、躰はあずけとっても。

そう思ったが、口には出さなかった。

「これからは気いつけます」

なにかを噛みこんだような顔になり、みずなは馬鹿丁寧なお辞儀をすると、洗い髪をさばくようにすらりと立ちあがった。来た頃にくらべれば、背丈もずいぶん伸びている。開け放った廊下を海風が通り、ふくらんで来た腰のあたりに垂れた髪が、縁側の長押《なげし》にかかるほどに吹きあげられるのを見送って、藤吉は言った。

「たてがみかい、尻尾かい、ありゃ」

それでなくとも世間の者たちは、この町内の妓たちのことを、山猫とか白首の狐とか言うておる。

「そりゃ、なんかの尻尾でござりましょうもん。ああたにも、ついとりゃあせんですか」

振り返ると、すました顔でお内儀はふたたび言った。

「わたしにも、苔の生えとる、長かとのありますと」

思ったより手のかかる妓ぉかもしれん、お内儀はふとそう思った。口がかかれば、早う片づけた方が得策かもしれない。萩原さまはいつ見えるとじゃろう。妻女どのを長崎の医者に診せると、連れてまいられたそうじゃけんど、はかばかしゅうなかったと聞いている。そういう事情のところを当てにするわけにもゆくまいか。ほかにみずなに熱心といえば誰と誰、と思い浮かべてお内儀は頭を振った。

どうも今日のみずなの様子は気にかかる。おすがが前に言ったことだが、妓たちのおつくりの最中に、鼈甲屋《べっこうや》が来合せたことがある。

それぞれ手をのばして、結いあげた髪に、好きな櫛やら簪《かんざし》を選りとって挿《さ》してみていたが、後向きになっていたひとりがおくれて、結綿《ゆいわた》のあざやかな赤い手絡《てがら》をめぐらし、ゆっくりと振りむいた。みずなだった。

縦真半分に、きっちり片側だけ塗り分けたその顔を、まじまじとみて鼈甲屋が言った。

「あいやぁ、見事じゃのう、ようもくっきり塗りわけて。うーん、左向きゃ盛りの牡丹、右は、うーん、まだ十六ささげのひいな女《じょ》じゃ」

「ひゃあ、十六ささげげな、ほめてもろうたねえ」

おすがが茶々を入れたのに続いて、妓たちが声をあげた。

「わたしゃどうな、芍薬《しゃくやく》かえ」

「百合ぐらいはあろうがな」

「わあ、あつかまし」

どしんと誰かが背中を打つ。

「あいたた、いやいやあ」

鼈甲屋は首をちぢめて見せた。

「いや、いずれ劣らぬ花あやめ。わしゃあ冥利につきる商売じゃなあ」

頭をなでながら、あらためてまたみずなの顔をしげしげ眺めた。

「ふーん、そのまんまの粧《つく》りで売り出せば」

半分塗りのままみずなは口の端をわずかに上げた。

「お客さまさえ、よかればなあ」

皺のきざまれた咽喉に刷毛《はけ》を使っている手をやすめないで、おすががそう受け、含み笑いがそこらに湧いた。

「よかとも、評判になりますわい。お化粧のしかたもいろいろ見せてもらうが、みずなさん、あんた変った塗り方するなあ」

「くせで、もう」

「くせもそれぞれあっとばえ。見世物小屋出してよかっじゃけん」

相手が登楼客であっても、おすがは天草弁丸出しになる。鼈甲屋もこの年増にはものが言いやすい。

「見世物小屋ちゅうは言いすぎじゃろうがな、おすが姐さん」

「言いすぎでもなか。わたしが一番の化け猫じゃ」

双肌《もろはだ》を脱いでいる妓たちが躰をよじって笑いこぼれた。白粉やけした黒い地肌に、男役者の舞台顔さながら、厚々と派手に仕上げるおすがの座敷用早化粧に、妓たちはかねがね、あっけにとられているのである。

簪を持ったり、練白粉の壺やら刷毛を握ったりして、笑う間にも鏡をのぞき込んで衿足を塗り終え、鼻筋が立てられ、眉が描かれる。いずれも粧《つく》り半ばの顔が浮いている中で、みずなの化粧法はやっぱりきわ立っていた。

「どうもあの塗り方が、尋常ではなか」

おすがは、はなから言っていた。

「どういう気色《きしょく》じゃろ、いくら教えても耳に入れん。芝居の幕の裏表ば、わが顔に描くふうで、暗闇からいきなり出てくるごたる」

やっぱりおすがはいうことがちがう。芝居の幕の裏表げなと、お内儀は感心してきいた。

「鼻すじのところで、右左《みぎひだり》、分けて描こうちゅうは、むつかしかろごたるなあ。みずなも変り者じゃ」

ただささえ気になる目を真ん中に寄せて、鼻すじをつくろっているみずなの脇で、いら立っているおすがを想うと、おかしさがこみあげた。

「それでも、このごろ上手につくるごつなったわえ。本人のくせじゃろと、仕上げがよかなれば、それでよか」

「妙な妓で、たいがい手こずりますとばえ」

娘ほども歳下のみずなに癇を立てているおすがをみて、お内儀はそろそろ、気のたかぶらなくともよいお膳方に廻そうかと考えついたが、さてまたそれも騒動になるかと思うのだった。


逗留先の天草の寺も、志乃には長く居れる所ではなくなって、お咲に促されると素直に葦野に戻って来た。

病いは次の年の夏を越えても、はかばかしくなかったが、たまたまその表情や声音が和んでいるときがある。あたりかまわずものをいう、石塔磨きのお福女《じょ》の挨拶には遠慮がない。

「ご病人さまも、今日は、正気であらいますなあ」

お咲はそのたびにうろたえて自分の口を押さえたりした。丸太ん棒が通り抜けるようにお福女の声は屈託がない。

「いつもなあ、こういう風にあらいませばよかばってん」

それが通り挨拶のようになって、志乃は家族の前では言われないが、「蓮田町の神経《しんけい》殿《どの》」とこのごろまわりで言われている。

長崎にいるお小夜から一度、三之助に便りがあった。もしやまた長崎に来ることがあれば、かならず十日くらい前に着くように手紙をおくれ。おつとめの仕事は、いつも夕方から忙しゅうなって気がねするから、昼ごろならやりくりして、逢いにゆける。いつの幾日と知らせてくれれば、若宮稲荷さまというところの、鳥居のかげに待っているので、そこをたずねて来ておくれ、おまえもひょっとして、ねえさんよりは大きゅうなっとるかもしれませんね。

そのお小夜に逢いにゆける日は思いのほかに早くやってきた。彼岸すぎの、時化《しけ》の多い合間を縫って、直衛が正月荷を仕入れにゆくのに、供を仰せつかったのである。

前回の長崎ゆきで定宿のお内儀が三之助の人柄を首を傾《かし》げてほめていた。よその宿にくらべれば愛想口の少ないお内儀である。

「まあ、芯のつよか、ゆきとどいた兄《あん》しゃまでござりますなあ。ありゃ、男になりますばい。今どき、ようおりましたこと。いくつでござりましょ」

あんまり連れ出しては、ほかの職人たちと釣りあいがとれないのだが、死んだ重左爺の若い時を想わせるようなこの若者を、直々仕込んでみようと直衛は考えはじめていた。

嫡男は心臓の病気持ちで、若隠居と言われている。親類の者たちさえ言うのだ。

「一粒種どのは、書物神さまじゃけん。坊《ぼん》さまにでもなせば、似合いましたろうてなん」

娘婿にあとを継がせるつもりではいるが、この国太郎が剛直すぎて、横へはぜったいに曲がらない。こうと思ったら、舅であろうと会釈もなしに直言するので、見込んで婿には取ったものの、直衛はこの国太郎がいささか煙ったい。

ところが三之助は人と人との話の間合いをだまって見ていて、ぎくしゃくなるとそれとない補いをして組み直しすることができた。推量の深さを若年ながら具えていそうだった。同僚先輩たちへの配慮もそれとなくして、ひときわ目立つということはなかったが、仏像の図面を引かせてみると隠しようもなくその才があらわれ、誰もが舌を巻いた。それに何より愛嬌があって、黙っていても人に好かれた。

若い頃から石に直か彫りして花びらの口元のような菩薩さまを彫り上げていた直衛が、何を考えたかふっつり彫刻をしなくなっている。三之助を見込んだのは、そのせいかもしれなかった。

小高い山が、おおきな箱庭のようにあちこち座っている初秋の長崎は、まだ若い穂芒《ほすすき》がしっとりと空に浮き出し、去年の盆の頃とくらべれば、洗い出されたようにすっきりみえた。直衛に言い出しそびれておそくなり、三之助が若宮稲荷にたどり着いたのは、約束の時刻より、小一時間もおそかった。

昼風呂にゆくついでに、弟に六年ぶりに逢ってくると朋輩たちには訳を話し、みずなのお小夜は早目に店を出た。振り返ったみずなに彼女らはしみじみ言った。

「みずなしゃん、逢いにゆく弟がおって、しあわせのよさよ」

「ほんに。あんた家《げ》の弟さんな、高島炭坑になあ、生き埋めげななあ」

弟を死なせて間もない小車は眸をあげて言った。

「仕様もなかと、それも寿命じゃけん。それよりお稲荷さまならなあ、みずなしゃん。もうじき、竹《たけ》ン芸《げー》のあるはずよ」

「そうそ、今ごろ、よか若か衆の稽古しようらすど」

「ほんに、今年は誰じゃろう。竹ン芸ば納めた人にゃ、一生お稲荷さまの運気のつかすげなよ」

「そういう若か衆の、嫁御にならす人は、さぞしあわせのよかろ。道の木の葉も、拾うはしから、金になるちゅうけん」

妓たちはいっせいに笑った。

「そのくらいの運気のつくちゅう話じゃ」

「ああ、わたしたちにゃ、縁のなか縁のなか」

みずなを見送って、土間に立ったまま、銀杏返しを顔の横にほどきおろしていた一人が、顔を上げながら呟いた。

「野狐《やこ》のついとるちゅうは、ほんなこつじゃろか。なあ、八坂さまのあたりの野狐の」

「ほんとに、不思議な人じゃやけん、よかもんのつくとよ」

眉を寄せて小さなつよい声でそう言ったのは、みずなの妹分の小萩である。話のアクを抜きたいと本能的に思うのだろう。

「よかもんじゃろか、野狐の。それのついとる人が、若宮のお稲荷さまに行けば、どげんなるちおもう」

「どげんち、仲間どうしでよかじゃなかと」

「位がちがうじゃろ、八坂さまの野狐と、若宮のお稲荷さまでは。どっちが上じゃろう」

小萩が眉をしかめていると、後ろから声がした。

「何の馬鹿話ばしよると、昼日中から。早う早う、洗濯物広げんば、早う。お彼岸あとの陽《ひ》いさまは、釣瓶落《つるべおと》しばえ。乾しあがらんが、もう」

おすがである。みずなが六年ぶりに弟に逢いにゆくのだというと、

「なしてまちっと早う言わんか」

といいながら、ちびた下駄をつっかけて走り出した。

「みずなあ、みずなあ、ちょっと待ち、ちょっとお待ちよ」

角を曲ろうとしたみずなが振り返った。見つかったかと思ったらしい。はあはあいいながら、おすがは後ろから袖をつかみ寄せ、自分の細帯の間に手を入れると、もどかしげに小銭入れをとり出した。

「これ持っておゆき。人力車の車代はあろうけん。途中まで乗っておゆき。な、そうせんとな、夕方まで戻りきれん。中島川が流れとろうが。伊良林《いらばやし》のほら、あそこの橋までは人力車でおゆき。それから先は登り道で、赤鳥居の並ぶ石段じゃけん」

こんなに早口でものをいうおすがを、みずなは見たことがない。瞬きもせずに息せききって、おすがはあとを言った。

「ちっとぐらいおそうなってもよか。おかっつぁまには、ほどよういうとくけん。戻りにゃな、また人力車に乗っておいで。その分、弟さんと長うおられるけん」

小銭入れをぽんとみずなの掌に握らせ、くるりと踵を返すと下駄の音を立て、石畳につんのめりかけたが、あやうく立ち直った。立ち直りざまに、戸口の前で洗濯物を抱えている妓たちに大声をあげた。

「またみんな、口あけて突っ立って。洗濯物、洗濯物、明日どもは雨ぞ、きっと」

みずなは持ち重りのする小銭入れを掌にしたまま、おすがの後姿を見ていた。つまずきかけた後姿の、背筋のゆがみ方が、島の誰それ小母さんの背中を想い出させた。歳にしては派手すぎる寝巻まがいの単衣が、くたびれている。客を取り持っているときのおすがとはまるで別な、盛りもとうに過ぎた、うらぶれた後姿である。厚化粧して、

「わたしも化ければ、なかなかじゃろうが」

などと言ってみせ、鏡をのぞいている時には見せぬ哀しみのようなものを感じて、みずなは胸がしめつけられた。

人力車の詰所を通りすぎてしまって引き返すと、見知りの車夫のとうぐら小父が鉢巻をして、煙管をくわえている。その小父さんから声をかけられて、みずなは我にかえった。

「おっ、どこの嬢さまかと思うたら、みずなしゃんか。昼間からどけ行くかえ」

死んだ父親ほどに思えるこの車夫には、ものが言いやすい。

「急用のでけて、若宮稲荷さままで、行かんばなりませんと」

「ほう、珍しさよ。お化粧もせずにお詣りかえ」

「はい、化粧どころじゃなか。間に合うごつ、戻って来んばなりませんで、乗せて行っておくれませ」

「よしきた、みずなしゃんなら、どこまっでも、走ろうわい。さあ、乗った、乗った」

柄を取って試し曳きをしながら、とうぐら小父は言った。

「こりゃ、来た頃とすれば、だいぶ尻の重うなったごつあっぞ、うん」

「いやぁ、小父さん」

「嘘じゃ、嘘じゃ、みずなしゃんなら、軽か軽か。ちゃんと尻は据えたかえ」

「はい、据えました。あの、なあ小父さん」

「なんかにゃ」

「すみまっせんが、この幌をば、まちっと深うに降ろして貰おごたるけんど」

「よしよし、とびきりの別嬪《べっぴん》じゃけん、人に見られて減らんごつ、降してくりゅう」

せっぱつまった目付きになっているので、とうぐら小父さんが気を引き立ててくれていると、みずなは感じていた。店々の妓たちのことに、車夫たちは通暁している。みずながが来て間もない頃だった。使いに出された途中で、下駄の鼻緒を切らし、その片方をぶら下げて、片っぽはだしで歩いているところを、この車夫が通りかかり、空き車に乗せてくれたことがある。

「儂《わし》じゃ儂じゃ、とうぐら小父じゃ。遠慮すんな、戻りの空《から》じゃけん。夜道ば女《おなご》の子が、ひとり歩きしよれば、狼のくわえぎゃ来《く》っぞ」

持っていた提灯《ちょうちん》の明りを、自分の顔に近づけてみせ、

「ただじゃけんの、心配いらんとぞ」

と念押しした。街はずれの藪くら道だった。

まだ、親がつけてくれた名で呼ばれていた頃である。年上の妓たちが、

「あの小父さんのとうぐらちゅう名は、何のいわれじゃろかいなあ。とうぐらちゅうは、戸の内じゃろ」

と言っているのを聞いたことがある。戸倉という姓だったが、地域風によび慣わしたにすぎない。

「小父さん今日はな、弟に逢いにゆくとよ、もう、六年ぶり」

「ほう、あんたにゃ、弟さんのおらしたと」

「はい、弟がひとり」

「そりゃあたのしみばい。六年ちなあ、もう、よか青年じゃろ」

「はい、十七か、八か」

「みずなさんより、大きゅうなっとらすなあ、そりゃあ」

「はぁい、ほんに、そうかもしれませんなあ」

気を許して車の上から、兄弟たちのことを洩らしたりする妓たちも、親のことは言わないものである。それから先、だまり込んでいるみずなをあやすような足どりで、とうぐら小父は走っていた。

石段を登り切ってみると、思っていたより狭い境内だった。拝殿に二度、お稲荷さまの彫刻にも三度ばかり、念を入れて拝んだ。見廻してみると、八坂さまとはやっぱり様子がちがう。竹ン芸というのをまだみずなは見たことがない。どこでそういう命がけの芸を、ふつうの若者がするのか、見当がつかない。目の下に街筋をへだてて、お諏訪さまの森がみえた。

三之助はなかなか現れなかった。ひょっとして、ここを見つけ出せないでいるのではあるまいか。やっぱり八坂神社の方がよかったろうか。しかしあそこは昼間、妓たちがゆかぬともかぎらないし、人目につきやすい。

祭りのときは別として、ふだんの参詣人はすくないここの、竹や雑木に囲まれている場所で、三之助とゆっくり顔を合わせ、語りたい。そう思っていた。母はどうしていることか。家を出て三年目の盆に帰ったが、その後は戻ることができないでいる。去年の精霊さまのとき、三之助が来ていたという手紙を読んで胸がふさがった。同じ大波戸に、町内行事に加わる店の一員となって、みずなもいたのである。

いくら海いっぱいに灯籠が灯っていたとはいっても、夜の大混雑で、お互い見分けられる筈もない。よその店に負けんごつと、主《あるじ》やおすがにあふり立てられて、自分でも、こういう顔にようなると思うほどに、いつもよりはさらに塗り重ね、素顔もわからぬほどになっていたのだから。

盆に戻ったとき、わたしは十七、弟は十一だった。あれからもう六年も過ぎている。ほかの朋輩たちよりは走り使いの期間が長かったせいもあって、客のつきようがおそいと、人にもいわれて来た。自分ではもう年増と思っていたのに、このごろ客が多い。

この先どうなるのか、一生遊女で終るのか、どこかの男が落籍《ひか》せてくれて、並の女の暮しに戻れるものか、なんの当てもない。こんなつとめをしているなどと弟に言えたものではなかった。何ひとつ顔にはつけて来なかった。弟が昔の素顔を思い出せるだろうか。しかし六年も過ぎていれば、わたしは弟を見分けられるだろうか。もう十七になっているならば、村では「よか青年《にせ》」といわれる。つい半年ほど前だったか、十八という医学生を客にしたことがある。

ああ、と思う心をなだめるようにみずなは、溜息をついた。膝に置いた掌に目を落としていると、この手がむかし、牡蠣殻を剝いだり、網を曳いたりしていたのだが、村に帰る日があるとは思えなかった。磯の岩を沈めて揺れていた潮の色をみずなは思った。店から港は遠くはない。夏が過ぎればやってくる精霊流しには、店の者たちといっしょに大波戸にゆくが、客に招《よ》ばれてそこらを通るときにも、降りてみることはなかった。

石の鳥居の脇に、なんの樹だか、老いた樹があって、蔭をつくっていた。急に涼しくなったりする朝晩だったが、腰を下している石段は、日中の陽ざしを受けて、充分すぎるほどに暖まっていた。竹藪のあちこちで、男の子らのあげる声が聞えていた。お詣りが少ない日なのか、人の気配がない。石段の登り口のあたりに人家が集まって、登って来てみると、思いもかけない方角から、鶏の餌をつつく声が聞えたり、外国船の汽笛が聞えたりした。

それにしても三之助は、間違えずにやってくるのだろうか。伊良林の若宮稲荷さまと尋ねれば、長崎に住んでいる人なら、知らぬ筈はない。目印の赤い鳥居のそばをなるべくはなれぬようにして、絵日傘をまわしながら、お諏訪さまの裾に並ぶ街並を眺めていた。店はどのあたりだろう。

石垣の下の段から、高下駄の音がする。傘を傾げたまま、鳥居の方へ小走りに近よった。

「サンゴ!」

幼な名を口に出しかけて、ひっこめた。三之助ではなかった。下からふっと顔をあげた若者の顔をみて、息がつまるほどに動悸がうちはじめた。一度きりだが、言葉を交したことがある。

通いなれた石段を登りつめて、仙次郎は鳥居のあたりに目をやった。大輪の、ほのかに黄色い花のようなものが、西陽を含んでひらくようにゆっくりまわって止まった。それは若い女がかざしている絵日傘だった。誰もいない石段道で若い女とすれちがうのはぐあいが悪い。そう思ったので、目を外らした。

(お詣りばいいな)

一気に登って来たので汗ばんでいる。夏ほどの暑気とはちがうが、幾曲りもする坂を歩いて石段道を通うのに、短い白絣を着て股引きをはいている。すれ違うとき、花のような傘がたたまれて、「こんにちは」と挨拶された。ここらあたりではよほどのよそ者でないかぎり、すれ違うときは挨拶しあう。ほかに誰もいなかったので、仙次郎は自分がいわれたと気づき汗が噴き出て、ちらと目をやったまんま返事をした。女の顔が、折りたたまれた傘の中にすっと消えた感じだった。鳥居を抜け、樹の蔭に入りざま、たくしあげた腕で、汗を拭いた。

(聞いたような声じゃ)

そう思って立ち止まろうとしたとき、後ろからまた女の声がした。

「あの」

振り返って、棒立ちになった。

「おお、あのときの、藤波楼の」

みずなは、口を小さくあけていたが、店の名をいわれて、われに返った顔になった。

「お小夜でございます」

「お小夜さん、ああ、あの時の、みずなさん」

「はい、いんえあの、みずなは、店の名で」

なぜ、本名を言ってしまったのだろう。お客の誰にも言わないのに。お小夜といえたのがうれしかった。八坂さまに願かけした甲斐があったのだ。思いがけない若宮さまの鳥居の下で。空おそろしいような気がした。神さぁはやっぱい、お居《い》やる。万にひとつと願って、めぐり逢えたこの人に、何といえばよいのだろう。

「ここには、よう詣んなはると」

「いんえ、ここにはあの、八坂さまの方に」

「ああ」と答え、しばらくいい淀んで仙次郎が言った。

「珍しかったなぁ」

笑えば白い歯がじつに人なつこい。ああこの人を好き、と懐かしさがこみあげた。久しぶりに逢えたとき、島でもおなじように、「珍しかった」という。小夜は口のうちで呟いた。

(ほんに、珍しかった)

「あの、願かけをしとって」

「ほう」

なにを、という顔になったが、尋ねはしなかった。小夜はそれを言わない。野狐つき、といわれているのだから。

「若宮さまに願かけに。信心深かとばいなあ」

小夜ははっとした。まだ見えないのだ、三之助が。

「あの、弟と、六年ぶりで、ここで逢うごつ、なっとります」

「六年ぶり！」

仙次郎は、愕きのこもった目で、きらりと小夜をみた。くっきりしたその眸を見て、ここに三之助が来るのもなにかの縁、と小夜はおもう。引き合わせじゃ、幾重にも。

「願かけておって、来るごつ、ならしたと？」

うなずくようにして、仙次郎が聞いた。

「はい、弟も」

ほかにもといえずに目を伏せて、しんとなった眼《まなこ》をまっすぐにあげた。仙次郎はこの女に二度ほど逢っている。

主人の言いつけで、薬草の包みを持って藤波楼へ出かけたことがある。おすが姐さんに手渡せということだった。

昼飯のあとの時刻で、どういうものか誰も出て来ない。何べんか訪ううちに、奥から返事があって、木櫛を片手にした洗い髪の女が出て来た。

娼家の昼間というものは、こんなに薄暗いものかと思ったが、その奥からあらわれた女が、戸口からの光をうけて眩しげに瞬きながらお辞儀をした。櫛を握ったままなのに気づいたか、下目に結んだ細帯の間にそれを挟んだ。紺地に萩の模様の浮き出た浴衣を着ていた。

「ああ、おすが姐さん。ああ、今さきまでおらいましたが。ちょっと尋ねて来まっしゅう。そこにちょっとお待ちまっせ」

　顔をあげると、よっぽど眩しいらしく、相手の顔も見ないまま頭を下げると、小走りに廊下をかけてゆく。素足の裾がはたはたして、何色というのか、仙次郎には松葉牡丹の花びらのようにそれがみえた。

　おすがは外出したらしい。手渡したい品を店の主に頼まれたというと、

「長うはせぬ間に、戻ってみえますから。いっときこっちに上って、待ちなはれば」

　そう言うと、やはり目をあげないままで、「いっときでしょうけん、ここでどうぞ」というと、そこらの小部屋に仙次郎を招じ入れた。

　仙次郎はこういうところに、客で来たことなどもちろんない。夕方、店の前を用事で通ることがないでもないが、出来るならば、脂粉の香りが道の上にさえもたちこめてくるそういう時刻にここらを通りたくない。妓《おんな》たちの客を呼ぶ声がさまざま入れまじって、うろたえる。

　そのような家に昼間来て、あたりに女っ気がないというのも落ちつかなかった。中腰のままでいると、さきほどの女が茶を持って来た。

「ご退屈でっしょ。ま一刻《いっとき》すれば、戻られますけん」

　盆ながら茶を勧めて、はじめてまともに顔をあげた。洗い立てのような素顔で、長い髪が頬にかかるのを項《うなじ》を振って、かきあげた。茶色っぽい、炎立っているような眸が仙

次郎を見てすぐに伏し目になった。眩しそうな瞬きの仕方と、項を振る様子が、思いがけなくあどけなかった。眸の色が、山猫のようだったと後で仙次郎は思った。

場なれないところで、目的の人がいず仙次郎はなにをどう言ったらよいか落ちつかなかった。戻って出直そうか、そう考えたが、目の前の女の様子が気になった。

（客を取るのじゃろうか、やっぱり）

「ああたは、ここのひと」

びっくりしたように女はかぶりを振った。

結んだ唇がかすかに動いて、ひとところをみつめていたが、二息ばかりしてからその眼をあげ、女ははっきり透る声で言った。

「いんえ、ご奉公で」

顔をみた。炎のくろずむような色が眸の奥にあって、仙次郎の視線としばらく結びあった。

「それは」、と言ったなり息を継いで、仙次郎はなにか言わねばと、しばらく黙っていて思いついた。

「小ぉまかときは、何して遊びよらしたと。どこで生まれたと」

くろずんでいた眸の色が散ってあどけなく微笑《わら》った。

「小ぉまかときは、海ばっかり、山ばっかり。黒んぼう、ち言われよりました」

「黒んぼう、ほう」

「今も、黒んぼうちゅうは、変り申《も》さん」

「ああ、あんた、薩摩のひと！」

「はい、あら、薩摩弁が出た。なして薩摩弁がわかりますと」

「そりゃ、商いで、薬の」

「ああ、お薬の」

「名ぁは」

「みずなち、言われよります」


客をとるのじゃろうかと思った時、それをぱっと見抜いたように、みずなが、いやお小夜が「ご奉公で」と言った声が、小さな洞の中の声のようなぐあいに仙次郎の心に宿った。

抑揚のない、鳥のひと声のようなその言葉が、睡りがけにふいに、仙次郎の耳によみがえることがある。漢方の肉桂《にっけい》だの蛹《さなぎ》の抜け殻だのをすり潰している時や、海岸の道を馬車に揺られていて、馬の蹄《ひづめ》の音の間からその声が聞こえ、思わず中腰になったことがある。どうしてだかその時、故郷の波野の芒《すすき》の中でよく聞いた、ふくろうの声を思い出したのだ。

ごおほうこう、ごおほうこう、と波野のふくろうは啼《な》く。

くぐもった、山野の暗がりのようなその声が、ただ一度聞いた若い女の声に重なってくる。祖母の懐で、ねむりしなにくり返し聞いた山野の声が、みずなに逢ってから、仙次郎の中に甦った。

ごおほうこう、ごおほうこう。

祖母は枯れ枝のような、固い熱のある腕で仙次郎を抱き、自分も半分ねむりかけた声で語っていた。

――ほら、泣きよらす、おさとのおっかさまの泣きよらす。聞こゆっど。ごおほうこう、ごおほうこうち。聞こゆっど。

昔むかしな、お遍路さんの母娘がな、二人してここの波野の、芒の中ばゆきよらしたち。道ゃぁ遠かし、晩な暗かし、寒かしなあ。そん日は久しぶり、お陽さんも美しかった。芒も花ん咲いて、夢んごたったたち。

おさと、腹のへってきたねえ。ここらにゃ家もなし、足も痛うなったねえ。お陽さんのおんなはる間に、芒のかげで睡らせてもらおうかいなあち、いうて、親子で、ほかほかしとる草の上に、寝らいたげな。

冷たか風の吹いて来て、おっかさんな、目えさまさいたげな。

こりゃしもうた、寝すごした。早う家のあるところにゆかにゃ、今日も貰い出さん。

おさと、おさと。

あら、どこにいたろか、おさと。たしか一緒に抱き合うて、ここで寝た筈じゃが。見廻わさいたばってん、どこにもおさとがおらんげなもん。芒の原の暮れかかって、見渡すかぎり、花んごつしとるばっかり、風もなかったち。その芒の原ばかき分け、かき分け、あっち走りこっち走り、おさとぉ、おさとぉちな、呼びなはるばってん、何の返事もなかったち。

おさとは五つで、そりゃきりょうよしでな、お遍路に連れて歩けば、人の見て、まあまあ、もぞらしさ。

このよにもぞらしか子ぉば連れて、お遍路さんに出るちゃあ、よっぽどの事情ばいなあちゅうて、お貰いもなあ、かつがつばってん、不自由せんごと、ありよったげなもんな。

さっき睡らしたとき、夢みなはった。夢ん中で、牛頭《ごず》大王さまの出て来て、こりゃ美《よ》か子ぉじゃ、ご奉公に出せ。さすれば、親の後生が楽になるぞちゅうて、ひょいと、片っぽの足ば取って曳いて、連れてゆきなはるげな。その牛頭大王さまの顔ちゅうはな、まっくろけの顔の、髪《か》ん毛《げ》のあらあら垂れて、鼻ちゅうは、牛の鼻のごたったげな。そして赤か、太か息ば吐いて、ご奉公じゃちゅうて、ぞろ曳いて連れてゆきなはる。

かかさん、かかさん、ご奉公にゃゆかん、ご奉公にゃゆかんち、ぞろ曳かれながら、おさとがいうたげなもん。

待ってくだはるちゅうて、追いかけるうち、目の醒めらした。日の暮れかけとって、ぞおっとして、目の醒めた。そしたら、ほんなこつ、おさとが居らん。波野の村に、どげんして走りこんだやら、わからんじゃったち。かくかくしかじかの夢みて、醒めたら子がおらん。どうぞ探してくだはるまいか、わたしゃおさとが居らんば、お遍路する甲斐もなかちゅうて、泣かしたげな。

村の者な、想うた。

やっぱり、生き肝取りのしわざじゃな。

村の者なら通らん原っぱば通って、昼寝までしたちゅうは、そりゃ助かるまい。おさとはそりゃ、出て来んばい。供養した方が早かばい。もうそりゃ、あそこば通ったちゅうは、魅入られとったばいち、みんなしていうたげな。

そるからな、ふくろう鳥が啼けば、いうごつなったち。ごおほうこう、ごおほうこう。ほら、おさとのおっかさんの泣きよらす。ごおほうこう、ごおほうこう。早う寝らんば、おっかさんの泣かす、夜明けまで泣かす。

そのふくろうの声を、なぜ仙次郎は思い出したのだったろう。みずなのお小夜の言葉が、波野のふくろうの声を呼び出したのだろうか。

あのあと二度ほど、薬をとどけるのにかこつけて、藤波楼をたずねて行ったが、みずなはいなかった。奥にいたのかもしれないが、女の名をたずねるのはためらわれた。

ご奉公をしているというのは、客をとることだろうかと、同僚にたずねたことがある。遊女屋の奉公といえば、遊女になることじゃろうもんと笑いとばされた。客になって登楼する、などということは、なおさら出来なかった。考えただけでも、どうしてよいかわからない。いったいどのくらい金がかかるものなのか。その時みずなが空いていて暇かどうか。先客がいたらどうしたらよかろう。売れっ妓《こ》となれば、ひと晩に五人も六人も客をとるのだと、いつもは何気なく聞き流している話が、生々しい意味を持って来て仙次郎を苦しめた。

みずなが客をとる。たしかに自分で、ご奉公と言ったのである。細い竿で、川の水面をぴしっと叩くような声だった。化粧の気もなにもなかった洗い髪の、まだ娘々していた姿から、客をとるなどという姿は想像できなかった。

夕方の妓楼の前をのぞきに行った。どれがみずなだろうか。

口々に客を呼んでいる女たちの中でも、声でそれとわかったのは、おすが姐さんである。いや、おすがの方が、目ざとく、木立ちの暗がりにいる仙次郎を目にとめた。昼間、血の道の薬を受け取る時の、色艶の失せ果てた表情からすれば、五十にも近かろう小母さんである。孫悟空が笑っているような白塗りで、紅まで赤々と塗っている。

「お寄《よ》うまっせよ、旦那さま。初咲きでございますばい、ぼたんの花の。匂いもなあ、揚がってみなはらんばわかりまっせん。おあがんなさいまっせ。よか夢ども、みなさいまっせ」

やけくそのようなしなをつくって、呼んでいる。仰天していると、さしのべた首が仙次郎の方を向いた。

「そこのよか兄しゃま」

声をかけてから、ふだんの声に戻った。

「あら、仙寿堂の兄しゃまじゃなかと。暗うして、ようわからんじゃった」

二、三歩近寄ったが、昼間と違って芝居の花道を踏んでいるような足つきになったのは、商売用の着付けのせいなのだろう。

「まだ仕事しよるとぉ。ご苦労じゃなあ」

背中に負うているつづら籠に目をやりながら、姐さんは言った。あいまいにうなずくのを見て、おすがはこの若者ももう一人前じゃ、こういう所に立って、と思う。

「この前は、よか薬ば、たくさんにありがとう。ちょうど居らんで。みずなさんからももらいましたばい」

「おぐあいは、よかですか」

ふいに声をかけられて、こういう受け答えが出来るようになったのは、年季のせいにちがいない。十四の年から仙寿堂に来ているのである。

「おぐあい。ああ、ぐあいなあ。わたしにゃ、今度の薬はよう利くごたる。きれればなあ、心もとなか。ありさえすれば安心ばい、鰯《いわし》の頭も信心ちゅうけん」

「信心、はあ」

と答えたが、うまく話がつながらない。

「そんならまた、いつでも持って参じます」

お辞儀だけはきちんとして、踵《きびす》を返した。心のうちを見抜かれたかと、背中に汗をかいていた。

色とりどりの衣裳を着た妓たちが、格子の内にいた。しかしどれがみずなやら、その時は見分けもつきかねた。

一度、盛装した妓を乗せた人力車とすれちがって、あれはみずなだと思ったことがある。

薬の荷を仕入れに、唐人町の問屋に出向いていた時だった。

日頃、木根草皮や獣脂の匂いに包まれているので、なついている得意先の子どもらに「薬の匂いのする」と嗅がれたりすることがある。自分ではそれがわからないが、ほかの匂いに敏感だった。

藤波楼の脇にながく立っていられなかったのも、昼間行った時とはまた別な脂粉の香りが、あやかし世界の気流のように立ちのぼり、足許から力が脱けてぞくぞくしたからである。

立ちどまって前かがみになり、肩の荷のぐあいを直していると、霧の流れが来たような感じで、あの夕方と同じ香りが漂って来た。顔をあげると坂の上から人力車が一台降りて来て、すれちがうところだった。

幌を半分さしかけたその中に、若い妓が乗っていた。何という髪なのか知らないが、鼈甲色の簪が、額から頬にかかって揺れていた。簪のかげの眸はうつむいていて、仙次郎がそこにいるのに気づいたとは思えない。髪の形も、夕闇に溶け入りそうな紫紺の衣裳も、人形さながら塗り上げた表情も、一見別人にみえた。けれども、ほのぐらい中に浮き上った頬や、鼻から唇にかけての横顔の稜線は、みずなとしか思えなかった。ほのかな香りをひきながら車は去った。どこの客に呼ばれてゆくのだろう。女は化けるというけれども、幼い頃に、隣の村でみた人形浄瑠璃の朝顔御前のような顔だった。今のがみずなだとすれば、どういうからくりで、あのようになるのかと、仙次郎は夢でもみたような気持になって首を振っていた。手のとどくおなごじゃなか、そう思ったのである。

煎じ薬を計ったり、磨り合わせたりしている時に、ふいに、素顔のみずなのあの、斜め下をみる時の、どこをみているのかわからないような眸の色が思い浮かぶ。

町の女というより、山の精が町に出て来てしまって、とまどっているようにおもえた。

人力車に乗って斜《はす》かいの伏し目になっていたあの目つきは、厚い化粧に隈どられていたけれども、やっぱり藤波楼の昼間にみた、みずなの目つきにちがいないと仙次郎は思いこんだ。

それからというもの、故郷の原野で啼いていたふくろうの声と、ご奉公、と言ったみずなの言葉は、あと先にもつれ合う、夜中の谺《こだま》のようなぐあいに、仙次郎の中に棲みついていた。

それが、ひどく空の澄み渡っている昼間、お稲荷さまの石段で逢おうとは、思いもかけなかった。あの時のように素顔だった。髪をおおきく無雑作に束ねている。もの静かな仕草でたたんだ傘を持ち替え、首筋の汗を拭いた。袖が動くたびに、淡い朴《ほお》の花の模様が浮いてみえる。すっきりした藍色地の着物だった。

「弟さんな、ここの場所ば、知っとんなさると」

いわれてお小夜はわれに返った。

「いんえ、道々、たずねて来るごつ、手紙でいうてございます」

願かけをしてまで逢いたかった人が、弟より外に、もうひとりいたのだと、目を伏せたまま、自分にいうて聞かせた。その人には逢えずに、夜々お客をとらねばならないとは、業な生まれじゃと、誰かに訴えたかった。その誰かがいま、目の前にお居やる。神さまはやっぱりお居やる。

ああの時の目つきじゃと、仙次郎は思っていた。怨ずるような、断念をこめたような眸が、草のしずまった道の脇に落とされている。口数の少ない女にみえた。

鳥居を間にして二人は立っていた。梢に少し風があるのか、木洩れ陽の長い箭先《やさき》が、二人の間を二、三度刺し交しながら、頭上にまた戻った。

「じつは」

と口ごもったが、仙次郎は躰の向きを変え、ゆったりした、しかし羞《はに》かむような微笑を浮べた。

「また逢われんじゃろか、と思いよりました」

はっと目を上げかけて、お小夜は衿元に顎を埋めるようにした。紅葉の葉がはらはら落ちてきて、束ねた髷の横に乗った。語尾のかすれる声で彼女は言った。

「わたしも……わたしはあの、願かけをして……」

野狐つきと言われているのだとおろおろなり、躰が斜めに浮き上るような感じがした。夢の中で翔ぶ時のようだった。

お客の中には、こういう、なんともいえずなつかしいような人は、お居やらん。ふいに泪《なみだ》がふくらんで来た。ああ、わたしは女郎の身の上じゃから、このお人に嫌われるかもしれん。

三之助は石段の下の方から、上を見い見い、登って来つつあった。足はおそい方ではなかったが、馴れぬ土地である。若宮のお稲荷さまならあそこの小高いところ、赤い鳥居が並んでおるけん、すぐわかりますと教えられて、近道をするつもりが、思わぬ廻り道になってしまったりして、息せききって歩いて来たのだが、急な石段にさしかかって、さすがに足が重くなった。

ふう、と息をついて上を見上げた。石の鳥居がみえる。それが目印である。三、四歩上ったら、濃い木蔭に染まりこんだような女の姿がみえた。

そのようにみえたのは、着物の色のせいだった。あれかな。しかし、大人すぎるようにみえた。もう六年前に逢ったきりである。俺が十一の時、姉は十七だったはず。やっぱり姉さんはまぎれもなく、大人になっているはずだ。

木洩れ陽が眩しくて、上の段がよくみれない。また二、三段上った。白い短い半纏に、股引きをはいた男の姿が目に入った。女と一間ばかり間を置いて向きあい、突立っている。

あれではなかろう。そう思いながら、ゆっくり上りはじめた。狭い石段である。先客がいたのか。姉は場所を替えたにちがいない。そこらへんの物陰に、立ったり座ったりして待っているのではあるまいか。

待つのに焦れて、足ずりをしながら、「何《な》をしておるとぉ」と呼んでいた姉の身振りの癖を思い出した。あれはいくつくらいだったろう。十を越えていたにちがいない。草の穂のようなもので、髪をひっくくっていた。ねじり花だったような気がする。おしゃれのつもりだったのだろうか。

（あんまり海にばっかり漬かっとるもんで、みろ、赤髪毛《かんげ》になって）

祖母がそう言っていた。

だし抜けに、上の段から声がかかった。まぎれもない姉の声だった。

「三之助。ああ、やっぱい、サンゴじゃあ」

振り仰いで、藍色の衣裳を着ている姉をみた。六年前より、もっとしっとり色が白くなったようにみえる。今しがた、赤い髪を草の穂で結わえていた少女の頃を思い出したばかりなので、目の前にさえざえと立っている姉の姿が、何かの変身のように思われて、ものがいえない。

見おぼえのある目の色が、ひたひたと寄ってくるように、弟をみつめていた。

「おそうなった」

頭をかきながら、そういうもの言いをするのを聞いて、お小夜はなつかしさがこみあげ、優しい声で笑った。

「いやあ、声変りがしたなあ、丈も高うなってまあ」

三之助は、おどけた顔をして近づきながら手をかざし、姉の頭と自分の肩を計りくらべるしぐさをした。距《へだ》たっていた年月が一瞬にほぐれて、じゃれあいっこをしていた昔に、二人は戻った。お小夜も手をのばして爪立ちながら、自分の背丈との差を計った。

「まあ、雲ん上まで伸びるごとあらよ」

見上げながら笑っている目に、泪が光っている。

「元気じゃんしたな」

言おうとして三之助も声がつまり、まなこを外《ず》らしたら、高下駄を履いた男の素足が目に入った。その視線につられて、お小夜もわれに返った。

肩にかけた手拭いをとり、涼しそうな目が待っていたように細まって、三之助に会釈した。

「あの、このお人は」

はっきりした声でお小夜は言った。

「お店に、ようお薬をとどけて頂くお人じゃ」

下の段から登りかけた時、木洩れ陽の揺曳《ようえい》の中に動かなかった二人を、三之助は思い返した。頭を下げた。

「たった今、ここで逢うて」
二十五、六だろうか、落ちついた男にみえる。
「羨ましゅう思うて、眺めとりました」

男がそう言った時、鳥居の上の奥の方から、思いもかけず、笛の音が鳴り始めた。軽やかで古雅な、よく吹きなれた音色だった。しばらく躰を傾けて聴いているふうだったが、

「ごゆっくり」

と言うと、目礼して男がゆきかけるのを、お小夜が声で追った。

「あの、どちらへ」

仙次郎は笛の音の流れてくる方を指さしながら振り返った。

「竹ン芸の稽古の始まりよります」

「竹ン芸の稽古、ああ」

「日数《ひかず》が迫っとりますもんで。それじゃ」

お小夜はちょっとの間放心していて、ああそれでと呟き、弟をみた。

夜半をすぎてもさんざめく色街が、すっかり眠りつくのは、一番鶏が鳴く頃である。小用の近くなっているおすがが、井戸水をざあっとうちこぼす音を聞きとがめて、庭に出てみた。台所から離れた四阿《あずまや》付近の、庭水用の井戸である。

夜明け前の淡い月の下に、濡れそぼたれた女が、髪をかきあげ下着の袖を絞り、裾をからげながら立ち上って来た。隠れ場所を探そうとしかけた中腰のまま、おすがの方が

声を出した。

「おう、たまがった」

寝巻の胸をかき合わせ、ふうと息をつく。

「また、みずな。今度は水垢離《みずごり》かえ。おお寒か」

何のわけで、とは尋ねなかった。この前弟と逢って来た模様は聞いている。言うて聞かせて、やめるような女ではない。実家のことで、何か心願のすじがあるのだろう。

声を落して、濡れた背中に手をやった。

「若かねえ、やっぱり。湯気の上っとる。ほんにもう。風邪どもひくなや」

しかし、水垢離のことを喋らずにいるおすがではない。案の定、お内儀に呼び出された。

「夜明けに寝らんちゅうは、躰に毒じゃ。いつまでも若かち、思わん方がよか」

やんわりとそう言われた。旦那の方が何の表情もみせないところをみると、話はお内儀までで止まっているのかもしれない。

竹ン芸の稽古に入ってから、仙次郎の薬種業は休み勝ちになっていた。店の主人は氏子総代をつとめているが、商売の方は気にせずともよいから、竹ン芸の方をつとめてくれ、その方が店の格もあがる、と主人から言われた。

もともとは、若宮稲荷さまを戴いている伊良林郷の出身者でなければ、神前芸である竹ン芸を舞ってはいけないことになっている。去年まで奉納をつとめていた青年は、神職の遠縁に当る呉服屋の次男だったが、神戸に羅紗《らしゃ》の生地を仕入れに行ってコレラにかかり、本復していなかった。本来なら死ぬところだったろうが、三年間竹ン芸をつとめたから、命に縁があったのだと土地の者たちは言う。

替わりを探すことになって、仙次郎に白羽の矢が立った。仙寿堂に来たゆかりで、人柄を見込まれ、青年団や氏子の懇望を受けて、奉納芸をつとめることになったのである。

波野のあたりに、薬草を採集に来ていた長崎の業者に誘われて、仙次郎は勉学のつもりで仙寿堂に来たのだった。山野の植物をその目でみればほとんど薬、というのは、少年の仙次郎には大発見だった。人間の五臓六腑と、大地に生成する草木の働きとの対応が、世界の成り立ちの妙のように感ぜられた。

山の少年は勉学心に燃え立って、業者について長崎に来たのだったが、それが単なる丁稚奉公《でっちぼうこう》だと知った失望の時期は、十七、八で終った気がする。

生国の山村とはまた違って、浮き沈みする人生の坩堝《るつぼ》のような巷に、まぎれ入って来たのだという想いがつよいのは、祖母が死んでしまって、故郷に待つ身内も、居なくなったからだろう。多少はあった筈の田畑も、後継ぎの仙次郎が幼かったのを幸いに、親戚たちにむしり取られてしまっている。成功したら、お父っつぁん、おっ母さんの墓を建てに戻って来《け》えよ、と言った祖母の言葉がときどき胸を嚙んだ。

お小夜の着ていた衣裳に、ほの白い朴の花が浮きあがっていた。それは意味のあることに思えた。女の衣裳の模様など、気にとめて見たことなど一度もなかったのに、くっきり思い出したりするのは、故郷の山の奥の、石を乗せた形ばかりの墓地の上に、丈高くその花が咲いていたからかもしれなかった。

——この木が目印じゃけん、ようおぼえておけよ。

仙次郎を送り出す時、ひと抱えもありそうな木を見上げて祖母がそう言ったのだ。


自分の方から話題をつくることはめったにないみずなが、化粧部屋の中で紅をさす指をふと止めて、おすがに訊ねた。

「姐《ねえ》さん、竹ン芸ちゅうとは、どういう芸ばするもんでっしょ」

「たけんげー、ああ、竹ン芸なあ、若宮さまの」

お粧《つく》りを終って早くも立ち上り、きゅっきゅと、伊達巻の音をさせていたおすがが振り返った。赤濁りしている目尻に、濃い紅を赤々とはねあげるようにつけている。朝顔御前の人形浄瑠璃を見て来て涙が出たと、ここ十日ばかりしきりに言っていた。

あの紅のさし方は、朝顔御前とやらの顔のつくり方にちがいなか、と小車が首をすくめて面白がった。

「竹ン芸なあ。そうか、この前若宮さまにお詣りして来たとじゃったなあ。もう始まっとったろう、お稽古の」

　仙寿堂の仙次郎と、思いもかけず逢ったのだとは、もちろん言わない。

「ありゃあな、命がけの芸ばい。とても人間業で出来ることではなか。よっぽど、お稲荷さまの憑いとらすとよ。見とるばっかりで、肝のずんずんする」

「どういう芸でしょか」

「どうもこうも、あのな、三十五尺の青竹ば一本立ちさせて、そのてっぺんに寝たり、腹這うたりするのよ、白狐になって。女狐と雄狐が組み合うて。邯鄲《かんたん》夢の枕、ちゅうとのあるとじゃけん」

「かんたん夢の枕、そりゃなんのことでっしょ?」

「うーん、この世の夢ともおもえん、ちゅうわけじゃろう。日本の話じゃなか。阿茶《あちゃ》さんの国に、昔話のあるげな」

「むずかしそうな夢じゃなあ」

「なんのむずかしかろうか。お客さんから聞いたとばってな、出世しゅうと思うて、昔の青年が都に上って、宿屋でな、きび粥の炊くる間に、夢みらしたげなよ。一生分の夢をば、みなはったげな」

「うちも聞いたよ、お客さんから。その夢ば白狐になって、見せらすげななあ、青竹のてっぺんで」

小車が感にたえたような声を出した。

「そうそう、青竹のてっぺんで」

「おなごの狐と二人してみせなはるとならば、さぞよか夢じゃろうなあ」

「むかし、むかしの人の夢ちゅうよ。若宮さまのお祭りといえば、あれが花じゃけん。よっぽど意味のある夢ばえ」

「どうやって青竹に登るとでっしょ」

「ほんになあ。摑えて登る枝の、さし込んであるばってん、つるつるの青竹じゃ。狐の精《しょう》になり切らんことには、登れたもんじゃなか」

「姐さんは、何べんくらい見なはったと」

「うちゃ、二へんしか、見たこたなか。長崎に来てから二十年の余《よ》にもなるばってん。なかなかゆかれん」

「わたしたちも、往ってみろごたる」

「往ってみるねうちのあるよ。竿一本の上に、大の字になって腕枕するとじゃけんなあ。命がけの芸ぞ。一年も前から精進してとりかからんば、うっちゃえるとじゃけん」

下唇に紅をさしていたみずなの小指がとまった。帯を結びかけているおすがには、みずなの眸の色はみえない。

「よっぽど信心しとらんことには、三十五尺の、一本立ちした竹のてっぺんじゃけん、まっ逆さまじゃ」

「三十五尺ちゅうはどのくらいじゃろう」

「うちの物干し竿よりは長かろうて」

「落ちた人のおんなはるとでしょうか」

「それが不思議じゃなあ。めったになかげな。よっぽどお加護のあるとじゃろう、信心《しんじん》者《しゃ》の絶えん。わたしも信心しとる」

「あら姐さんも」

「そうよ、わたしどももほら、眷属《けんぞく》かもしれんじゃろうが。祭りが終っても、竹ン芸やる人の背中や太腿にゃ、黒痣《あざ》のびっしり残って取れんちゅう話よ。相方つとめた人から聞いたことのある」

　おすがはそう言うと、指の動きを止めているみずなの衿足をさし覗いた。背中に向けて流れる項《うなじ》の生え際が二筋、それをきれいに残して白粉が塗られている。この頃すっかり、刷毛を持つ手つきがよくなった。

　もっとも項は、一息にさっと刷毛を下さないと、ダマになって見苦しいから、互いに背中をさしのべて塗りあっている。みずなのはそんなに長い項ではないが、塗り込むと、オランダ人形の泥膚のように光って、女がみてもぞくぞくした。

白首とか、猫とか、街の者たちから妓《おんな》たちは言われている。狐と言わないのは、お諏訪さまや若宮さまの狐たちを憚っているのかもしれなかった。

「なろうものなら、白狐ちゅうてもろうた方が、有難味のあるよ。その方が位が上じゃもん。なあ、みずな」

ふざけているでもなく、親身な声でおすがが言ったので、笑いかけた妓たちが、お白粉刷毛を手にしたまんま、はだけた自分の衿元をのぞきこむ目つきになった。

水垢離のことは、おすがのお喋りもあって、朋輩のほとんどが知っていたが、止めるものはいなかった。弟がたずねて来たのはわかっていたし、こみ入った実家の事情はそれぞれが抱えている。うちあけ合って話したとて、どうにもなるものではなかった。それでなくとも、みずなはいろいろ、人並みでないことをしでかして、変り者だと思われている。

小萩が二晩ばかり気がついて、びしょ濡れの躰を、自分の浴衣や手拭いで拭き取ってくれたことがある。あたりが目をさまさぬよう、ひと口も声を出さなかった。

「思い込むたちじゃけん、悪口のなんの、いうまいぞ」

いちばん先に、誰かれのことを取りあげていいふらすくせに、おすがは皆をたしなめたつもりでいる。

「姐さんのごつ、いろいろ気のつかんけん、悪口の言い様も知らん」

小車がいちいち反応するのに、おすがは張り合っているが、若宮さまにゆくというのに、人力車の車代を握らせて以来、どこか煙ったかったみずなが、急に親しいものになった。自分の島の、隣り島の娘ということが意味のあることに思える。この妓《こ》に早う旦那をみつけてやって、梨の花のはらはら散るような島で、世帯を持たせてやればよかろになあと想ってしんみりとなった。

みずなの眸が、あの日以来親身さをみせているのは、思いがけない親切が嬉しかったのはもちろんだが、腰のゆがんだおすがの後姿をしげしげみたからであるとは、当のおすがは気がつかない。車代を持たせるなどという、自分でも思いがけないことを仕出かして、おすがは、ややうろたえていた。その気持はみずなにも伝染《うつ》ったのか、伏し目になるとき、茶色の眸が翳りをみせる。

「ものをいうても、はかばかと返事をせんのは、ありゃあ、並より考えが、深いのかもしれんとぞ」

おすがが、そんなことを言い出すことがあって、いちばん嬉しそうな顔をするのは小萩だった。顔も躰つきも、手首もほっそりとして、この妓は影がうすかった。まだ十六である。

「頬紅が大事ぞ、小萩は。芒の穂のごたる顔しとるとじゃけん」

おすがはそう言って、肉づきのうすい頤《おとがい》を引き寄せ、紅を刷いてやるのだったが、大人しく小さな頬をさしだしたまま、目を瞑っているのを見ると、年々ささくれだってゆくばかりのような胸の内が、引きつれる。骨の細い顎を片掌で抱えると、かすかに歯の鳴る音がした。

「ああねんねじゃね、おまや、ほんにまだ。男衆の腕に抱かれるよりゃ、おっかさんの、乳の間におった方が、似合うもんを」

つい声が湿って、おすがはまるで、死んだ娘の死化粧でもしているような気になる。亭主というのも持たずに女の子を産んで、その子が四つで死んだあと、身売りの判をつかせた周旋人が言った。

「まあ、荷の軽うなったと思えばよか。子持ちじゃれば、この商売はやっちゃゆかれん」

忘れたつもりでいたのに、いかにも頼りなげな小萩の頬を手にしていると、死んだ子の歳をつい数えたくなる。叱り声ばかり聞きなれている妓たちだったから、そんなおすがの声を聞いた夜は親の夢をみたりした。

精霊流しやおくんち祭りの熱気で、長崎の街は残りの暑気をふり払う。みんみん蟬などいつ鳴いたやら、と思うほどに、祭り好きの賑わいが、丘の多い街から湧いて出る。そして、それらの余熱がさめたころ、若宮さまの竹ン芸の、軽やかなお囃子が、澄んだ秋空の一角に響き渡る。

志乃の病気は一向はかばかしくなくて、この一年近く、三之助は志乃付きになってしまった感じがある。仕事の根本のところから少しでも教えておかねばならないが、ひと落ちつきするまで、家の内輪の奥もみせておいてよかろうと直衛は思っていた。盆もすぎようとするころから三之助を連れて長崎入りしたのは、病気の経過を県立病院の先生に報告し、処方箋を貰ってくるためで、この少年を手元においた方が、万事に疎漏がなくなにかと便利だった。

秋空を区切っている山々の、頂き近くまで人家を抱いた景色が、三之助には不思議な眺めに思われる。

——長崎では、家ちゅうもんは、山を登るもんじゃ。

などと考えているうち、若宮さまの石段を登ったこのあいだのことが思い出された。大股で登って、やっぱり姉だと安堵したのといっしょに、振り向いた男に頭を下げられた。薬の荷を背負って奉公先にくる男で、竹ン芸の稽古にゆくところだそうだと、男が上って消えた鳥居の奥をみながら姉は説明した。その頤《おとがい》が赤い鳥居の下で、今まで見たこともないようにしっとりしていた。

こんななめらかすぎるような白い膚をした女は島にはいない。三之助のおぼえている小夜は、岩の上を跳んだり、椿の木に大根をかけによじ登ったりしていた娘である。

――お小夜、ようも黒々と灼いたなあ、裏も表もわからんど。おお、こっちに目えがついとったか。

などと村の若者たちがからかっていた。

「あと、十日ばっかいすれば、ここの若宮さまのお祭りじゃと」

小夜は頭上の藪を指さして言った。

二人ともたちまち島ことばになった。

「さっきの人は、芸人な」

「いんや、芸人じゃなか。かねては、薬を商うておいやる人じゃ。こんどの祭りの、神《かん》さぁにあぐる、竹ン芸をばしやるげな。町の人から、選ばれやったんじゃと」

そういうと小夜のまぶたの縁が、木洩れ陽のかげでぴくぴく動いている。姉のまぶたがそんな動きをするときは、怒っているか、なにか思いくぐもっている時である。

「命がけの芸じゃと。青竹のてっぺんで」

声の調子にも覚えがあった。

墓参にもどって島を出てゆくとき、そのような声で別れを言ったことがあった。

――おまえも男じゃれば、早う一人前になって……。借金をば、早う返して……、加勢せいよ。

まるで祖母や母の口ぶりそっくりだったので、思わず顔をみた。上のまぶたがぴくぴく震えていた。

「命がけの芸ちゅうは、どういう芸じゃろ」

「さあなあ、青竹のてっぺんでする芸じゃと」

目尻の涼しげな男だった。長崎というところに来て、姉は、自分や母や島の者たちが知らない世界にいるのだとあらためて思う。それはしかし当り前だ。三之助の経て来た歳月も姉にはわからない。


思いもかけず祭りの日、三之助には暇が出来た。直衛の滞在がのびたのである。お前を連れてゆくまでもない用事が二、三残ったから、今日はどこへなりとも、ゆっくり見物でもせいといわれた。

お膳の様子をみに来たお内儀がそれを耳にとめて言った。

「なんと、ふのよかったこと。今日はこの前話に出た、若宮さまのお祭りでございますばい。行ってみまっせよ、ぜひ。よそではけして見られん竹ン芸の、みられますけん。若かうちにぜひ、お詣りしておいたほうがよかですよ」

半分は、直衛に聞かせているらしい。お内儀にすすめられるまでもなかった。お祭りの日にあの青年が、命がけの竹のぼりをすると聞いたからには、行かずにはいられない。

姉に逢いに行ったときにくらべれば、たいそうな人出になっていた。島にも小さな社の祭りがないではないが、人間の足音がまるでちがうと三之助はおもう。石の段を踏む履物の音がちがうのだ。莫蓙《ござ》のついた下駄や草履なぞを履いているものは、島ではめったに見かけない。奉公先の葦野の家で、主人の直衛が白足袋に莫蓙つきの雪駄《せった》を履いているのをみて、よほどの旦那さまだと内心おもったが、長崎に来てみたら、ちょっとした男は莫蓙つきの雪駄をはいている。

親に手をひかれた女の子たちの木履《ぼっくり》の鈴が、こっぽ、こっぽ、しゃらしゃらと音を立ててのぼってゆく。姉は小まいとき、こんな愛らしい履物を履かなかったろう。色つきの衣裳を着せられた女の子らの足もとをみながら、三之助はそんなことを想っていた。

やがてお囃子がはじまった。上ってみれば思ったより小さな社殿だが、狭い敷地にぎっしり人が集まって、こぼれんばかりである。人波を割るように躰をねじらせ、あちこちから前の者の頭ごしにお賽銭が投げられている。社殿の脇のお稲荷さまに向かって、老若男女が手を合わせ、熱心に祈っていた。

その人波の上に、一段高く桟敷をしつらえ、紋付きを着た女の人がぴたりと座って、撥《ばち》さばきも軽やかに三味線を弾いていた。村に三味線を弾く婆さまたちがいないではないが、大きな繭《まゆ》から糸でも巻き取っているような、水の筋でも手繰《たぐ》り出すような手つきで弾く女をみたことはない。太鼓や笛の囃子方が脇について合奏している。

三之助はまじまじと目を凝らした。

すると、あらあらほら、と小さな声がそこらじゅうにあがって、目の前に五、六人の白い子狐、いや白い縫いぐるみをまとい、子狐の面をかむった子どもらが、躰の線をまるくして、藪の中めいた竹を伝って出てきた。社務所から社殿の前へとかけ渡された青竹は、笹の葉でおおわれているが、子狐たちはその竹をくるりとすべり落ちては這い上りながら伝ってゆく。いかにも稚い狐たちが無心に遊んでいる様子にみえ、三之助は顔がほころんだ。

囃子方のいる桟敷と社殿の間に、横ざまに渡された二本の太竹の先に、真新しい二本の青竹が組みこまれ、垂直に立っている。子狐らはそちらの竹にも、とりついて登り、途中で宙返りなどしてみせ、見物たちを喜ばせた。いずれ氏子の家の子どもにちがいなく、太り肉《じし》に作ってある縫いぐるみ姿だが、親兄弟にはそれとわかるらしい。

「よっちゃあん！　うっちゃ落《え》るなやあっ」

などと、あちこちから声がかかる。

子狐たちが竹の葉のかげから退場すると、お囃子の調子が変った。拍手が湧いた。たぶん参り慣れている人たちには、お囃子の調子で、祭りの進みぐあいがわかるのであろう。案の定、大人の狐が二匹、子狐たちの遊んだあとの竹の上に出てきた。三之助は、われにもあらず胸が高鳴りした。

あの時、男は、石段道を高下駄をはいて上っていた。竹に乗る稽古に通っているということだった。足のうらやら指のうごきを鍛えるため、高下駄をはいていたのだろうか。面のつくりや仕草で、かろうじて雄と雌とがわかったが、どちらがあの日の男だかわからない。竹にはてっぺん近くに、電信柱にとりつけるような足がかりというか、手がかりの横木が結わいつけられていた。そこまでゆけば登りやすそうにしてあるとはいえ、地上に据えた青竹に、じっさい登るとすれば、上にゆくほどにしなって、竹ごと倒れそうにみえる。

「梯子ならばなあ、消防の組でも登るがなあ」

「うーん、一本立ちじゃけん」

囁きがまわりで起った。二匹の狐はそれぞれの竹にとりついて上まで登りきり、一しきり拍手が湧いたが、あとは見物の方が息をのんでいる。

二匹の狐はお面の下から手をさしのべて、組み合ったりしてみせ、背中や腰のあたりを、それぞれの竹のてっぺんに乗せ、天空に漂ったまま遊んでいる姿になった。笛と太鼓と三味線の囃子は、水の流れの妙音のように一糸も乱れず、地上三十五尺の青竹の上に、野山の蝶たちを送りやるような音色が、いともかろやかに続いて、地上は声もない。

するうち、直立した竹の根元を支えていた人びとが、狐の寝姿を乗せたまま、その重みに合わせて、竹を大きくゆすり、撓《たわ》ませはじめたのである。

地上の見物衆が、口をああんと開けたままなのを三之助はちらとみたが、どちらがあの男かということはすっかり頭からとんでしまった。てっぺんで大きく輪を描いている二匹の狐の後ろに、社殿をおおって、とてつもない巨《おお》きさの槙の神木が枝を張っている。白狐たちが泳ぐにつれて、無数の葉先が放射するように秋の陽にきらめき、青空に拡がってゆく。

狐たちは、静止する前の独楽さながらに竹のてっぺんに吸いつけられて動き、片方がゆっくりと肱枕をして寝そべるような恰好になった。すると片方が、肱枕をしている相手の首のあたりにゆっくりと両手をのばし、さっとぶらさがるかにみえたが、その瞬間双方の手は空中でつながり、二本の竹は自然の動きのように小ゆるぎしながら立っている。悲鳴に似た嘆声が地上からあがった。

――姉はまさか、今日は来ていまいな。

ふうっと息をつきながら、そう思った。おもわぬ休みがとれてお詣りできたのだが、姉に知らせる暇《いとま》は今度もなかった。

またどっと嘆声があがって人垣がゆれた。目をあげると、演技を終えたらしい一方が、いったいどこに隠し持っていたのか、縫いぐるみの中から一羽の鶏をとり出したところだった。尾っぽを玉虫の緑に光らせているその鶏を、竹の揺れに躰をまかせながら両手でさしあげ、ぱっと放した。鶏は鳴き声をあげ、やや長い尾の形を空に残しながら、群衆の中へと舞い下りた。続けてもう一方の竹の上から、餅が投げはじめられた。餅を探して這う人たちで、狭い境内は蜂の巣をつついたような騒ぎになった。

——長崎の祭りちゅうもんは、念の入ったもんじゃ。

半ば呆れて人波をみていると、竹の上にいた演者が、人間の身のこなしに戻って、一気にすべりおりてくるところである。根元には背をかがめた屈強そうな若者たちが待っていて、おどろいたことに、下りて来たのを受けとめるやいなや、間髪をおかず背負いあげて、社務所の裏に運び去ったのである。背負われた演者が狐の面をつけたまんま、ぐったりと背中に突っ伏しているのをみて、三之助はさきほどの芸がいかばかりきついものであったか、どっと胸に落ちる気がした。

そのとき、おぼえのある匂いがふっとして、やわらかい指が肩をつついた。振り返ると、この前とまったくおなじ着物と髪型をしたお小夜が後ろに立っていた。

「ああ、姉さんやっぱり」

「ほんにまた、あんまり似たもんじゃと思うたら、やっぱりお前じゃった」

そう言いながら、姉の目つきは、背負われて去った男たちのあとを追っている。

「えらいな芸じゃったなあ」

「ほんに……えらいな芸じゃ」

「全部見たな」

「さあ、全部じゃったかどうか、今さき、来たばっかいじゃ。ああ、肝が冷えた」

「ほんに肝が冷えた……。よう暇が出たなあ」

「お前こそ、よう暇が取れたなあ、もう戻ったとばっかり思うとった」

小夜は声をとぎれさせた。その顔が、どこかちがう。口紅をさしている。泥人形のように厚化粧をした遊女衆は、ここ長崎ばかりではなく、葦野の町でもみかけるのだが、そんな妓《おんな》たちより、ひょっとして、飾り気の少ない姉の方がきれいではないかと三之助は思う。お店に奉公しているというけれども、どこのお店じゃろう。

そういえばこの前逢ったときも、無雑作に大きく束ねた髪から匂うのか、シャボンのいれまざったような体臭がしていた。いままた、祭りの人ごみの中で間近に向きあっている姉から、あのときの躰の香りがする。どこかで嗅いだような親しい匂いだと三之助はおもう。そういえばと思い当った。

葦野の町の花月の妓たちが、昼風呂からの帰り、すれちがうときの匂いに似ている。姉の奉公しているお店とは、なんの商売をしている店かと、突然三之助は疑問を感じた。

それにしても、姉が口紅をさしているのをはじめてみた。島の祭りの日、海に向いた縁に座り、母にお稚児髷とやらいう髪を結ってもらっていたあの姉が大人になって、祭りの紅をさすのか。縦皺のやわらかく刻まれた唇がはなやいで、こう間近では、目をそむけたい気もした。ものをいうまえに口ごもりながら、きゅっとその両端を結びあげ、伏せ目をあげて相手をみる真剣な顔つきは、長崎の水で垢を落として上品にさえみえる。花月のことは考えたくなかった。

まじまじと弟が視ているのにうなずき返しながら、小夜は伸びあがって爪立ち、しきりに首をめぐらしている。演者たちの連れてゆかれた方角が三之助も気になった。

境内をぞろぞろ下りはじめた人たちに遮られた拝殿の奥へ、お小夜は思いつめたようなまなざしを向けている。その項《うなじ》のほつれ髪をみて、三之助は勘にくることがあった。

——姉さんな、ひょっとしてあの男をば、好きじゃあかもしれん。

着物のよしあしはわからないが、藍色の着物がよく似合っていた。六年も逢わぬ間に、姉はすっかり町のおなごになったもんじゃ。三之助は瞬きする思いだった。

その年も暮れた正月明けに、三之助はふたたび、直衛に連れられて長崎入りをした。いつもは出て来ぬお咲の婿の国太郎も出て来て、春のお諏訪さまの祭礼に向けて、膳椀の荷をととのえたり、茂木の港への馬車の割つけをしたり忙しかった。

石山びらきのための火薬の買いつけ、トロッコやレールの注文などは気骨が折れると国太郎がいう。このところ石積船の損傷が続いて、レールでの運搬用にまわすのに、補給の船が間に合うよう、舟大工の手配りもせねばならない。

なにかと反りの合わない直衛と国太郎だが、若者たちへの心づかいぶりは似通ったところがあるのは妙である。これと見込んだ者にかぎらないが、少々こむずかしいような仕事でも、じかに何でも当たらせてみるということは共通していた。三之助がたいして肩に力も入れないで、すうっとこなしてしまうのをみて、婿も舅も、早く仕事を一と通り覚えさせたいと思っているのはかわらない。

電車に乗って、鍛冶屋町の牛島商会というところに連れてゆく道々、直衛がいう。

「長崎は高島、端島の炭鉱を抱えておるけん、鶴嘴《つるはし》やレールの入ってくる筋がちがう。こっちの業者を通しておけば間違いはなか。なんというても、この電車で試験ずみじゃから」

長崎のことにくらい国太郎はただ黙ってうなずいている。気質の異なる二人の主《あるじ》の心を読みながら、父親と祖父ほどの二人を三之助は好いていて、よか家で修業していると姉に語った。

長崎ゆきのときには、天気をよくみる飛松船長が頭《かしら》になってやって来る。たのまれれば商い抜きの漆器類や仏壇なども積んで帰るが、それぞれの荷の量についても重左亡きあとは、この人物が見積りをして、国太郎が確認した。

石材やレールを積む船は、よほどに容量を加減しないと沈没させかねない。船が沈んで身代が絶えた家のことは、五代くらい前の話でも、海沿いの村々に語り残されている。飛松小父ならば若い時から客船をあやつって、浦々の人情の表裏にも通じ、人柄もよく知られていたから、積み荷の揚げおろしに来てくれる人手にも、こと欠くことがなかった。そのような手蔓《てづる》から人を選りすぐって来て、葦野の家には常時、部屋夫と呼ばれる男が七、八人寝泊りし、外から通ってくる働き手の世話をしていた。

仕事の手順を教えることから、ときには人夫たちの飲食店のつけを払ったり、気の荒いのや酒癖の悪いのが、よその飯場の者と喧嘩にでもなった場合は、仲裁出来る器量者がいなくてはならなかった。大人数の者たちの、気持のしこりやもつれがなるべく残らぬよう、采配できる人物を集めたつもりが、町内の夫婦喧嘩の始末まで持ち込まれるのには、部屋夫たちも困《こう》じ果てた。そういうとき飛松船長がいると、まわりに笑い声を上げさせながらよく裁いた。

食事どきになれば思わぬ客人なども入れて六、七十人くらいの人数になる。いつ誰が腹をへらして来るやもしれぬ。飯、汁、竹輪の類、漬物だけでも四、五人分くらいはいつも余分にととのえておくように。もしや余れば、どこそこの誰それに持ち帰って食べてもらえばよい、という家風であったので、飯時になればあそこの家はえらい賑わいよると、近辺の者たちは噂した。

二日に一俵はなくなってしまう米はいうにおよばず、薦樽《こもだる》の灘の酒や、肉屋の鉤からそのまま外して来た豚の肋身《あばらみ》や、茶箱のたぐいに至るまで、直衛の好みで長崎、島原物を船に積んでしまう。商い用でなく自家用である。

「親々の代から長崎から取り寄せよったとじゃけん、葦野に移ったちゅうて、変ゆるわけにゃいかん」

直衛のそれが口癖だが、飛松小父は金壺眼《かなつぼまなこ》を宙に向け、とぼけ顔で言った。

「卓袱《しっぽく》料理の店を、我が家でさるつもりばえ。まあ、わんわん口ばかりじゃけん。肉も船一艘で、足るかなん」

この人物の特技は卓袱料理で、祝い事や客のもてなしには船を下り、男たちを采配して、目もあやな数々の料理を大皿に盛りつけ、女たちを感嘆させた。

異風者《いひゅうもん》で、島原へも茂木へも野母の崎へでも、船は廻してくれるが、いくら誘っても長崎の街に揚がらなかった。ひまが出来たときは、そこらの磯で魚を釣ったり、墓の字をみて歩いた。猿を祀ったお宮を見つけて拝んで来たりもした。

「まあ、儂が船では、田上峠の上《の》んぼり下《く》んだりを越えるには、汽罐《きかん》の釜が焚き割れるわい。それよりゃ、スーベニア・ショップの舶来煙草ば、ダースで買うて来てくれんかのん」

若い時分には長崎に居続けて戻らず、親や親類じゅうを困らせたという話を、人夫たちも知っている。酒になると丸山あたりの話が出る。

「小父御は長崎のよかところとは、よっぽどなにか、因縁のあっとばいな」

などという者がいると、船長は小さな青びいどろのグラスを抱えたまま、目を細めてこういうのだった。

「あっともさ。儂ぁほら、おこぜの閻魔《えんま》さまのごたる面《つら》じゃろが」

若者たちは笑いを嚙みころす。あまりにも言い得て妙だからである。

「まこて、鯛よりゃ腸《はら》わたの美しかちゅうは、ほんなこつじゃ」

きまって誰かがそう受ける。おこぜの顔はどこに目鼻があるのやらくしゃくしゃだが、鯛より腹の中がきれいで悪心がなく、位において鯛よりは上じゃと、ここらの諺《ことわざ》にある。

「面のことじゃ、この面。丸山のことはな、玄人は山ちゅうとぞ。その山の姫神たちゃあ、おこぜが好きでな。儂があのあたりば小歩《され》きよる頃にゃ、山の口をひとまわりすればな、首の白か姫じょたちが、ぞろぞろ、飾り提灯の下から、一寸跳びして、ついて来よらいたもんぞ」

飛松小父のこんな調子の人柄に、直衛はなにもかも見透かされている気がしていたが、それだけに安心できて、たいがいのことは任せられた。

自分も乗るつもりでいた飛松の船を見送って、三之助はふうっと全身から吐息が出た。また直衛の伴使いということで残されたのである。茂木から長崎へもどる馬車の中で居睡りしていると、馬の水呑場で主《あるじ》が声をかけた。

「よう寝るのう、この跳ね馬車で。儂ゃあこの街道じゃ、煙草もようつけえんぞ」

その煙草をゆっくりつけ、直衛は粉の落ちたインバネスの肩布をはたはたと馬車の外に振り払った。

「二、三日すれば、忙しゅうなるけん、そのまに、南座の活動写真を見に行ってもよし、それとも大波戸《おおはと》から電車に乗って、県立病院にも行ってみるか。志乃が一緒のときは電車にも乗られんじゃったのう。今度戻れば、ちょくちょくは来られんぞ」

葦野にいるときとはどこかちがうような主人におもえる。

目鼻のつくりが大きく、面長な顔である。形のよい頭が並より一段高く、停車場でも波止場でも人波の中から見分けられた。葦野のような、諸国から寄り集まって言葉もざくざくこすれあうようなところは、折り目筋目のゆったりした直衛には、膚が合わないのかもしれなかった。必ず酒が出る夕餐のさんざめきに、とり残されているものがいると、それが新入りの少年でも、

「お福よ、あそこは飯か酒が足りんとぞ」と女衆《おなごし》に言いつけて引っこんでしまう。

「直殿は心配りが多すぎて、自分は一向にたのしまれん」

おんじょう殿と飛松が、かねがねそう言っている。

直衛さまは葦野のお家より、長崎におられた方が気が休まられる。こっちの水が合うておられるのかもしれん、と三之助はおもう。

茂木の港で直衛が渡した木箱を受けとって、船長は言った。

「また、茶道具かのん」

「志乃が好きそな、備前焼きがあったけん」

「志乃さまなあ、備前焼か。匂いでわかられるか」

「茶のことならわかるわさ」

「そりゃそうじゃろう。しかしのう、お前さまの道楽も、道具が寝とる間の、蔵がもひとつ、要るわえの」

やりとりを聞いていて、三之助は宿のお内儀が出す、飯椀のような抹茶茶碗を思い出した。きめのこまかな、草萌え色に泡立った茶を出されると、直衛はひどくくつろいで、両袖を振り払うようにして座りなおす。

「おお、これは結構でござす」

などと懐紙をとり出す姿がよく似合う。すすめられた茶を、三之助が上眼使いに飲みほすのを、直衛もお内儀もおっとり眺めてうれしそうだが、若者にはとくべつうまいとは思えない。

葦野の家ではああいう和やかな顔で茶を喫することはめったにない。去年の正月、志乃の部屋で、おもちゃのような小さな爐の火起しを手伝わされたことがある。お咲と小さな綾が正月着を着て座り、縁にいた三之助も湯の沸く音を聞いていた。おだやかな陽ざしだった。

直衛が志乃のそばにいて茶を立てるのを見たのは、あとにも先にもこの時かぎりだった。ことことと茶筅の音をさせている直衛の手つきも、三之助には物珍しかった。志乃はもう髷を結わなくて、切り下げ髪にしていたが、お咲が正月用にとり替えてやったのだろう、濃いめの鼠地の小紋に、水色の半衿が髪形をひき立てて、品がよかった。

さし出して、いったん畳に置かれた碗に気づかないのか、しんと座ったままでいる。碗から淡い湯煙りが立っていた。

「そこじゃ、おっかさま、ほら、手を出せ」

「ほら、手を出しませ」

お咲に促された志乃の手に、直衛が躰をのばして碗をのせた。

――最初から直衛さまが、手にのせてあげなされればよいのに。

茶の作法など、どうでもよかりそうなもんじゃと、三之助は思ったのである。あのときの、ものがなしそうな顔にくらべて、定宿で茶をのむ直衛にはくつろぎがみられる。

長崎というところは建物も港の景色も、こみいった絵に描きこんだようにハイカラで、行き交う人間たちの容子《ようす》もどこか駘蕩《たいとう》とした気分が漂っていた。島の田舎道や葦野とは、まるでちがった世界にはいりこんだような気がしてくる。島では葬式の時か婚礼の時にしか履かぬ白足袋を、町ゆく人びとは履き、裾までの長着を、男たちさえふだんのなりにして歩いていた。葦野では目立つ直衛の長着や袴や白足袋姿は、長崎流なのだなと合点がいった。

それに姉までが、まるで生れ替ったように垢抜けしていたが、今日はなにをしていることか。

奉公しているのだから、自分と同じように、いつ暇が出るのか、その日にならぬとわからないのだろう。直衛の定宿を知らせておけばよかったが、今日の間には合わない。それにしても、今度葦野に戻ったならば、めったに来れぬと主は言われたが……。

若宮さまのお祭りで思いがけなく逢えたとき、奉公先には来てくれるな、と姉は言い渡した。今日は店の用事で近所まで来たら、お囃子が鳴りよるもんで、石段をかけ登って来たのだが、いつもは晩もおそくまで仕事が多い。おかっつぁま、いや奥さまは、よかお人じゃが、旦那さまがきびしゅうして、いちいち、せからしか人じゃ。そんなにちょいちょい長崎に来れるのなら、わたしの方からまた暇を願うて、手紙を出して逢う日をきめようと、姉は言ったのである。

活動写真を見る前に、県立病院への電車道をたしかめておかねば、お志乃さまにすまないと三之助はおもった。

大波戸の海面が見下せる大徳寺の新居に、直衛が三之助を伴ったのは秋の午後であった。

「宿屋暮らしばかりでは、かかりがかさみすぎてならん。一軒構えることにした」

直衛は柳行李《やなぎごうり》を手渡しながら言った。

「高台で、館内《かんない》というて市場のある付近じゃ。朝晩の買物をするには、便利なところぞ。坂道ばかりじゃが、すぐに覚える」

茂木の港から、今度も田上峠を越えて来た。馬車の上で直衛の顔色がよかった。仕事がうまくいっている時は、声音もまろくて闊達である。今度の船には、唐物がたくさん積まれるのかもしれない。掛け物の軸をひろげたり、古い硯を嗅いでみたりして、

「こりゃあ、由緒物じゃ。他人に渡しては、もとの主《あるじ》が泣こう」

などと言って、自分の倉にしまいこむのだろう。三之助はそんなことを思いながら、石の段の多い道を主について登った。

木犀《もくせい》の香りが湿りをおびた露地に漂っていた。赤土のまじった漆喰《しっくい》塀の、裏道めいたところを抜けてゆく。狭い石段道を幾曲りもしてゆくうちに視界がひらけ、とてつもない樟《くす》の古木の根が張り出しているところに出た。大波戸の湾内が一望にひらけてみえる。だしぬけにすぐ真下から、ぼおーっ、ぼおーっと船の汽笛が鳴った。びっくりしたか、というように直衛は振り返った。坂の上に立つと、人より長い眉毛が海からの陽に光った。

「今日はよか凪《なぎ》じゃ。上海ゆきの船ぞ」

「はあ、波止は凪でも、外はわかり申《も》さん」

船のゆく先を案じているわけでもなかろうが、この若者はときどき年寄りのようないい方をする。どういう器《うつわ》じゃろうと直衛はおもう。

「お前の島は、外海に近いけんのう。外はわからんか、凪でも」

「はい」

三之助は眩しげに、出てゆく船の航跡に眺め入った。

「秋は、音でも景色でも、近うになり申《も》します。光波《ひかりなみ》のこまごまがようみえ申す」

「ふむ。お前は目がよかのう」

ゆるやかなすり鉢状にひらけた丘に囲まれた湾である。向うの稲佐山の妓楼のあたりが、いつもよりぐっと近づいて、洗濯物の、赤い湯もじらしいのを取り入れる女の姿がわかった。

さらに横道を行くと、石段の両側にぎっしりと軒の低い小店がならび、口々に客を呼んでいた。丘の斜面の木々の根元に家を建てならべ、港を出てゆく船を見下しながら、隣と話をするような街のつくりである。

魚屋が多いのは土地柄だと思うが、買って帰ってすぐ食べられるお菜を売る店に、三之助はおどろいた。黒い色をした団子だの、煮豆だの、きんぴら牛蒡《ごぼう》、こぶ巻、魚の揚げもの、野菜の揚げもの。三之助の村では祭りのときしか作らない食べ物が、丼や大皿に盛りあげて売られている。ふつうのおかみさんたちが、よりごのみをするのがたのしみな様子で、あれを指さしこれを指さししながら買っている。着ているものも帯の風情も、葦野の町や島の女たちとは数等ちがって、町めいた姿である。

田舎から出て来たらしい老婆と女房が石段に座りこんだまま、すぐ脇の飴屋と話しこんでいる。

「おお、三之助、俺の方が早かぞ。何ばしとるか」

直衛が石段の上から見下して機嫌のよい声で促した。

「ゆくぞ、ほら」

それが聞こえたらしく、バナナと蜜柑を商っている小母さんが主従を見くらべ、笑いを含んだじんわりとした声で言った。

「兄《あん》しゃん、しっかり担いで行きまっせよ。また来てな」

三之助は、港を囲んで尻あがりにせり上がっているこの街に、親しみのようなものを感じて羞《はに》かんだ。

食べ物屋の石段道の横に入りこむと、折れ曲りながら、すとんと下りになって、さきほど見たのと同じような赤土まじりの漆喰塀があらわれた。塀の上から大きな木犀の枝のさしかけた奥に、枝折戸《しおりど》がみえ、先に立って石段を下りる直衛の長着の裾が、段ごとに石の端を拭いてゆく。長崎の石畳は人の足やら着物の裾で磨かれて、つるつるしとると三之助はおもう。

信玄袋から鍵をとり出し、ものなれた様子で枝折戸を開ける主の背中をみながら、三之助はもの珍しい気分にひたされていた。使いに出される長崎の家はどの家も、入口が狭く奥が深い造りになっている。この家には長土間のようなのはないが、庭木が高いためか、居宅のまわりが広々とみえる。新宅というので新しい造りかと思っていたが、使いこんだ櫛のようなしっとりとした縦格子の玄関の構えだった。開かないと思っていたらしい手つきが、するすると開いて、「戸締りが悪かのう」と呟いてから、直衛が呼んだ。

「ようい、客人を連れてきたぞ」

しばらくしんとして返事がなかった。

「ようい、おらんとかえ。どけ行ったとじゃろう」

雪駄を脱ぐ足つきが猫の脚めいて、汚物を振り払うようだった。白足袋もいつになく汚れている。さっき電車を降りがけに、敷石のはげたぬかるみに雪駄ごと突っこんだのである。人一倍、身仕舞を気にする主が、急にいら立ってきたのが、三之助にはわかった。

廊下を摺り足で出てくる音がして、よく透る若い声が間近にきこえた。

「まあ、あら、おいでなはりました」

三之助は思わず顔をあげた。

まだ雫の落ちそうな洗い髪を顔の前に垂らし、手拭いで長い毛先を抱えた女が出てきて、空いた方の手で胸元をかき合わせた。主の背中で、顔がみえない。

「居ったのか。返事もせんで」

「まあ、聞えませんじゃった。髪洗いよりましたもんで」

「早う、その髪毛を始末して来え」

そういうと直衛は、後ろの方へゆっくり顎をしゃくった。三之助は目をみひらいて突っ立っている。

「よか手伝い人ば連れて来たぞ、ほら」

濡れ髪の束を抱えた女の腕が一度上にあがって、沈んだ、もの憂げなお小夜の眸が、まっすぐに弟をみた。

「姉さん！」

お小夜は口を小さくひらいたまんま、波立ったような眸で直衛を見上げ、三之助をながめた。紅をつけてない唇が白くみえる。

「びっくりしたか、二人とも」

直衛はおおきな二重瞼をまたたかせて、こもごも姉と弟をみくらべた。

「さあ、突っ立っとらんで、荷物の片付けばしてくれんか。そしてお前は」

と、小夜に向くとくだけた口調になった。

「早うその濡れ髪をなんとかせえ。そしてお茶じゃ、お茶。もう坂ばっかりで、咽喉が乾いてならん」

お小夜は「どうして」と言ったきり、口を半開きにしていたが、

「ああお茶、はい。髪をちょっと始末してから」

と答えると、長い濡れ髪をもて余したように手拭いに包み込みながら、三之助には見覚えのある、あのはね尻の、腰をぴんと立てた歩き方で、別間に引っこんだ。肩脱ぎにしていた着物の右袖だけを急いでひっかけたらしく、片袖が腰の後ろに下がってゆれている。左肩を覆っている長襦袢《ながじゅばん》の水色が、ほの暗い廊下の奥に消えてゆくのを茫然と見やりながら、三之助はまるで青狐のようじゃと思った。

客間らしい部屋に三之助を伴って入ると、直衛は言った。

「そこにまあ、座れ」

指さしながら自分で障子をあけた。湾からの光が、張り替えたばかりの障子をくっきりとみせていた。対岸が稲佐山だということは、三之助にもわかるようになっている。直衛は汚れた白足袋を脱ぎ、縁の方へ抛った。

「びっくりさせすぎたかのう」

隈どりのはっきりした瞼を瞬かせている主をちらと見上げて、口の中ではいと答えたまま、三之助はものの言いようがない。

船の汽罐の音がとんとんとんとんと上ってくる。上気しているのが自分でわかった。

「この家の、みかじめをやってくる者がほしゅうしてな。ゆきつけの店で、お前の姉《あね》女《じょ》をみつけて、無理いうて連れてきた」

葦野の本家でさえも見たことのない大きな丸い唐テーブルの、どこに座ってよいものやら、三之助は中腰のままで落ちつかなかった。青貝を嵌めこんだ造りで、たぶん長崎での上客をここに迎えるつもりなのだろう。

「ここの家をな、葦野に戻っておる間、お小夜に任せることにした」

三之助が眸を上げるのにゆっくり言い聞かせる。

「やっぱり、お前の姉ぞ。見どころのある女《おなご》じゃ」

三之助はなんと答えたものかと思案していたが、気がついて手をついた。

「思いもかけん、姉までお世話になって、すまんこつでございます」

年に似合わぬこういう大人びた挨拶をするところがほかの使用人とちがうのだが、小夜が囲い者になったということが、この若者にわかるかどうか。わざわざ言い聞かせずとも、そのうち納得するにちがいない。

定宿の小部屋に似たつくりの部屋が奥にあり、厠《かわや》も近かった。三之助はそこをあてがわれて用をつとめることになった。「賄い方と洗い物は、通いの女衆がやってくれる。

お前は使い走りをしてくれい。大事な客人ばっかりじゃ。呼ばぬときは、彫刻の図面をば引いて、勉強すればよい」といわれている。夜おそくまで客のあることが多かったが、葦野の本宅でのように大酒盛りになることはなく、客次第では料理を取り寄せた。使いに出された石段道の途中に立ち止って、三之助は考えこんでいることがある。

人の往き交いのなんと切れ目のない街だろう。入り組んだ路地の上下で、女たちはたいがい振り返りながらお辞儀をする。袂の長い女たちが多かった。片袖を摑んで振りあげ、躰ごとしなわせて打つ仕草で、男にものをいう女をみると、三之助はどきりとした。島ではそういう仕草をする女を見たことがなかった。姉もああいうことをならっているのだろうか。

「居《お》らいますときは、親兄弟の話はあんまりせん方がよか。お互い、奉公人じゃから」

小夜はそう言った。お客があれば酒の酌ぐらいはつとめて、話の次第ではうつむいてくっくと笑い声を立てることもある。しかし、話題の中に自分から割って入るということはない。店用の化粧をしていたときより、地味ななりをしているのがかえって垢抜けてみえる。

突拍子もないちぐはぐな、上の空の返事をして、半分夢みているような女かと思っていたら、しばらく話しているうち、打てば響くようなことを言葉少なく答えて、媚びるところがなかった。手許におきたくなってとうとう落籍《ひか》してしまったが、一軒の家にす

えて客の前に出してみると、家の中がみずみずしくて、骨董物を持ってくる備前屋などは、小夜が立ったあとを見送って、

「花あかりがいたしますなあ」

などと言った。座持ちの上手な女たちに囲まれるのを直衛は好まなかった。かといって、志乃の、昔々の世界の中にひとり座っているような風情は、近寄り難くて気が重い。葦野から出てきて気抜きするには、なにより好もしく思われた。

房々した髪を衿足の後ろに大きく束ね、青色の銘仙に白エプロンをつけて、廊下に膳を置き、膝を折って、外からそっと座敷の中に挨拶する。活動写真で見る若嫁さんのようだと三之助はおもう。まめまめ働いてはいるが、どこかしんとして、この家になじみきれていない様子にもみえたが、ときどき客間からやわらかい笑い声が洩れてくると、三之助はほっとした。

月のうち二十日ばかりは長崎、十日ばかりは葦野というぐあいに往き来して、直衛の長崎暮しも定まって来たかのようにみえた。往き来にはかならず三之助を伴った。

第五章　櫛人形

明くる年の三月、忘れ雪の降った日に、あんこう鍋を囲みながら、直衛ははやばや思いついて言った。

「もうじきすればカルルスの桜が見頃になる。今度の仕事を仕終えたら、花見にゆくぞ。一度戻って荷を片づけてしもうてくるけん、たのしみに待っておろうぞ。三之助、お前も戻らにゃならん。お小夜が鼠に曳かれんごつ、婆やさんに頼んでおこうな」

いつになく念入りに荷をたしかめて船を出し、主従は帰途についた。くろもじの木や、樫の芽立ちそめた島々のところどころに、早咲きの山桜が煙るように浮き出していた。灘の中ほどを越えるとき、三之助は突き出ている野母の岬《はな》を眺めて、いつも名状しがたい惑乱におちいる。沖にたちこめた霞のせいだけでなく、ぼんやりと気が重かった。

天草富岡に向かう船の上から振り返って、右手にみえる集落とその前の島の名を主《あるじ》が教える。足を踏み替え腕をあげるたびに、袴の絹鳴りがした。凪《なぎ》の日であった。葦野に戻るときはいつも仙台平の袴をつける。袴のひもの結び方をようようこの頃おぼえて来たと、小夜が言ったのを三之助は思い出した。

「あそこの港は網場《あば》、その先は戸石というて、よか港がひらけとる。戸石の港は入り口に観音さまを置いとってな。きびしい顔の観音さまじゃが、渚の中に鳥居がある」

「渚の中ちゅうと、潮に漬かっとるわけで」

「うむ。干いたときは潟の上で、牡蠣殻がついとるが、あれもなかなかよかもんぞ」

「そんなら石の鳥居で」

「石の鳥居じゃ。普賢《ふげん》さまの、海からの登り口になっとるわい。昔の人の信心の形は、よう出来とる」

灘の上からは、もちろん石の鳥居も観音さまも見えはしない。

「いっぺん連れて行ってやろうごとあるが、茂木から上った方が、どうしても近いもんじゃからのう」

花の長崎といわれるところが、あの後ろにあると思うと不思議な気がした。そして遠く振り返れば、灘の続きの先に自分の島がある。長崎にくらべれば人のなんとまばらなことか。大波戸《おおはと》から船が出る上海はまだ知らないが、日露戦争に往って来たお爺さんが島にいて、行人岳《ぎようにん》の岩に腰かけながら子どもらをつかまえては、「世界ちゅうは広かとぞ。この海の続きの続きにゃ、青目ん玉の人間のおっとぞ」と、顎をしゃくって口癖に言うのを聞いていた。死んだ祖母もほうとした声でよく言った。

「長崎ちゅうところは、盆のにぎわうところげなじゃ。仏さまの多かところかいなあ」

世界の成り立ちの手がかりが、あの世も含めて島影の向うにある。

小夜がいまその長崎で、奥さま暮しのような身の上になったと知ったならば、祖母や母親はなんというだろう。志乃さまには、と三之助は深く自分に言い聞かせた。長崎の新宅のことは、自分からはけっして言い出すまい。今日の直衛殿はよく語られると思う。波の上に鳥居がある景色は、絵葉書の厳島《いつくしま》神社で想像してみてもよくわからない。主のいうように、長崎という街は華やかな祭りの裏に、昔の信心がぎっしりつまっているようにも思われた。妓楼の女たちが詣でるおかげで立っている神社があるというし、お寺が集った寺町というところさえもあるのだ。


「長崎から戻ってくるたび、三やんは大人びてくるなあ」

綾のお守を頼んでよかろうか、と言いたげにお咲は盲目の志乃に言う。返事を聞かずともよいのだが、いつもの癖で話しかける。そうと定めたわけではないが、三之助は志乃と綾の世話係だとみんなに思われている。小さな児がまつわりつくのを嫌がる風もなく、志乃の世話はこちらにいる期間が短くなったせいか、一段と心を入れて、立ち働いているようにみえた。

帰ったはなは、綾はいつも跳びすざった猫のようである。壁ぎわに背をつけ、恨めしげな眸《め》つきになっているのをみると、三之助は胸がちりちりして不愍《ふびん》でならない。土産の毬を包んだ小箱を出して見せると、後手で壁をさすってから近寄ってくるさまがいじらしかった。

この前の出港のとき、あれほど駄々をこねて後追いしたのである。子どものことだからと思っていたのに、まだ忘れず、あのときのことを想い出させようとしているらしい。

「困ったな。あの時のことは、かんにんされまっせ。おうちの祖父《じじ》さまのお仕事じゃけん、わからっしゃりませ。お土産じゃ、そら、綾しゃま」

手を後ろにやったまま目をみひらいているのにかまわず、胡座《あぐら》をかいて包みをほどきにかかる。小花模様のメリンスの裾から、小さな爪先がしばらくもじもじと畳をなぞった揚句、一気に跳んで、来たっと思ったときは、後ろから首っ玉に抱きつかれた。

「莫迦《ばか》ぁっ、三やん莫迦ぁっ」

柔らかい小さな頰が首すじから前に回って、すぽりと胡座の中に這入りこむ。お咲の声がとぶ。

「綾っ、莫迦はなりません。兄《あん》しゃまじゃ」

びっくりした顔をして、綾は素直な声を出した。

「兄しゃまか」

ほどきかけていた包みから、糸かがりの綺麗な毬が跳び出し、白猫のタマが走ってそれにすがりついた。いつもの綾ならすぐにも猫を追うのに、兄しゃまといえと言われたのがよっぽど嬉しかったらしい。抱かれたまんま前髪をあげ、三之助の顎をじゃりじゃりこすった。目があうと、たちまち稚げな羞《はにか》みを浮かべて胸元にしがみつく。

「まあ、よっぽど好きばいなあ。横道者《おどもん》のような口ばきいて」

お咲の笑い声につられて、鼈甲《べっこう》の前挿しをまさぐっていた志乃が、しわぶきのような声を出した。前挿し用の櫛は直衛があつらえてきたものである。

「丸髷は結わんでも、今の髪によう似合いもす。どれ挿してみましゅ」

お咲は笑い声の続きで立ち上り、志乃の手から櫛をとって、切り下げた髪の元結いの前に挿してみせた。

「まあ品のよか。よか櫛じゃ。よう似合いもすなあ。おっかさま、本鼈甲じゃ」

三之助はおそるおそる志乃の髪に挿された櫛を見た。主がそれを買うとき立ち合ったのである。臙梅色の透きとおった無地物を求めたあと、三之助の顔をちらりと見て、店の番頭に主は言った。

「もちっとばかり、若向きのをひとつ、み立てて下さらんか」

われにもあらず三之助は下を向いた。主が選んだのは、青貝で梅の花びらをかたどった象牙の櫛であった。

「こっちの方が品がよか」

臙梅色の方を指さして直衛が言った。値段もそちらが数等張って、いかにも上物にみえ、なにかしら安堵したのを三之助は覚えている。

庭先の方を向いている志乃の表情はよくわからない。お咲がさいそくした。

「なあ三やん、よか色じゃなあ」

そちらを見ないで答えた。

「よか色の如《ごつ》、ございもす」

「はあ、まあだわからんなあ、おなごの櫛のようなことは」

わからぬことはござり申《も》さんと思ったが、口にしなかった。

ふいに志乃がしぼり出すような声を出した。

「櫛のなんの、どうでもよか」

ぎょっとして振り返ると、切り下げの髪が横にほどけて、志乃の白い項《うなじ》が、すっと後姿のまま立ち上るところだった。藤色がかった濃い灰色の着物の腰がほっそり瘦せてふらつき、足許がおぼつかない。三之助は思わずかけ寄ったが、そのとき、耳の上あたりに斜めになっていた櫛が、はらりと畳に落ちた。綾は毬を拾いあげたまんましばらく突立って、畳の上の櫛を眺めていたが、ぱっと毬を置くと櫛を拾いあげた。そして、すすりあげるような溜息をふたつばかりついて、志乃の片手をとった。

「ばばしゃま、手の冷たさよ」

気遣わしそうに見上げながら、また息をつく。

「きれいか櫛なあ。ほら、挿されませ」

背のびして小さな手がさし出すのに、志乃はふるえながら首を振った。綾の溜息が聞えるたびに、志乃の身ぶるいが起きるのが、脇を支えている三之助に伝わった。臘梅色の幅の広い櫛が綾の小さな掌の上でゆき場を失ったように落ちつかなかった。よか色じゃ、と三之助は思う。やっぱり、志乃さまを大切にしておられる。

ひっそりとすり寄って、綾は志乃の腰のあたりに頰をつけ、悲しいところをそろっと拭いてとるような、あどけない声で言った。

「そんなら志乃さま、綾があずかり申しました。人形さんにさしましょな」

人がいうままに、綾は自分の祖母のことを志乃さまという。鳥の翼が落ちるようにして、志乃は座りこんだ。お咲はなぜかその櫛が、雨乞いの時に燃え上ったという人形の、おしのさまの髪に挿されていた櫛に見え、急いで綾からとりあげた。この晩のことは、誰も直衛に聞かせていない。

長崎ゆきが近づくと、綾は敏感なけものに似てきて息をひそめ、三之助が外に出ると先廻りしてついてくる。

「えらい人恋ししゃするが、早死するとじゃなかでしょうか」

お咲がいうのを志乃がどう聞きとめたか、返事をした。

「前世は、夫婦《めおと》じゃなかったろうか」

お咲は少しばかり心配になり、夫の国太郎にそのことを話してみた。国太郎は気にもとめないふうで、女子どものたあいない話だとばかりに、ろくな返事もしなかった。

「なんの、犬の仔でも、後追いぐらいはするわい」

いわれてみればその通りにちがいない。ある日直衛は、お咲を呼んで言い渡した。

「これからは船荷の方の仕事を、三之助にも持たせることにした。あんまりこまごま用をば、三之助にいいつけまいぞ」

船が出る朝、毬だの紅太郎人形だの、猫のタマだのを、わざわざあてがったのがいけなかった。賄い方のお君さんをつけておいたつもりだったのに、感づかれてしまったのである。荷物は前の日に送り出し、直衛も三之助も別々に出て、お咲夫婦が最後に出たのに、港についたとき後ろから泣き声が聞え、紅太郎人形を片手にぶらさげた綾が追っかけて来るではないか。荷物を渡していた国太郎が苦笑しながら、船の機関室に声をかけた。

「それ早よ、出してくれ。綾が来て跳び乗るぞ」

機関室はまだ音を出していなかった。飛松船長はかねがね綾を可愛がっている。パイプをいつも手放さないので、綾が刻み煙草をパイプの口につめてやることもある。三之助を慕っているのもよく知っていた。そのパイプを口から放し、船長は岸の渡り板を外しながら言った。

「生木を裂くようで悪かのう。綾しゃん、恨むなよ」

大人たちは軽い笑い声をあげながら、泣いて来る綾を振り返った。事態を察した幼女は、エンジンの音を立てはじめた船を凝視して、石積みの突堤に立ちすくんだ。お咲は目で合図して、三之助に隠れるように頼んだ。機関室の後ろにまわりこんだが気になって、三之助は積荷の間から綾の様子をうかがった。

赤くなった目をみはって、唇をゆがめ、綾はゆっくり地団駄を踏むように両足を動かしていた。それからけげんな表情になって、両親を見上げ、ぐるりと見送り人を見廻した。船の上から直衛が声をかけた。

「綾、志乃さまのお守りをしてくれよ。こんどは、オランダ人形をば買うてくるぞ」

綾は稚児髷の下に切り揃えた前髪をつよく横に振った。長く尾をひく悲鳴がその口から出た。

「兄しゃまぁっ。三やぁんっ」

ふいに涙が滲んで、三之助は首を低くした。幼い者からこんなに慕われたことはない。頭を低めながらなおも見ていると、綾は履いていた天鵞絨《びろうど》の赤草履の片っぽを足ではねあげ、もどかしげにもう片っ方を手にとって、離れてゆく船を目がけて投げこんだ。おんぶして本渡の瀬戸を渡るとき履いていたものだ。二つの草履が波の上に離ればなれになって、みえなくなった。身悶えしながら石の上に座りこんで、両足をぱたぱたしているのがみえた。桃の花模様の衣裳は、今朝三之助が着せてやったものだ。紐解きがすぎて、もう四つ身を着せてもよいのだが、前の身頃《みごろ》に紐付きのままのを着せられている。妹のいない三之助は、幼女の着付けなどしたことがなく、背中で蝶結びにしてやるのなど、もの珍しかった。

綾は紅色の湯もじを自分でつけて、あとは三之助が着せてくれるものと思いこんでいる。今朝も出がけに両手をひろげて袖を通してもらい、くるりと後ろを向けた。仕上りぐあいを背中ではかっているのである。

「ようでけた?」

項《うなじ》をまわしてそう聞く。かぼそい衿足の生毛が、稚いなりになまめかしかった。

今朝のまんまの衣裳じゃと思う。赤い湯もじの間から、小さな足がぱたぱた動いている。なだめているお咲を手こずらせているのだ。船の機関の音で綾の声はもう聞えない。

長崎につくまでの間、もの言いかける主に、三之助はことば少なかった。船室の一隅にもたれていると、綾に呼ばれているようではっとしたり、島々の様子を眺めているときも、お志乃の後髪から、はらりと落ちた櫛の色がまならうらに浮かんだ。

その日直衛はいつにもまして機嫌がよかった。

出がけに客があって、愛蔵しているギヤマングラスが唐テーブルの上に出ていた。そのグラスで葡萄酒を出したのである。沼の中に陽がさしたような、沈んだみどり色のグラスだった。

「花見じゃけん、素面《しらふ》でゆくのは無風流じゃ。ほんの口湿しに」

そう言って直衛は自分で葡萄酒の小瓶を持ち、琥珀《こはく》色の酒をそそいだ。酒をそそがれると、蔓草模様が浮き出して、グラスは沼の奥の珠のような、とろりとした光を放ってくる。すすめても断るので、ふだん三之助に飲めとは言わないのに、よっぽど気分がよかったとみえ、黒檀の茶棚を指さした。

「もひとつ、いやふたつ、これをば出して来よ。それそれ、おなじ物をな」

よか物好きといわれている直衛が、ことにも愛蔵する品々を置いている棚だった。年に似ずこの若者にそなわっている好みを、直衛は育てようと思っている。

「こういう品は、ときどき使うてやらんことには、造り手に相済まん」

と言いながら受けとって、三之助の前にそれを置いた。さらに小夜の前にも同じものを置いた。

「いつの時代の、どういう人間の手が造ったもんかのう、こういう美しかもんをば。あやかりたいもんじゃ」

涼しい目つきで客を見て、それから姉と弟のグラスに少量ずつそそぎ分けた。

「酒ぐらいは習え。素面では行かぬもんぞ、花見は」

葡萄酒というものを三之助が口にしたのはこの時がはじめてである。思っていたより酸っぱさを感じたが、半透明の酒器のうすい縁をすべってくる液体は、この若者を酔わすに充分だった。

客が帰ったあと、小夜は目のさめるような化粧をして家を出た。わが姉ながらどぎまぎして、まともに顔を見れない。

島の行人岳の山桜はもうとっくに過ぎたろう、と三之助は思いながら二人のあとをついて歩く。ほろ酔い、という気分はこういうものなのか。

来たようなところだと思って見廻すと、夕陽の残照を受けた丘に若宮さまの赤い鳥居が見え、幟《のぼり》がはためいている。そこからしばらくゆるゆると上り坂になって、道の脇に水の流れる音が聞えてくる。のぞいてみると、浅い綺麗な谿川《たにがわ》だった。なりをよくした人たちの往き来が多くなったと思っていたら、桜の群落が夕冷えする宵闇にひろがっている。庭園めいたしつらえの川塘《かわども》にそって桜が続いていた。

先を歩いていた直衛が振り返り、インバネスの袖を振りあげて、おくれてゆく小夜になにか声をかけた。満開ぞ、とでも言っているのだろうか。谿川の音で三之助には聞きとれない。あちこちに気をとられているので、小夜からもさらに遅れてしまった。

桜は夕空を覆って枝をさし交わしていた。枝の切れ目から、淡い月がみえる。真下にゆくと咲き広がって黒くみえた。地面に散りそめた花びらの白さとそれは照応しあい、暗がりの中へ舞いこみながら広がってゆく花びらの奥へ誘われる感じがした。俺は酔うとるぞ、三之助はそう思う。

朱色のほっそりした雪洞《ぼんぼり》が、昏れ入る川のほとりに灯されていた。灯影の下を往き来する女たちの衣裳の、沈んだ色を見ていると、水の中の景色のようにみえる。水は萌えそめた草土手にそって、ひたひたと裾をひくような音を立てて流れていた。

小夜は白っぽいショールですっぽり肩を覆い、直衛と離れて歩いていた。見失わぬようについてゆきながら、小さい時の姉はどんな姿だったろうと思いめぐらしてみるが、うまく思い出せない。無口なところが姉弟とも昔のまんまである。田舎者じゃからと思う。あれでよく、直衛さまが別宅を任せられたものじゃ。

「親元にはちゃんと、仕送りはしたか」

小夜のいるところでこの前も尋ねられた。ゆきとどいたお人である。あだおろそかに思ってはならない。しかしと、なにやら気が重くなったとき、またお志乃さまの櫛が暗い水の面にうつり出た気がした。気持の奥になんともいえず鬱々《うつうつ》としたものがあって、どのくらいだか、佇《たたず》んでいたにちがいない。二人の姿を見失ってしまった。

そこへゆくのだと言われていた茶屋の前に出たが、こういう構えの店に一人で入るのは気がひける。主たちが入ったかどうかもわからない。それより夜桜の下にもう少しいたかった。玄関の明るみから背中をひきはがすように向きを変え、桜の下蔭へ躰をゆらすように歩きはじめた。

いつもなら後すざりしてことわる酒を、びいどろグラスにひきつけられて飲み干したのが、こんなに利《き》いてくるとは知らなかった。歩くにつれて酔いがまわってくるのがよくわかる。しめりのあるやわらかな地面に散りこぼれている花びらが、波の中の泡のように浮いたり沈んだりした。樹々の蔭は暗く、雪洞のあたりを通るとき、人の姿もまるで生きた人形たちがゆき交うようにみえる。綾しゃまを連れてくればよろこぶだろうに、と思う。小さな足が地団駄を踏んで、紅色の湯もじをひらひらさせていたが、あのあとどうしていることだろう。

「もしや連れて来らるるならば、手ぇ曳いてまわろうものを」

三之助は口に出して微笑した。夜桜の下蔭をゆく人影がみんな消えて、あたりは草っ原になり、桜は今より大きな古いしだれ桜に変って、月は高く花影をさらに濃く、小さな綾と二人、手をつないだり、追っかけっこをする景色が思い浮かんだ。

思いのほかにすばしっこく、弓のようにしないながら綾は走る。稚児髷がほつれ、細い髪が項《うなじ》に巻きつくのをふりほどきながら、かぶりを振る。機嫌のよいときの笑い声が、ことにも愛らしい。

しだれ桜の幹の蔭から綾が呼ぶ。

「お志乃さまの灯りば持って来て、三やん」

目のみえぬ志乃を案内して、葭《よし》竹の中に迷いこんだときの綾の姿が目に浮かんだ。赤いほおずき灯籠をさげていた。

「志乃さま、ほら、こっちに来ませ」

暮れてゆく葭や葦むらの奥で、綾の持っている鈴の音がかすかに聞えた。

「あんまりさきにゆくなえ。迷うばえ」

かねては普通でない志乃が、あのときはたしかに正気だったのだ。丈高く繁り交わしている葭竹のほかは、なんにも見えなかった。姿のみえない幼女のことが不安になって三之助は声をあげた。

「綾しゃまぁ、一緒にゆかんば、迷子になりやす」

じっさい、なんとあのとき心配だったことか。足弱の盲さまのそばを離れることはできない。幼女はしかし、まるで夕暮れの精のように、かすかな鈴の音を響かせながら、あそこここで二人を待ち、うち続いた葦むらの切れる所に出たとき、淵の上の橋に立っていた。赤いほおずき灯籠を手にして。不思議な古い橋だった。ほんとうにあの橋はあったのだろうか。夢ではなかったか。

頰に、雨よりもひらりと軽いものが触れた。桜だ。たぶん今夜あたりから、満開をすぎるのかもしれない。かすかな鈴の音を聞いたような気がして、三之助は木の下の暗がりをすかしみた。人の来ない外れの方に来てしまったらしい。いや、その物かげに人がいたのである。髪の形が小夜に似ていた。なんと白い横顔だろう。いや、やっぱり小夜のようだ。そうだ、見たこともない化粧顔だったのだ。頭を下げ合って、憚るような声でなにやら挨拶しあっている。男は向うむきでわからない。直衛ではなかった。二人は後ろをみせて暗がりにむかって歩き、話し交わしていたが、やがて腰を折ってお辞儀をし、小夜が急ぐ様子でそこを離れた。雪洞の方へ近づきながら外していた白いショールをひろげると、顎を埋めて肩を包みこんだ。

三之助は物かげに身を寄せている自分に気づいたが、通りすぎてゆく小夜に声をかけられなかった。白塗りしている横顔の、暗い玉虫色の唇がちらとみえ、音を立てない鳥の歩むのに似て小夜は去った。お辞儀をしていた相手は誰だったろう。木蔭から闇をすかしてみたが、誰ももうそこにはみえなかった。胸が騒いで、酔がさめているのがわかった。

思い定めて茶店に入ったとき、さっきとは別人のような小夜が、招んであったらしい客と直衛の間に座り、もの憂げな、それでいて時々はっとするような艶冶《えんや》な目つきになって、盃を含んでいた。

「おう、どこに行っとったか。花はちゃんと見たか。小夜が珍しゅう飲むそうじゃ。お前もそれ、盃をもらえ」

目のやり場がない気がしている三之助の様子を、直衛は、控えめすぎるいつもの性分と思っているようだった。


盆の行事の済むのを待ちかねて、直衛は国太郎を連れ、長島に渡った。

諏訪宮に納める唐獅子と大鳥居用の石材の荒取りが終ったから、船を用意して積出しの宰領をしてほしいと、先に渡っていた組頭から使いが来たのである。

石をおろす道を湊口まで作らねばならないが、山主たちの手当ては自分たちにはできないので、主《あるじ》がじかにやってほしい。人夫も傭《やと》わなければならないが、そちらから連れてくるか、それともこちらで傭おうか。鳥居の方はとてつもない大石なので、途中で不祥事があってはならない。山の傾斜地で、トロッコを使えるレール道は作れそうにない。木馬道《きんまみち》を作って、梃子《てこ》とジャッキで辛棒づよくおろすよりほかないと思う。石が走り出さぬよう、チェーンとロープをつけて曳く人数も要る。チェーンも特別強いものを見つくろってほしい。枕木はこちらで伐り出すか、それともそちらから積んで来《こ》らいますか。

どちらにしても、人夫小屋、道具小屋を建てねばならないが、家建て大工でなくとも、そちらにいる手すきの舟大工でよいと思う。ついでながらこの島も藷どころで、米が高い。萩原組にゆけば米の飯ぞという噂がひろがって、使うてくれとやってくる者があとを絶たない。そういう人夫たちをがっくりさせたら、仕事の信用と士気にかかわる。米の手当を至急にたのむ。

天草も南部寄りの海岸の道つくりや、対岸の葦北各地の築港や河川工事で、萩原組が仕上げたところは、たいていの大雨にも崩れないという定評があった。よその組の請負工事などは大雨ごとによく崩れたから、たやすく較べることが出来たのである。

石の目利き、石の神さまと石工たちにいわれる直衛だが、この男にすれば、さまざまなみかけと性質をもっている石の一つ一つをひたすら活き返らせ、本来そなわっている力を、石垣や岸壁や眼鏡橋といった形で、自分の時代に現出させればよかったのである。それが治山治水に役立つことになれば、なによりも彼自身の美学と倫理にかなっていた。ただし経営の才は別物であったのは致し方もない。

多くの職人たちが集っていたが、石工の中で腕が立つものは、申し合わせたように口数が少なかった。仕事の最中は鑿《のみ》の先に気持が集中しているからだろうか、酒になってわずかに口もほぐれるものの、喧嘩口論になってくると、辛棒づよそうにみえた無口な方が、やにわに血相かえて立ち上り、表に出ろということになる。そういう時、座が総立ちになっても、直衛は止め立てもせず激昂もしなかった。

「お前が立腹するのはよくよくのことじゃ。男が腹を括ったからには、ゆくところまでゆかにゃならん。鑿でゆくか。鑿がよかろう、石工じゃけん」

そして、先に喧嘩を売った方を見る。

「お前は何か。包丁か、みんな止むるな」

直衛が肩入れしているのはどちらだか、居合わせたものにわかるのである。国太郎が立ってあとを引きとるのはよいが、仲裁のつもりがたちまち逆上してしまう。

「お前の負けぞっ。さっきから聞いとれば、横口ばっかり、ぺらぺら差し出して。命はなかぞっ。謝るか。謝れっ、仁助に。このへなへなが。謝らんとあれば、この俺が相手する！」

いつも大体こんな風で、仕掛けた方が蒼くなって手をついておさまるのだが、酒盛りばかりして賑わう家風とはいっても、口先ばかりの世渡り智恵には、すぐに反応して排斥する傾向があった。築港や築堤の工法について、やれセメントや鉄筋や栗石の分量がどうの、何々組は何か月で仕上げるだのと、中味を割ればどのくらい分量を胡麻化すか手を抜くか、したり顔の弁舌をひろげる同業者が来たりする。そんな客が帰った後で、直衛は職人たちや家の者に言った。

「人は一代、名は末代ちゅうが、セメントも鉄筋も、今いま出来の品物ぞ。石にくらべりゃ、何の格もなか。河川や築港工事に限らず、物事の土台というものは、地中に深う埋めこまれて世間の目には見えん。じつはこの見えんところが一番肝要じゃ。四十年、五十年と経ってみろ。百年経ってみろ。どういう仕事をしたか後の世にわかる。道路ちゅうもんは先々に生きてくる。今の事業家どもは、一代ももたんようなやっつけ仕事をして、手広くこなすばっかりが、よかと思うとる。末代にかけて仕事はせんばならん。見ておろうぞ、あの人間のする仕事をば」

信用が看板ぞというのは、この組に来た職人たちが、丁稚の時代から耳にする合言葉でもあった。二つの鳥居と対になった唐獅子をお諏訪さまに寄進した大正十二年は米価の高い年だった。飯場の大釜から盛大にふきこぼれる米のご飯の香りが、諸腹になれた島の人びとをひきつけたとしても不思議ではなかった。

荒取りをしたのはよいが、とてつもない大石を湊《みなと》の形もしていない海辺まで運び出すのは、思いもかけぬ大仕事になった。そこまで石をおろすには、旧来の林道や農道をひろげるだけではすまず、途中の傾斜のぐあいでは畑地を通らせてもらわねばならない。収穫前の唐黍《とうきび》畑や大豆畑を押し倒したりするのである。前相談に礼を尽さねばならぬのはもちろんのこと、何よりあとの手当をなおざりにはできない。まず直衛が酒肴を持参して主立ったところをまわり、その人たちの案内で、洩れるところのないよう国太郎が廻ることにした。

舟大工を三人ほど抱えていても、石積舟は破損がはげしくて手が足りぬほどである。大鳥居の荒石を運ぶとなれば、ふだん使う舟では沈みもしかねない。長崎ゆきに仕立てかけていた大船に積ませることにして、人夫小屋をつくる大工は別に連れてゆくことになった。

思いのほかこの度は日数《ひかず》をくうが、気を抜くわけにはゆかぬと直衛は思う。道路作りや築港工事にあきたわけではないが、長年やって来た事業にひと区切りつけ、魂入れをやっておきたい。鳥居と獅子の献納は宮司から申し出はあったが、わが家にとって願ってもない記念をのこすことになる。葦野の町に土台をすえなおすためにも自分からすすんでさし出す気になった。

お諏訪さまを葦野の町に勧請《かんじょう》したのは、熊本に近い宇土《うと》あたりからきた宮司だが、よそから入りこんで来たものに対して、地元の目は何かとうたぐりぶかい。「今成り禰宜《ねぎ》」だの「宇土流れの山師」だのと陰口が聞えてくる。若い者たちを六、七十人、常に集めている直衛にも、ごろつきの親分がくるという噂が流れて、それに加担した地元の旦那衆が後になって、直衛が夏冬白足袋を履いていたからか、白足袋台座の仏さまなどと言いにくるのも落ちつきの悪いことだった。その宮司が「おんじょう殿」に伴われ、禰宜用ではない袴をつけてやって来た。

おんじょう殿は地元の人間で、直衛の相談役だが、諏訪宮の氏子総代もつとめている。

「折入って相談事じゃが、儂《わし》もここに来てから、かれこれ十年にもなろうちしよります。お家はたしか、うちより五年くらい早うござしたろう。ご承知ちゃあ思うが、何ともかんともこの、葦野ちゅうところのように、水はけの悪かところはほかにはありまっせんな。人の心がまずその如くで、三年味噌のねまったごつ糸ひいて、さらさらとはゆきまっせん。よそから来た者を中に入れませんわい。先夜もあるところに、寄付を頼みにいったと思《おぼ》しなせ。ああじゃこうじゃといいにくそうに断わられたはまあ、しかたがなかですわな。地方《じかた》の神さまに義理立てしとりますで、新しか神さまの方まで手がまわらんと、そこもようわかる。が、おうちの沖の州におる狐の眷属《けんぞく》、金比羅さまのぐるりのあの野狐《やこ》たちも、お諏訪さまがあやつっておらすちゅうは、ほんなこつですかなといわれて、妙な気がしましたなあ。儂ゃ野狐払いも数々頼まれて、やりよります。

今いま成りの正体の知れん神さまちいわれとるのも、よう知っとります。おうちにもなんのかんの、素性の知れん天草流れとか、いう連中でござすからな。元をたどればあなた、どこの血すじにも、昔々は火つけ強盗、さらし首の者がおらんともかぎらんのですからな。でまあ、それはそれとして、ご神体を納める内殿と拝殿は、建てるまでになりましたもんの、玄関口に当るかんじんの鳥居がな、どうしても算段がつきまっせん。そこで萩原さん、ご相談に参ったわけじゃが、おうち方は、石の目利きの達人ちゅうことを聞いとります。萩原さん、おうちの力ぞえで、何とか鳥居建立の儀を、ご相談できんかと思うて、今夜は参上した次第でして」

奇っ怪な男という風説は耳にしていたが、火つけ強盗さらし首か。萩原組の噂まで教えてくれて、なかなか長広舌じゃったわいと直衛は思った。おんじょう殿は何もかも知っていて、丸々この男をさし出したのだろう。組んでいた両腕をほどき、そのおんじょう殿が口をきいた。

「まあ、ありていにいえば、お宮の内実がそなわっておらんから、社《やしろ》の箔も、もうひとつ欠けとります。急々にはゆかんけれども、神社としての体裁も、ないがしろにするわけにはまいらんち、まあ、氏子どもとも話しよるわけでござして。うちあけた話、こなたさまに頼みにくるのに、宮司どのだけでは、縁が不足しとるじゃろう。ついてゆけと皆にいわれて、今夜はまかりこした次第。このよな頼みごとは、男の一代に一度でござすからして、無理なところもござしょうが、そこは嚙み分けてもろて、力添えをお頼み申します」

ただでさえ折り目正しい男がそう言って手をついた。地元の誰もが一目おいて「人物」というこの男のおかげで、知るべの少なかったこの土地での信用もついている。断わる口実はなかった。

初孫の綾の神立《かみた》て祝いも、紐解き詣りも、どこのお宮に連れてゆけばよいか、判断に迷った。

知りあいがいうには、葦野川の洲崎におられるお諏訪さまは、今成りの神さまじゃから霊験がうすい。ひと続きの渚ながら、古い祇園さまの方が社は小さくとも神格は高い。

それに何より娘御じゃれば、琵琶を抱えておらいます祇園さまの方がよくはないか、とのことであった。

祝膳に招かれたおんじょう殿は、綾を抱きあげて喜んでくれた。

「おおおお、紐解きでござしたか。美《よ》かべべ着せてもろうて、祇園さまに参ってこらしたか。よかった、よかった。よかお稚児さまじゃ」

お諏訪さまに詣でたかとはひと口もいわなかった。そのおんじょう殿が、口利きの役目を引き受けて来たのであれば、いやもおうもないのである。

「儂もよそからきた人間で、同じ土地に住み合わせるのもご縁でござしょう。鳥居といわず、ついでに獅子も一対、納めさせて頂きもす。幸い、天草一といわれとる腕利きが来とります」

それが事業の節目となって宮の前に残れば、これ以上のことはない、と直衛はつけ加えた。

人材の面では基礎固めは出来ているつもりだった。久方ぶりに直衛はかろい昂奮を覚えていた。しかしその昂奮の中に、少しの気がかりがある。娘婿の国太郎の気分がいま一つわからない。生真面目と潔癖を画にかいたような男で、帳付けをやっているが、今度の大船のことで心の底にわだかまりがある気がする。それと文句をつけられたわけではない。顔つき、声音がいつもと少しちがっていたような気がする。とげとげしくはない。ひいやりとした軽蔑が感ぜられるのだ。

婿といっても養子の籍を入れたわけではなかった。婚礼が済んで入籍の手続きをとろうとしたら、この男が頑強に拒んだのである。

「なるほど、儂はお咲と夫婦にはなり申したが、萩原の家に養子入りしたつもりは、毛頭あり申さん。萩原の家柄財産がほしゅうして、お咲を質にとったといわれては、水呑み百姓のせがれの、この国太郎の、末代の恥辱になり申す。儂は萩原組の一使用人でござりもす。じゃからして、仕事はちゃんとやるつもりでござりもすが、使い物にならんようになったならば、いつでも追ん出るつもりでおりますけん、一言断わっておき申す」

祝言の披露のすんだ席でそうのべたから、居合せた者たちは憮然となった。花嫁のお咲がまたおっとりして、それもその通りというような顔つきで無邪気に頬笑んだので、気の毒でもう、直衛さまの顔がみられなかったと、後で女衆《おなごし》たちが言いあった。

以来直衛はこの娘婿に、何やら気がねするような心持をおぼえている。その時の口調もだったが、このたびはむしろおだやかに、国太郎は言ったのである。

「こんだの船を造らいますとき、念願の五十トン積みじゃ、あと何隻もはそうそう造れるともおもえん、気張ってくれいよち申されました。舟大工どもがえらい奮い立って、ご承知のごとく、よか舟材をば、あちこちの山から選りすぐってきて、はずみをつけてしかかったもんでござりもした。鳥居用に振り替えるとなると、飛び切りよか舟材、たとえば櫓《ろ》は野母半島の一位樫《いちいがし》を頼んで伐って、三年寝かせてあった材でござり申すが、そのよか大船でござすから、丈夫でござりましょう。縁起もよかとおもい申す」

「お前がそのようにいうてくるれば、儂も心おきのう、事がすすめられる」

おっとりした癖で、そうは言ったものの、なにやら毒をしのばせた言葉に思えてきて、耳の底に国太郎の声音がひっかかっている。どこと言って非難がましくもなく、物わかりのよさそうな言葉だった。何か、しかし痛いところを念押しされたにはちがいなかった。

舟大工たちが最初の目論見をすっかりはずされ、重量の見当もつかない大石を乗せる船に切り替えさせられて嬉しかろうはずはなかった。急に神社用の石材を積むことになったと聞かされて、

「そういう舟ならまた、得手の大工がほかにもおりやしたろうに」

棟梁の一人がそう言ったのを国太郎は聞いている。しかし五十トンだという計算はしてあるのだから、大鳥居の原石を荒取りの柱に仕上げ、幾分でも軽くして積めば、万が一沈没することもなかろう。屋久杉で張るつもりだった客室と甲板を外し、松材を使うことにした。松はねばりがあって、石の重みをやわらかく受けとめる。多少の傷が出来ても惜しいことはなかった。とはいえ、棟梁たちの腕の見せどころがなくなったのはたしかである。

国太郎にいわれるまでもなく、そこは察しのつかぬことではないから、舷《ふなばた》まで組立ての終った現場に出向いて、直衛は一人一人に詫びを言った。

「お前方の腕を見込んでおればこそ、こんどのような方針替えも頼めるわけじゃ。すまんのう、あとあとの船のこともよろしゅう頼んだぞ」

気分直しに樽をとどけさせ、手当もしたのだが、齢の若い国太郎になにもかも見すかされている気分は拭いとれない。胆力といい、私心のなさといい、何かと事の多い若者たちをまとめて宰領してゆく力をみていても、仕事の本筋のところを任せるには、国太郎をおいて他にはないとは思っている。今度のことは、われながらいささか度外れた方針替えをしたという気がしないでもない。一族の者たちがとやかく言うのも知っている。

男まさりといわれる姉のお高女《たかじょ》が、つい先だっても曾孫の幟旗《のぼりばた》を注文に出向いて立ち寄った。

「お志乃さまのご気分はどうかえ。ちっとはよか方に向いておらいますかえ。時になあ、こんだの大船の船下しに、幟を贈ろうとおもうてな、船の名ぁをたずねたら、鳥居の石船に振り替えたのじゃと」

「まあ、成り行きでそのよになり申した」

「ふーむ、また、いろいろ思いつくもんじゃのう」

「いろいろ思いつくわけではなかが、ここらで事業の目鼻をつけようと思い立ちましてな。お諏訪さまの鳥居ならば、葦野の町にちっとは貢献出来申す。あそこの祭りも、年々盛大になって来たことじゃし」

「ほう。お前さまは、道路を作るにも村に貢献、築港工事も町に貢献と、よっぽど、世のため人のためにばかり、働きよるように申されるの」

「姉女《あねじよ》にそういわれれば、形なしじゃなあ。ちっとはわが家の名ぁのためじゃ」

「人は一代名は末代か。こなたの口癖はみんな知っとる」

「こりゃあ参った」

「身内の者どもは、さまざま心配しよるばえ。お諏訪さまの禰宜《ねぎ》どのと、えらい親しゅうされよる様子じゃが、ありゃ山師ちゅう噂もある。呪《まじな》い言を聞いとる間に、蔵の中が空っぽちゅうことにならんとよかがち、いいよるぞ。それでのうてももう、山がいくつ減り申したか。算段はついとるのじゃろうな。本家ばかりの財産と思うてはおられまいな」

「そりゃ、姉女が申されんでも、算段あってのことじゃ」

「お前さまはなるほど、本家の男の一粒種で、大事に育てられたが、一族全部の屋台骨でもあらいますぞ。山畑が減ってゆくのでは、一族の影も薄うなると、みんな気がもめよる。事業、事業というて拡張しよるようじゃが、ありゃ道楽じゃというのが、大方の意見ばえ」

「どうも姉女にかかると、みもふたもなかのう」

「わたしが男に生れておったならば、お前さまのようにはせん。茶じゃの、仏像じゃのというとるうちは、夢でも遊びでもよかろうが、夢と遊びの続きで、道楽事業をしてもろうては困る。またまた蔵の中に、唐物じゃのオランダ物じゃのというて、値打ちもしれんものをば、しまいこみよるそうじゃな」

「あはあ、また船長が申し上げたばいな」

「申し上げせんでも、そんくらいのことは見通せる」

直衛は長姉であるこのばばさまに一切さからわない。甥の飛松船長からそういう話がいったなと察しはつくが、万事にこだわりのないあの男が、伯母御大切の、申し上げ口で言うたとも思えない。消息をたずねられて、

「相変らず直衛どのは、よか物好きじゃなあ。この間も唐の上物ちゅうて、古硯《こけん》をばみせてもろたが、あれもまた売るのが惜しゅうなって、蔵にしまわれるとじゃろ」

ぐらいのことを言って笑ったのかもしれない。

一族の大伯母さまといわれるお高女は、五十も半ばをすぎた弟に対して、親が大切に育てすぎて、折角の男の一粒種が世間ばなれして困ったものよと思っている。人品がよいとみながいうが、夢大夫《ゆめだゆう》のようなところがあるからであろう。しかし人品だけでは、一族を生活ぐるみひきいてゆくことはできない。口をそろえて「直衛どのの事業道楽」と言いあって、あぶなっかしく思うのも故なきことではなかった。茶器だの仏像だの、

石のよしあしがどうじゃのと言っていている間は笑っていてよかった。事業事業と、こなれの悪いことを言い出してから、一族たちは危険を感じはじめた。本家の田畑山林が減っているのではないかと気をもむのも、本家につながって暮らしを立てる者が多い以上、むりもないのである。

お高女は本家の長姉として、一族へのみかじめは、分家に嫁入ったとはいえ自分の役目だと思いこんでいる。そうそう本家に出向くわけにはいかない分、思い入れが昂じて、顔さえみれば意見口調になるのはやむをえなかった。

よい齢をした父親が年長のばばさまに叱られるところに居あわせると、お咲は笑いを嚙みころしているけれども、国太郎はさりげなく座を外した。

丈の高い、首の長いばばさまが、切り下げ髪の居ずまいを正してものをいうのを聞いていると、直衛は幼い日の母の口調を聞いているようで、おなごというものはわけがわからないほどに強いものだと思う。そんな風に意見されたからといって、多岐にわたって波のある事業の内容を、姉や親族たちにいちいち相談するわけにもゆかないのである。長崎に置いている小夜のこともいずれ知れるにちがいないが、その時期はなるべくおくれるにこしたことはなかった。苦手なこの姉はもちろんのこと、病人の志乃をことにも大切におもっている潔癖な国太郎が、どう反応するか、いちばんの難題である。

獅子像の方は、彫刻も名人といわれる者たちが、一生のほまれと引き受けて、一頭ずつ取りかかり、あとは牙の間から彫りあげる珠の段階になっていた。誰にでも出来る細工ではなく、石工の中でも名うての源造が、渚でみそぎをして、最後の仕上げに取りかかっていた。

鳥居の献納がすむまでは気が抜けなかった。いよいよ船積みというときの人夫集めには、現地に信頼のある彌太郎がとりかかっている。なによりこの度は、手だれの船頭が必要だった。大波戸の荷上げの頭を加勢に頼み、ふだん石積舟をやってくれている者たちを、その下につけることにした。大型のクレーンや金輪の大きいチェーンやジャッキを選んでもらい、運ぶことから始めなければならなかった。

小夜の、裁縫とお茶の稽古はすすんでいるだろうか。今度のことがすむ前に一度ゆくつもりでいたが、そうもゆかなくなった。幸い、鳥居の原石のある島が小夜の故郷である。彼女の実家に、月々の手当を直接やっているわけではないが、この度は心づけを三之助に託して、様子を見に帰らせてある。いずれ時期が来たら母親にも、それとなく逢っておかねばならぬだろう。

一生の区切り目に来たという気がする。志乃を粗略にするつもりは毛頭ないけれども、気がつまってくるのはいなめない。思えばあれは、はなから自分に心を開いたことはなかったのではあるまいか。

なるほど嫁に来たときは、世間知らずぶりに加えて、思いもよらなかった染めと織りの天分が母にいとしまれ、宝嫁御よとよろこばれていた時期があった。娘たちを嫁がせて、一人息子の最初の嫁に死なれ、気落ちしていた母親のおぬいは、探していた娘にでもめぐり会ったように志乃を可愛がった。ついて来た重左は、萩原の家にとっても申し分のない下僕であった。直衛にはしかし、この主従が萩原の家の中で別世界をつくっているのが感じられた。

夫に向きあうときと、重左にものいう志乃の顔つきはまるでちがった。五十も半ばを過ぎてみて思い当るが、どうもあれは、花嫁御ぶりの、ままごとをやっていたのではなかったか。齢にしては稚びて、従順なばかりかとはじめ思わせていたのだが、気の向いたことにだけ我を忘れているのをみると、頑固かもしれなかった。我を通すというより、そのようにしか振舞えなかったのだろう。育った家のせいなのか、この世から少しばかり漂い出しているようなところがあって、重左に守られながら楽しげにしているときでも、そこから離れるとなると、ひどく物おじしたような、後すざりしてゆく目つきになった。許婚者《いいなずけ》の秋人を失ったことは、村内にかぎらず知れ渡っていた。婚期を逸した女を、萩原の家ではかえって幸いとして、仲人を立てた。死別した最初の妻との間には子がなかった。

草木の実や葉を摘んできては、庭石の脇においた木の臼で砕いたり、汁を煮出したりしているとき、あるいは納戸の奥の機屋にいるとき、志乃は何を考えていたのだろう。

ひたむきな子どものようなまなざしをして、倦《う》むことがなかった。不思議に姑であるおぬいによくなついた。

「のみこみの早かおなごじゃ。おひなさまのごたる手ぇしておらいますけん、形ばかり習わせようと思うて、杼《ひ》をとらせてみたら、蝶々の舞うような手つきで、織りよるばえ。染めもいろいろにできる」

まるで自分の手柄のように、おぬいは一人息子の嫁を褒めた。

重左が採った山繭《やままゆ》から糸をとり、くちなしの実と蓬《よもぎ》で染め出した、夕焼けのような模様の布が織り上ったのは、嫁に来てから三年目の春だった。おぬいのよろこびようといったらなかった。自分で小袖に縫って衣桁《いこう》にかけ、小袖祝いと称し、赤飯つきの膳ごしらえをして、村内や親類の女たちを呼び集めたのが語り草になっている。ついでにそのとき、いやがるのを出させて、長崎仕立ての嫁入り衣裳もかけて披露した。

「染めの仕方は、十五、六の頃から重左どんが教えたげな」

口数すくない志乃を囲んで、女たちが嘆声をあげるのに、おぬいが嬉しげにいい添えた。直衛は庭をへだてた書院でその賑わいを聞いていた。藍染めに出した糸の木綿縞なら、あそここの婆さまや女たちが織るけれども、絹を染めて織れるとは羨しい、と口々にほめている。小袖の端切れなりとほしいと申し出た女房に、なんの惜しげもなく小箪笥からとり出してあげてしまった。

「もうびっくりした。志乃さまのそんときの笑顔が忘れられん、笑顔の愛《むぞ》らしいお人じゃったが、今はめったに笑われぬ」と、布を貰った老婆はいう。

今はめったに笑われぬ、といわれるのは、直衛には耳ざわりである。亡くなった母と志乃はいったいどういう間柄だったのか。今も直衛には苛立つ思いがある。めったにない仲のよい嫁姑とまわりも言っていた。おぬいがもう少し生きていれば、この夫婦もどこかで寄り添うときがあったのだろうか。

くちなし染めの小袖祝いがあった翌年、お咲が生れる前にこの姑は死んだ。親族中が寄っている中で、おぬいは首をもたげ、志乃を枕元によび寄せてこう言った。

「ややさまが、生れ申さいたならばなあ」

悲しみで、黒目勝ちの眸がいよいよ濃くなった志乃は、やさしいばかりだった姑のそばににじり寄った。

「ややさまをば、鼠にども、かじらせますまいなや、なあ」

そういうとこと切れた。臨終にはべった者たちはその言葉を印象深く聞いた。死に顔の美《よ》か仏さまじゃったと今にいわれている。

自分を生んだ母の記憶も定かでないお志乃にとっては、姑のおぬいは、しばしがあいだの母親がわりだったかもしれない。思えばこの母が死んでから、お志乃はもやい綱の切れた小舟のようになった。

病み伏す前におぬいがこう言ったことがある。

「根をつめすぎる性じゃ。お前の絵図面かきとよう似とる。あれの従兄に、字い書きすぎて頭にうちあがった人のおらいましたろ。ありゃ、血いかもしれん。時たまのぞいてやらんことには、身の毒ばえ」

染めのことなど、幼女のときにおぼえた爪染めや、見よう見真似の遊びの続きだろうと、直衛は思っていた。母のぬいがそれをよろこんでくれるのはよいが、まったく寝食を忘れるとは、これが男の職人ならほめてもやりたいが、女としては度を越えすぎる。

陽の長い夏の夕方、納戸の縁側で、糸目も定かでないような織り目に、顔をくっつけている志乃を呼びに行ったことがある。

「もう、たいがいにせんか」

おどろいて志乃が顔をあげた。昏れ入るまぎわの海の残照が、風のない納戸の障子にさしこんでいた。

「そんなにまでせんでも、買えばいくらでもある。買うてきてやる」

志乃は汗にまみれたほつれ毛を、頬から衿足に這わせたまま、ものの怪《け》にでも襲われたようなおびえた表情を浮かべ、手にした杼をとり落した。それは糸をつけたまま志乃の足の甲に当って、からからと縁をすべった。機をはなれ、志乃は声もなくしゃがみこんだ。汗に湿った衿足をうっとおしく思って直衛は見た。

機にかけていたのはやわらかい白い生絹《すずし》だった。蚕が自分の口でつむぐ繭の、いちばん内側を織るときこういう気持かと志乃は思いながら、昏れ入る光があわい糸目を染め、さざ波の影めいて散るのに吐息をついていた。そのとき直衛の声を聞いた。

吐息の中から吐いていた糸を背後からふいに絶ち切られた気がし、絶たれた糸のふるえが首にきたように志乃は感じた。機からはなれてかがみこんだとき幻影をみた。

織りはじめたばかりで中断した布が、白い小袖になって、小袖ヶ崎の突端から波の中に落ちてゆく景色である。一瞬の夕光に染まり、小袖は二度ばかり舞い上ろうとするかのように身頃をねじった。そして衿元の方からふうわりと落ちて裾をひろげ、波に浮いた。

（あよ！　舞うて沈む）

足の甲を刺して転んだ杼を拾いあげながら、志乃は心の遠くへそう言った。小袖は、さざめきながら色を変える夕茜の海に、沈んで行った。

直衛は突きあげてくる苛立ちを感じた。

「何ばしとるか。母《かか》さまがご膳つくっておらいますぞ」

「ああ、はい、おそうなって」

足に杼の先が当ったと志乃はいわなかった。片足を曳きずりながらついてくる。直衛は振り返ってひくい声で言った。

「髪ぐらい、櫛を通せ。暑苦しか」

志乃はうつむいたまま部屋に入り、髷をかきあげて姑の前に手をついた。眉根のくもりがそのままだった。

「何かきつうにいうたばいな。気いつかわんでもよか。ご膳の支度は、あの衆たちがやるとじゃけん。わたしはただ並べるばっかり。それより、あんまり根をつめれば、身の毒ばえ」

青黒く筋腫れして血が滲んでいるのを、あくる朝台所の雑巾がけにきた重左がみつけ、だまって膏薬をはってやっているのを、おぬいがみてかけよった。

「おうおう、こりゃ痛か、痛かったろまあ。ゆうべ早よ言えばよかったとに。その色じゃあ、ひと晩じゅう疼いたろう」

直衛はじろりとその足許をみたが、荒々と板敷を踏み立てながら、石工たちのいる彫刻小屋の方にゆく。後見送《あとみおく》っていると、いきなり玄能《げんのう》を振るう音が鳴り響いた。ああまた悪い癖の出たと、おぬいは胸の中で呟いた。造りかけの技芸天が気に入らないと言って、もう半歳もほったらかしのまんま、小屋に転がしてあるのを知っている。それを今日のいま、足を蹴立てて立って、取りかからんでもよかろう。弟子たちに教えるほかは、このところめっきり鑿をとらなくなっていたのである。

石工たちの鑿の音がとまどって、乱れる中で、直衛の鑿と玄能の音がきわ立って続いた。小さい頃から、ふだんおっとりしているのに、思い通りにならぬことがあると、突拍子もないことを仕出かす癖があったのだ。

音がやんだ。しばらくして、職人頭が煙草やすみでもする様子でやって来た。眉をひそめながらおぬいは尋ねた。

「誰か、おごられはせんじゃったかえ」

「いんえ、誰も」

老職人は鉢巻を外し、汗を拭き拭き微笑を浮かべた。

「それより、弁天さまが、ご災難で」

「え、あの技芸天さまが」

「はい、腕と琵琶が、ぼっきり」

「なんと、まあ……」

「よっぽど、お気に入らんじゃったと見えますわい」

おぬいははっと志乃の顔をみた。

若気のいたりであったと、苦い想いが直衛の胸をよぎる。あれ以後、志乃は機を織らない。

おぬいに叱られたとき直衛は思った。俺には言わずに、重左に膏薬をはってもらうのか。痛かったろうと思うより、あの忠義者がと舌うちしたい気持が先に立った。おぬいが、志乃について来た重左を重んじているのがわかるだけに、この老僕にはものが言いにくかった。それでなくとも村の者たちは重左のことを、志乃の隠し蔵というのである。

「志乃さまは、えらいな智恵者を連れて参らいたばえ。ありゃあ、萩原のお家の隠し蔵になるわな」

そういう話が耳に入ると、おぬいは目許をなごめてよろこんだ。

「そうじゃとも。重左のような働き者がほかにおるもんかえ。ああいう者をよう手放して、よっぽど、高原のお家は人間運のなかおうちじゃなあ。うちにとってはお助け神ぞ。あだやおろそかに扱うまい」

そのように言った母も、重左も今はない。形はちがうが、娘婿の国太郎にはなぜかものが言いにくい。

気骨《きこつ》のある男で、いざというとき、相手が誰であろうと遠慮会釈もなく激してものをいう。それが不思議に親類や近所の子らがよくなつくのだ。直衛のまわりに綾はよく来るけれども、近所の子らが寄って来るということはない。志乃の身辺にいちばん目がとどくのも国太郎だと、病弱で別世界の人のように本ばかり読んでいる長男の樫人《かしひと》はいう。志乃のいる離れのまわりの庭の小石を、玄能で叩いてくぼめたり、掘り出したりしている国太郎の姿をみて、はっと息がつまったことがある。直衛ならば人には言いつけても、自分ではまずやらぬことだった。足許のおぼつかない志乃を思いやってのことと、ひと目でわかった。気がついてみたら、沓《くつ》ぬぎの石も丸い平たいものに変えてあった。

日常の雑事は、居るかいないかわからぬようにして、いつの間にかことを運び、国太郎には、見てくれのような反り身の構えがなかった。教育は受けていないが、よほどに頭のはたらく男にちがいない。なによりも自分の領分を心得て、事業へのよけいな口出しはしない。むしろ、決してはいりこまぬと心にきめているようなふしがある。そこのところが直衛としては、なんともぐあいが悪かった。一族全体の死に水を、この男がそうやって取るつもりかもしれぬという気が漠然とする。美丈夫で通っている直衛の眉宇《びう》に縦皺が寄るのは、やせぎすで狷介《けんかい》にもみえる若い国太郎の、どこか捨て身な気分に、支配されているからかもしれなかった。

長崎にゆく前に、志乃の様子も見ておかなくてはならない。鳥居の石のことにかまけて、このところ家内《やうち》のこともすっかり忘れていたのである。梅雨に入って、くる日もくる日もあたりが暗いのに、離れの裏にひろがる麦畑がそこだけほのかに明るくて、一面に色づきはじめていた。小屋で石を割る音や石塔を磨く音も、雨にこもってやわらかい。外仕事に出られない若い人夫たちが、また花札でもやっているのか、どっと燥《はしや》ぎあげる声がする。

庭下駄をつっかけて木戸口にたてかけた傘をひろげた。ばりばりと音がして、桐油と藍の香のまざった真新しい匂いにつつまれた。長崎から求めてきた紺色の蛇の目だった。こういうのは葦野の町ではまだはやらない。

小夜はどうしているかとふいに思う。同じ蛇の目と黒塗りの雨下駄を買ってやっておいた。紺傘の影があれには似合うが、雨下駄を履いたのをまだ見たことはない。漁師の娘に似ず、ほっそりした素足の指である。石畳の道は雨の日は危なかろう。着物縫いの稽古は進んでいるのだろうか。

頭を振って、直衛は傘を打つ雨の音を聞いた。大雨になるかもしれなかった。さっき三之助が、手下げ式の三段膳を運んでゆくのを見た。お咲と綾が相伴をするのだろうが、今夜ぐらい一緒の膳についていてやらずばなるまい。

格子を開けようとしたら、綾のなめらかな高い声とともに、聞き覚えのある鈴の音がした。志乃が嫁入りのときに持参して、以来手放さぬ古い鈴である。そういえば、鈴のいわれを直衛は知らない。聞いてみようと思ったことがないではない。お咲を生んだ産《さん》褥《じょく》の床の上に、片手に赤児を抱いたまま志乃は座っていた。赤児をあやすような鈴の振り方ではなかった。何かを自分の耳にたぐり寄せようとする様子で、掌の上でゆすっていた。赤児は睡っていた。

「よか鈴じゃの。おっかさまのかえ。おまえの」

後ろからかがみこんで声をかけた。子を産んだ頃から、あれはあんまりきちんと髪あげをしないおなごじゃったと思う。寝乱れた髪を傾けて赤児を床に置き、すこし振り返って志乃はいった。

「お糸さまの鈴でござりもす」

　お糸さまの噂は直衛も聞いている。もとは紫であったような房をつけた青銅色の鈴を、掌にのせたまま、志乃はあいまいな笑みを浮かべ、そこからふっと脱け出すような眸の色になった。女というものはわけのわからないところがある。お糸さまの鈴というのはあんまりよくないなと心に思って、以来直衛はこの鈴の音に対しては、耳に栓をして過ごした。

　それが今、傘を打つ雨の音の中に、ふいに飛びこんで来たのである。直衛はうろたえるような気持になって、格子を開けかけたまま、傘を片手に突っ立ってしまった。鈴の音は傘の中に這入りこんで、足許で鳴った。雨のしぶきがはげしく顔をうった。

　上り框《がまち》に綾が立っていた。

「やっぱり祖父《じじ》さまじゃ。やあ、蛇の目の傘さして」

　目をみひらいていたが、身を揉んで指さしながら声をあげた。

「祖父さま取って、その鈴取って。ぬれるよう、鈴のぬれる、はよう」

　離れの中の親しい気配が、傘のうちにどっとはいってくるのにとまどいながら、直衛は三和土《たたき》に落ちた鈴を拾った。見かけよりは重みのある鈴だった。ひどく大切なもののように受けとって、幼女はまつわりつく猫に手をのばしながら言った。

「ありがとう。タマが落したとじゃもん」

第六章　雪笛

上海ゆきの定期船や外国船でにぎわう大波戸《おおはと》を抱いて、山の頂きへ頂きへと民家がのぼる市街地を表の方だとすれば、その後背となる山地は、日見峠を分水嶺にして、橘湾に面する小さな漁港をいくつも抱いている。

闇の中に漁り火《いさび》が点々とみえた。仙次郎は目をこらし、あの火の向こうに黒くみえるのは、普賢《ふげん》さまの山かもしれぬと思う。昼間ならば、むかし、江戸への出口といわれた薄《すすき》の山道を、幾度も越えたことのある峠である。女連れの夜道を夢中で峠まで来たが、これからは下り坂だ。夜の明けぬ間に、戸石の先の大門あたりまでたどりつかねばならない。明けきらぬ間に、頼んでおいた舟が出る。潮が干いたあとでは舟を出すことができないのは、商いでこの海を往き来してよくわかっていた。

暗い山の冷気の中に、白い薄がいっせいに揺れているのがわかる。

「ここまで来れば、あとはもう下りじゃ。まめが、出来とりゃあせんじゃろな」

「もう出来とる」

そう言って小夜は忍び笑いをした。

「この頃は、手も足もなまってしもうて」

「どれ、足ば出して。薬ならお手のものじゃ。手当しておかんと先が歩けん」

山道の暗がりも、峠半ばになると目が慣れてきた。薄を倒して座らせ、足を引き寄せ足袋を脱がせ、すばやく香りのする膏薬を塗って布を巻いた。

「痛っ、痛い」

「済んだぞ、もう」

いとしさがこみあげてマントを拡げ、横座りしている足を押し包んだ。肩が火照りはじめ、小夜は押し殺したような息を幾度もついた。こうしてはおれないのだと仙次郎は思う。

「寒うなって来たな」

「いんえ」

ふたたび夜気にさらけ出されている自分の白い足を、小夜はちらとみやった。

「痛うはなかかえ」

答えのかわりに、汗じめりしている額を、ひしと胸元に押しつける。ぽってりと絡みつく髪の量である。

「洗うて来たばいな、髪を」

「なしてわかる」

「ヘチマコロンのごたる匂いのするけん、耳の」

「耳、うふん。ヘチマコロンじゃなかと。レートクリームちゅうと」

「そりゃ、髪につけると？」

「なんの、顔と頸《くび》につけると」

　なにを呑気なことをと思いながら、手をとって引き起した。夜気の中で全山の穂薄がざわついていた。

　戸石の港めざして、出来れば走り下ってでもゆかねばならないのだ。足拵えだけはしっかりして出ようと話し合って、小夜はとっておきの草履に、急拵えの足し緒《た》をつけ、足首は結わえつけて来たのである。それなのに、半分もゆかぬうち、まめが出来てしまった。

　舟にさえ乗ってしまえば安心だが、朝の早い人たちの通る戸石の街道を抜け出るまで、なるべく、人に顔を見られないに越したことはなかった。

「歩けそうか。大丈夫かな」

「薬つけてもろうたけん、元気になった。もとは漁師の子じゃけん」

手をひいて仙次郎が先に立った。海の光がかすかにみえる。

「お小夜の島は、どっちの方角ち思うか」

小夜は立ち止まり、ゆく手の海に目をこらした。

「どっちの方角じゃろ」

しばらく黙って、白いショールを頭にかぶり直した。

「こっちに来てから、山のなんのに登ったこともなか。方角がわからん……。わたしは、世間のことは、なあんもわからん」

「世間ではなか。あっちじゃ、あっち。あっちの海の向う」

仙次郎は右手の淡い海の光を指さしてみせた。そして声を落した。

「おっ母さまもおらいますとに。連れ出してしもうて、申し訳なかなあ」

「仙次郎さんこそ、お店の義理があんなさろうに」

「お店の金をくすねたことはただの一度もなか。商いで外には出つけとる。いっときは気がつかれまい。それよりはあんたの方が、荷が重かろと思うとる」

「直衛さまの船が戻らいますのは、二十日ばかり後のこと。はよわたしも、舟に乗ろうごたる」

日見峠からさして急峻というほどではないが、女の足のしかも夜道である。手を曳きながら仙次郎は、思わぬ成りゆきになってしまったことに、胴ぶるいが出るような思いに襲われた。

親もなく国元もないに等しい自分はよい。店には、思うところがあって国元に戻りたい、直接申し出るつもりでいたが、お顔をみると、長年の恩義ゆえ、とてものことに言い出せなかった。帳簿もそろそろ任せ、養子にまでもというて下さることは、ふつつか者の自分には身にあまり、思いも及ばぬことである。長年隠して来たが、自分はしかし、人にいえない身分の者で、そういう者が由緒あるお店の表に立つ身となれば、常ならぬご高恩を仇で返すことになりかねない。考えに考えた末、黙っておいとまをいただくことにしたと、置手紙して来た。

小夜の方はしかしそうはゆくまい。直衛が戻って来たらどうなるだろうか。囲い者だから、と仙次郎は考えた。表立って追っ手がかかるだろうか。たとえば警察なんぞに頼むということがあるだろうか。その筋に知るべがあれば頼むかもしれない。相当元手をかけて手に入れた女である。通いつめ、落籍《らくせき》し、家を持たせ、飯炊き女までつけてやって、名うての長崎商人たちがその家に出入りしているのだ。自分にはそれが出来ずに盗み出すわけだ。

直衛にすれば、葦野に本拠はあるものの、長崎の居宅にお小夜をすえ、これまでの事業の人脈を大切に仕上げて、三之助の成人ぶり次第では将来を任せてよいと考えている。お小夜を得たことは、男の壮《さか》りを過ぎようとしている直衛の、いわば再生をかけての踏んばりだったろうから、失踪と知ったら、いかばかり度を失うことだろう。一人の男の後半生を台なしにするかも知れないのである。罪は深かった。お小夜にとって自分がどれほどの男かと思わないではないが、日蔭者などにはけっしてしないぞと力が湧く。これまでの世界から引き離し、一生かしずいて、身を粉にして働く。仙次郎は立ち止まって振り返った。

「今来た峠は、日見峠ちゅうとぞ。知っとったかえ」

「名ぁはよう聞くけんど、あたりが見えんなあ、薄の穂しか」

「よかよか。薄さえ覚えておれば」

「ほんに、二度ともう、この山を越ゆることは、なかろうなあ」

「二度と越ゆるこたぁなか。あのな、去来という人がおったとさ」

「きょらい、わたし知らん」

「知らずともよか、長崎出身の俳人じゃ。その人がな、ここらあたりで、句を詠まれたとさ」

「あの、短冊に書くあれじゃなあ、はあ」

直衛たちがそれを取り出して、いいの悪いのというのは知っている。

「あのな、ようお聞き。

　君が手も　まじるなるべし　花薄

というのさ。いうてごらん」

「君が手も、ええと、ああ、はい。花すすきにまじっとるちなあ。切なさよ、ここの景色。昼間見たかったよ」

「晩でかえってよかったかもしれん」

「そうじゃなあ。一本取ってゆこ、形見に」

「しぼんでしまうが、すぐに」

「朝になってから見てみたい。二人で見た晩の、峠の形見じゃけん」

道の上にさしかけて揺らいでいる一本を、夜目に透してみながら抜きとる手つきを、仙次郎はあわれに思った。

渚が近いと思われるところまで降りてしまうと、それまで片足をひきずりがちだった小夜の足どりが変った。裾をはしょっている足つきが、まるでちがってきたのである。漁師村の育ちというから、明け方の潮の匂いを嗅いで、足どりが小さい頃に戻ったのだろうか。しゃべらなくなって、とり合っていた手を振り払い、人家をさける側にまわって寄り添った。

夜も干されたままの網が、軒の低い家々の脇にひろげられ、夜露を含んでしっとり影をつくり、勝手口に置かれた水甕の形がわかった。狭い露地の奥に小さな灯りがみえ、ことことと音がしていた。

「早かなあ、もう漁支度じゃ」

黙って歩いていた小夜が小声で囁く。小夜は露地の奥の物音、丸網につけられた長い柄の、ものにぶつかる音だとか、釣り針を入れた小抽出しを開ける音だとか、いちいち聞き当てられる気がした。そういう小道具を持って夜の明けない島道を、つい十年前まで下りていたのである。

どっと潮の湿りにとり包まれたような気がした。店に出ているとき、大波戸の波打ちぎわや、茂木の築港にも行ったことはあるが、育った島の磯に出たような、こんな感じになったことはない。じょべじょべした商売用の裾をひいていては、磯もなにもあったものではなかった。暗い露地の奥から、大きな竹籠を背にし、カンテラを提げた夫婦者が出て来てすれちがった。

「お早うございました」

仙次郎が先に声をかけた。ここらの土地の挨拶言葉はうちの島に似とると小夜は思う。仙次郎さんは外歩きが多いので、所の挨拶をよう心得ておんなさる。小夜は感心しながら顔のみえない漁師連れに、駆け落ち者にみえぬよう、腰を折って頭を下げた。夫婦者にみえるだろうか。

渚の道は古くからの街道で、長崎に入る江戸の代官や商人たちが休みをとるところでもあったから、結構人通りも多いのだと、かねて直衛も言い、道々仙次郎からも聞かされた。渚に沿う干潟に潮が満ちはじめているようで、這い寄るようにぴたぴたと波の音がした。島に似た匂いがすると小夜は思ったが、目が慣れてくると漁村の規模が大きい。まるで林のように舟の帆柱が立っている。裏側といっても、やっぱり長崎は長崎じゃ。母親がこの浜を見たら、たいがい驚くにちがいない。そこを通りすぎると、ほの暗い朝靄の海の中に鳥居がみえた。

「ここはどこじゃろうなあ」

「戸石の港じゃ。もうあと、ひと気ばりじゃ」

「鳥居が、ほら海の中にある」

「ああ、普賢さま、ああ、その普賢さまの登り口の鳥居じゃ」

「普賢さまはどこ」

すぐ右手に迫る黒々とした頂きを仙次郎は指さした。

「舟からお詣りにみえる人も多か。ここの鳥居をくぐって」

「まあ、舟から。何の神さまじゃろう」

「神さまではなか、仏さま。普賢菩薩じゃ。舟を守って下さる菩薩さまと聞いとる。一緒になれん者同士も願かけして、岩穴のあたりに、願い文がたくさん結びつけてある」

仙次郎は振り返って小夜のバスケットをとりながら言った。バスケットを渡すまいと、小夜はもがいていたが、とりあげられると、「あいたた」といいながらふらふらと、道

に面した石段の登り口に座り込んでしまった。足の痛さが戻ったらしい。石の段は夜露で冷たくないかと仙次郎が思ったとき、

「あら」

と小夜は声をあげながら、「ここもお宮じゃ、だまって尻向けて、まあ」と立ち上り、上段の方に向き直ると、詫びるように手を合わせた。おなごというものは、どこででも本気でいるものだな、と仙次郎は思う。見上げると、心なしか明け方近くなった空に、葉の厚そうな大木がひろがり、石段をおおっている。

「なあ、ちょっとだけ休ませてもらいましょ」

ふーっと溜息をついて、小夜は衿元をひらき、袂の先で首すじを拭いている。よほどにくたびれたらしい。並んで腰をかけた。人影が渚にみえる。病人をあつかう手つきになって、手拭いで拭いてやる。

「汗になったたな」

だまってうなずいて、指先でそっと縋《すが》ってくるのがいじらしかった。普賢岳の輪郭がさっきよりくっきりとみえる。

「きつかろうが、ゆっくりはできん。潮が干きはじめたらこと、、ぞ。じきもうこの先じゃけん」

束髪《そくはつ》の髷がずり落ちて、おくれ髪が項に巻きついている。それもかき上げてやろうと

すると、小夜が腕をあげて束ね直し、ついでに胸元をつくろって顔をあげた。

「なあ」

と立ち上りながら言う。

「あたいたちも、願うてゆき申そ」

おやと仙次郎は思う。すっかり生まれ島の言葉に戻っている。

「うん、そうじゃな」

「ここから拝んでもよかろやな。どっちじゃろ、あっち？　普賢さまは」

躰ごとかすかにゆすりながら訴えるような声だった。山の頂きの方に小夜の躰を向け直した。

「あっちじゃ」

明けの明星が輝いていた。山の頂きに向かって祈っている小夜の、ほの白い横顔を仙次郎ははっとする思いで眺め、気押されたように一歩下った。ためらったが後ろから手を合わせた。しんから拝まぬと見破られる。小夜だけでなく、山の上の普賢さまに、身の入らぬ男よと思われるだろう。俺は生れてはじめて、しんから手を合わせるとこの男は思った。

舟を出す準備をしているのだろう。小さな灯りが三つばかりあちこちして、干潟を踏む人の足音がさくさく聞えた。締まった音である。よかった、雨風にならずに。干潟をゆききする声がいう。

「北の風じゃなあ」

「北の風じゃ。昼前までは保《も》つじゃろかのう」

「保てそうなもんじゃなあ」

助かる。昼前まで北の風が吹いてくれれば、一気に早崎の瀬戸を抜けて島原までゆきつける。生姜を積んでゆく舟だから、荷が乾いてしまわぬうちにおろさねばならない。それに乗せてもらうのである。

「生姜は魚とおんなじ生《なま》ものじゃ。掘りたてじゃれば、桃色の湯もじをつけとりましょうがな。一日の加減で色が変りますじゃろう。そうなりゃ値打ちはなかも同然じゃ」

行商先の家の老いた漁師がそう言って聞かせたことがある。戸石や牧島や田結《たえ》のあたりでは、腐れやすい生姜の保存法にたけており、漁の合い間に舟で売りに出る。馬鹿にならない稼ぎで、保存法を外に洩らしでもしたならば、村八分にあいかねないのだと聞いている。

秋に入りかけの海は二百十日や二十日の風向きさえ予測がつけば、ほどよい風を見計らって生姜舟を出すことができた。女たちが段々畑をせっせと手入れし、収穫し保存しておいたものを、持ってゆきたい先の祭りや盆に合わせて出せれば、思いのほかの収入になった。仙次郎の薬の集金も、生姜舟が戻って来る頃なら行きやすかった。あちこち、ひと晩かふた晩泊りで、さばいてくるのだという年老いた漁師に、便乗させてくれと頼んでおいた。親の墓参に嫁を連れてゆくのだと言ってある。

たびたび来たことのある街道だが、こういう時刻に通ったことはなかった。波打ちぎわにさし出て続く丈の高い葦竹《あしたけ》が、朝風にはためいていた。

風がそこだけ騒いで通ると思っていたら、岬の鼻だったのかと小夜は思った。育った島にもこういう所がある。唐人坊の岬がそうだ。どういうものか岬の鼻には、沖の方からも山からも風が吹き寄ってきて、まるでごおっと一列に並びなおしてゆくような通り方をする。そんな崖の上に夕暮れ頃立っていると、両の袂も髪も裾も逆立ちするようにはためいて胸が騒ぎたち、ひと飛びに、どこまでも飛んでゆけそうな気持になったものだ。両手を振りあげ、我から身をまかせるように、逆さ風の中に立っていたら、遠目に見ていた祖母にこっぴどく叱られたことがある。

「風の吹く日に唐人坊さねゆくな。龍神様《さあ》に取らるっぞ」

岬の風はどこでもよう似とると小夜は思う。「龍神さあ」という祖母の声音を耳のすぐ近くに聴いた気がして立ち止まり、しんとして目をひらくと、渚道はそこから大きく左に廻っていた。

東天のかそかな曙を湛えた湾が大小の島をふたつ抱いて、目の下に沈んでいた。

「どこか、ここの下の方じゃ」

茅藪《かややぶ》の中の細道を探し出したとき、小夜は、ちょっと待って、と言いながら藪の中に座り、バスケットから蛤《はまぐり》入りの紅をとり出して小指の先につけ、唇にさした。

「舟出じゃから」

そういうと、振り返ってほほ笑んでみせた。

葦竹にすがって浜に下りた。朝の風に洗われた、しっとりした浜辺がひろがっている。頬かむりをして舟をもやっていた老爺がゆっくり手をあげた。

「間にあうじゃろかと思うて、急ぎました。よかった、なあ」

仙次郎は小夜を手招き、老爺にあらためて挨拶した。

「お世話になることでございます」

小夜は頭を下げたが、近寄るのを待って、老爺の方から声をかけてきた。

「お墓まいりにゆかすとな。仏さまのさぞ喜びなはろ」

よか人のようじゃ、と思いながら小夜は羞《はじ》らって下を向いた。直衛の追手がここを探し当ててくることがあるだろうか。それとわからぬように振舞っておかねばならない。

地味なつくりの嫁さんじゃと老爺はおもう。小夜は島を出るとき持たせられた、祖母の手織りの藍縞を着ていた。店に出るようになってからは、しまいこんで一度も着たことはない。母親の心やりで、地味すぎる木綿の裾裏に古い紅絹《もみ》がつけてあった。手を曳きあげられて舟に乗り込んだとき、あられもなく、ふくらはぎのところまでその紅絹裏がめくれて、小夜は上気した。夜ごとに客を迎えていた頃の気羞《きは》ずかしさとは、またちがう自分になったようでうろたえて、かっと頬が赤くなるのがわかった。あたふた裾をおさえながら、思わずちらと見上げたら、おおきな和やかな目が微笑して、仙次郎の方へうなずいてみせた。

「身の軽かあねさまじゃ。乗りなれておらす」

「小ぉまかじぶん、舟に乗って遊んだもんで」

はじめて目を合わせ、小夜は気持が洗われてゆくのを感じた。

妓楼に勤めていた女で、しかも囲い者だとわかりそうな物はいっさい身につけて来なかった。直衛好みの絵羽小紋も古代紫地の裾模様も、金目のかかったものはみんな置いて来た。留守の間に出てゆくのだから、身勝手は身勝手だが、ごっそり持ち逃げされたと思われたくなかった。仙次郎と若宮さまの石段のところで、思いもかけず出逢ったときに着ていた、青色地のお召を、舟出の道行着にしようかとずい分迷った。

「朴《ほお》の花じゃなあ。日暮れ頃の色ばいな。奥床しゅうて、よう似合う」

仙次郎にそうほめられてからというもの、とくべつに愛着が湧いて大切にしていたのである。店用に着たことはなく、直衛の前ではなぜか見せたことがない。仙次郎さんに義理を立てていたのかもしれないと、舟に乗った今、小夜はおもう。それ一枚を着替えに持って出た。

商人の新嫁《にいよめ》さんらしく、なりの地味なのが好もしい。唇にほんのりさした紅が、飛沙《とびしゃ》涪《ご》の花びらのようじゃと思いながら、老漁夫は竿を取って大きく最初の一さしを押し、舟は渚をはなれた。積みこまれた荷の片脇にかがみこむと、小夜はあらためて頭を下げた。

「余分な荷がふえて、すまんこつでございます」

「なんの、べっぴんさんに乗ってもろて、恵比須さまの喜んでおられますわな」

仙次郎がほがらかな声をあげて笑った。この人も安堵したらしい。そう思ったら小夜は夜中じゅう歩き続けた膝に震えがきて、胴の間にぺたりと腰が落ちた。船頭に気づかれぬよう、バスケットを置いて、震えている膝をショールでくるんだ。

やっと離れられる、ここの土地を。お別れじゃ長崎とも。生まれた島を出たとき十四だった。村の磯辺から小さな手漕ぎの舟に乗せられたとき、母と祖母と弟が見送っていた。長崎奉公ということが、なんのことだか少しもわかってはいなかった。

海風が、汗のひいた項《うなじ》を吹く。岬の突端に吹いていた風よりはやわらかい。朝の茜に染められて小さく波立っている湾の二つの島に、最初の陽がさした。

「ああ、神さまの島のごたる」

並んだ島をみて小夜は言った。

「左様でござす。神さまの島じゃけん、人は住まん」

竿の丈が深くなりはじめ、雫のしたたるのをひきあげて舷《ふなばた》におさめると、老漁夫は櫓に切り替えた。片手漕ぎからゆったりした両手漕ぎになった。

「ここの浦は田結《たえ》の浦ちゅうて、さっきお二人が下りて来らした道の脇に、観音さまのおらすとですよ」

櫓のうごいている波の下は、まだ深々とねむっているような藍色だった。魚影がかすかにみえた。

「そういえばあそこに、観音さまがおられました。位の高か観音さまじゃと聞いたことがある」

仙次郎は、さっき小夜にそう教えればよかったが、気がせいて度忘れしたと心のうちで言い訳した。

「海のぐるりには、死人さんの寄らすけん、観音さまや恵比寿さまのおられますもんな」

老爺は言って二人をみた。

「ちょうどよか潮じゃった。今度の潮をはずせば、儂《わし》も頼まれにくうなるところじゃった」

「ほんにふがよございました、お蔭さまで」

男たちのやりとりを聞きながら、彼らがどんな間柄なのか小夜にはまだよくわからない。風をよけて舟を着けられる渚の街道だった。魚だけでなく蜜柑を荷なって日見峠を越え、長崎の街へゆく人や、同じ薬屋でも、三味線をひきながら人寄せをして、虫下しを売る薬屋も通るとかで、宿屋でなくてもふつうの家に、そういう商人を泊めるという。表側の長崎よりも、さらに人懐かしい土地柄かもしれない。商い物をひろげ、弁当をつかわせてもらえば、お茶も漬け物も出してくれるような土地柄かもしれぬ。うちの島はそうじゃと、小夜は離れてゆく二つの島と陸地に見入っている。

老漁夫がふっと語調を変えた。

「さっき、神さまの島のごたるち、言わしたな」

「はあ、あんまり美しゅうして、神さまのおらすごたる気のして」

「ほうおう、ようわからす。わかる人には、はなからわかるもんじゃ。じつはな、ここの下にな」

ぎいっ、ぎいっと櫓の音をきしませて、音の合間をはかりながら、老人は言った。

「今通りよるこの波の下にな、観音さまのところから来た鐘が沈んどります」

ほおっと二人が声を出すと、老人は真顔で海の表に見入ったまま言った。

「聞こえよろうかな……、海底《うなぞこ》から鐘の音が」

「……」

「耳に、仏の性のあるお人には、聞こゆるげなですばい、鐘の音の」

波にもつれながら動く櫓の音しか、二人には聞こえない。海底に心を沈めている様子で、老人はゆっくり大きく漕いでいた。姿のよい漁師だった。波に乗っている腰のうねり、踏んばっている左右の足先の動き。死んだ父親に、腰も足つきも似ていると小夜は思う。海の底の鐘とはどんな音色だろう。

「朝はなかなか聞こえませんのう。信心がなかあ、わがものになっとらんもんじゃけん」

老人は申し訳なさそうに二人を見くらべた。

「昔のことじゃが、大泥棒がおってな、あそこの寺の鐘を盗み出して舟に積んで、ここの沖まで来ましたげな。そしたら、やっぱり仏罰じゃな。時ならん風が来て、ここらあたりまで吹き返して、転覆しましたげな。泥棒はおんぶくれて死んだち言いますたい。しかし鐘は、そのまんま沈んで、上げるこたできんですたい。

ここらはな、並よりだいぶ、潮の流れの強かところでござしてな、千々岩湾の入り口で転覆した死人さんも、昔から、この二つの島の間を通って、田結の浦に流れつきなさる。素人が舟をあつかえば危なかところでござす。泥棒は、舟もあつかいそこねた訳でござしょうな。以来そのあと、潮の流れの早か朝晩には、海の底の鐘の、鳴るちゅう話でござすよ」

仙次郎がたずねた。

「聞かれましたか、お前さまも」

小夜は片手をつき、いざるような膝をして、櫓をうごかしている老人の手つきをみた。

「いやそれが、儂ぁ」

老人は小夜に笑いかけた。

「信心が足らんのじゃろ。儂ぁたったの一度しか聞いたことはなか」

「はあ、一度、ほう」

「はい。暮れ暮れ頃じゃったが」

「まあ、どういう音色で」

「どういう音色ちゅうて、聞かにゃあわからんが」

「はあ、そりゃそうでございます」

小夜は身を低くして、舟の底の方に耳を傾けているようだった。

「儂は家内を失いましてな。でその、家内を送った年の盆でござしたな。儂ぁ一人で、灯籠流してやろうと思い立って。だいたいは家族親類集まって流すのじゃが、その前に、ひとまず一人で送ろうと思うて、舟を出しましたとさな。盆の大潮でござして。日は暮れ暮れで。家内の好きでござした、ほおずき灯籠をば灯して、潮に乗りましたとさな。

あっちの方に、駱駝《らくだ》の背中のごたる、普賢さまのおんなはります。知っとられますな、あの普賢さま。今朝方は風が吹き払うて、きれいでござすな。盆の晩にも山の際がよう見えます。で、拝みましてな。二人で沖に出よった頃、家内がそげんしよりましたけん。

お前がしよったように儂も拝もうぞちいうて、灯籠をばこう、波の上に置いたと思うてくだっせや。そんなときなあ、海の底から鐘が鳴りました。かすかな音で、ごおーん……ごおーん……ちゅうて。奥底《おぞこ》の方で響きよる。なんともいえん、深か奥底の鐘の音で。

儂ぁどういえばよかか、ただもう、お念仏をとなえるだけで。名残り惜しか気持になって。あれほどわれから、手を合わせたことはありまっせん。家内が撞いておるような、いやいや、海の潮が鐘を撞いてくれるとでござしょうなあ。儂ぁ、もうなんともいえん気になりましてな、一人舟の上で。誰も見ちゃあおりまっせん。赤か、ほおずき灯籠ばっかり、波の上にゆれとります。

そんときほら、この二つの島。島の影が大小二つ、暮れ暮れ闇でござすから、ぼんやり見えた。島の向こうに、村の灯が見ゆる。墓所の灯もちらちら見えとる。

盆の晩、家内の魂を送りに出てたったひとり、海の底の鐘が鳴りましたとき、二つの島の影が見えて、守って貰わじゃったなら、儂ぁ、気がふれたかもしれまっせん。おとろしかったかもしれまっせんばい、なあ、海の奥底の鐘の音の」

小夜は中指を立てて目頭をおさえ、後姿をみせながらしばらく舟に揺られていた。やがて水色の、そこだけ花の縫い取りのある半衿の合わせ目をつくろって、居ずまいを直すと普賢さまの方角を向いた。今朝も暗いうちに、どこがどこだか、見分けもつかなかった山の際を向いて願をかけてきた。明けてみれば、海に張り出した山の肩が舟の上からみえる。紅葉にはまだ早いけれども、そこへゆく参道の木の枝に、願かけの結び文が、花の咲いたようにつけられていると聞いた。

これでいよいよこの土地とお別れじゃ。あと幾日かしたら、どういうことになるだろう。直衛さまには申し訳ないけれどもいたし方もない。罰がくるものであれば、その罰に当りたい。弟がさぞかし困ることだろう。それを思えばまことに辛い。姉の不始末がもとで奉公先を出ることになっても、まだ二十前だから、なんとかなると思いたかった。これでもう当分家にも戻れまい。母親もどんなにか歳を取ったことだろう。泪《なみだ》がにじみ、普賢さまに向かってあらためて手を合わせた。

小夜のそういう姿を振り返って老人は表情をあらため、波をなだめるかのように櫓を使った。拝み終えると、小夜は羞ずかしそうに老いた人を仰ぎみた。

「なんにも、わたいには聞こえまっせん。波の音と櫓の音ばっかり」

老人はぼおっとした目つきで櫓を抱えあげると、それを舷に置いた。手と足がなにかに迷ったように宙をなでたが、思いついて帆綱をほどきにかかった。そしてふた巻ばかり綱をゆるめてから、板の間に目を落して言った。

「思いがけん昔話ばいうてしもうて。歳でござすばい」

それからゆっくり横を向き、櫓がちゃんとした位置に収まっているかどうかを確かめて、くるりと背中を向けた。

「儂の舟に乗ってもろうて、家内のために拝んでくれたお人は、お前さまがはじめてじゃ。たったの一人じゃ」

老人は後ろ向きのまま綱をほどいていた。舟は高く揺れた。湾を出外れはじめたのだ。畳まれていた帆がそろそろと上り、帆綱がたぐられる。老人は眩しげに明けたばかりの空を見上げた。小夜が揺れている舟の上に立ち上り、ぱっと老人の手許にとびこんで綱尻をとらえた。老漁夫は愕《おどろ》いて小夜の顔をみた。いつ足袋を脱いだのか、小夜ははだしになっている。

「漁師の子ぉでおじゃした、わたいは」

いたずらっぽいような甘えるような、茶色の眸が波の光を受けてかがやいていた。

老人の表情に一瞬の喜悦があらわれた。これはどういう女だろうと、仙次郎はやや困惑したような感情をおぼえた。

躰の芯までじっとり湿ってくる海風だった。海はいつもより黒ずんで、茂木の磯辺のあたりにも、白い浪風が打ちあげている。朝の便船に乗ってよかったと三之助はおもう。昼すぎのに乗っていたならば、沖で時化《しけ》に遭ったかもしれない。船についてくる鷗《かもめ》がはたはたと舷近く下りて来ては舞い上り、沖ではあまり感じられなかった磯の匂いにとりつつまれる。雨模様の日の磯はとくべつ生臭く、島で育った三之助には、それがかえって親しく感じられた。

漁師たちが今しがた網をふりほどいたのだろう。鷗の群はひときわ増えて、まるで船から発進するかのように、波止の上に散らかる小魚をすくいとっては、墓の並ぶ丘の上へと飛び立ち、せわしなく啼き立てていた。よくみる茂木の港の夕暮れだった。

丘の上にぎっしり並ぶ墓石群を、はじめ三之助は、小さな洋館めいた人家がひしめいているとばかり思って見た。家のまわりに色とりどりの花を植えて、さすが長崎だと勘ちがいしたほどだが、近づいてみると、それは見事に整えられ、一軒分ずつ石塀に囲まれた墓地の丘であった。花壇と勘ちがいしたのがおかしかったが、よほど仏さまを大切にするところらしい。ほとんど花の垣根とみまがうばかりに、どの墓にも四季を問わずとりどりの花がぎっしり活けてあるのだった。土地の老婆から聞いたことがある。

「ここらあたりの百姓さんたちは、みぃんな、茂木に花持って来らすとよ。日本全国にもああた、茂木のごつ、仏さまの花の売れるところはなかげなばい。ほんなこつですよ。もう寄り集まって買いますけんな、みんな空荷にして帰んなはるとよ。墓にお花の絶えたならば家の恥でしょうが。見えますけんな、ここから。どこのお墓もほら、丘の上ですけん。競争してお花あげますと。目のさむるごたるでしょ」

船の上からこの墓地を見上げるたびに、花をとりに姉のお小夜と山に行った盆の頃を三之助は思い出した。女郎花《おみなえし》や萩やクロキを刈る場所は、死んだ父親が教えてくれたのだと小夜は言った。

「ここの花柴は、父《とと》さあの遺しやった財産じゃ。よう覚えておきやんせ」

自分の家の山ではない。神仏に供える花木のある場所のことを小夜はそう言った。大徳寺の家にも、小夜は小さな神棚と仏壇をこしらえ、青い花柴を立てては拝んでいる。

「お前の姉女《あねじょ》は信心ぶかかのう。ばばさまか誰か、よっぽど、拝むお人がおらいますとみゆるなあ」

直衛にそう言われたことがあるが、お小夜のことだから、主《あるじ》の留守にもせっせと水をあげたり、花を替えたりしていることだろう。

葦野の家では、鳥居の上る日が大切な目安となっていて、それぞれの職人たちが仕事をすすめていた。船に乗る前、直衛が言ったことを三之助は思い出した。

「大徳寺の方も、おいおい、家らしゅうしてゆくつもりじゃ。仕入れ先も固まって来よるけん、あの家で、主な筋々に顔を覚えてもらわねばならん。小夜も加勢してくるるじゃろ。長崎商人はおっとり人が多か。お前は算用《さんにょう》のことがまるで頭になかけん、かえってそれが、よかろうやもしれん」

算用のことがまるで頭になかとは、ふだん親族の長《おさ》たちが直衛を評していう言葉である。三之助はしきりに目をしばたたいて主の顔を見た。しかしまたそのあと、

「長崎の用向きが、後廻しになっておるけん、とりあえずの手当に、三之助を早立ちさせる。お咲も、志乃のことで三之助にあんまり手をかけさせるな」

と主がいうのを聞いて、三之助はなにやらどっと、荷が重くなった気がした。

「よかねえやをば、見つけたぞ。三之助の姉じゃ。ゆきつけの小料理屋で見つけ出した。あんまり似とるもんで、生国をたずねてびっくりしたぞ。まさか姉とはなあ。これも縁じゃ」

ことのついでのように、直衛は身内のくつろぐところで話したが、なにかがそっくり外されている。そのことがじわじわと、胸の底にかすかな滓《おり》のように淀んでくる。三之助には志乃をひそかにはばかる気持がこの時から湧いた。

馬車に乗るあたりまで行って雨風になった。親しみなれてきた景色のそこらは、曲り坂が多く悪路といわれている。自分の島のごろた石の多い草径にくらべれば、よっぽど上等の往還道に思えるが、なるほど雨の日は、曲り坂で馬が難渋する。

「ええい、立たんか、おーらっ」

御者の怒声と鞭の音がするたび、膝頭を抱えて目をつむった。馬が好んで滑るわけはない。雨風の強まらぬうちに、御者は田上峠を越えてしまいたい一心であろう。船の上から一緒だった吊りズボンの男が、ベルトを肩の上にひきあげて、幌の隙間から空をのぞいた。

「こりゃ、本降りになるばいな」

煙の吹きつけるように、雨は民家の萱屋根にしぶきかかり、その雨足の下に花の出はじめた萩が波うって続いた。

「もう二百二十日じゃな」

「ほんに、今年は無事かと思いよったが、来ましたなあ」

大きな紺色の風呂敷包みを背負って、途中の坂からはあはあいいながら乗りこんだ男が、乗客たちの顔をぐるりと見廻し、古い鳥打ち帽を脱いで会釈した。荷物の様子からして、薬売りかもしれなかった。雨に濡れた灰色の帽子の耳の上あたりに、布地の違う継ぎ当てがしてあった。男は腰の手拭いをとると、丁寧にその継ぎ当てを拭いた。

三之助は、姉が盆に戻るときかぶるようにと買ってくれた、同じ型の帽子を、バスケットの中に入れていた。船の上で取り出してながめ、海に飛ばしでもしたらと、しまいこんだままになっている。

今度の旅立ちの前、主に言われて久しぶりに島に戻り、墓に詣でた。そのとき帽子の初下しをした。母親がついて来て、親よりも頭ひとつくらい丈ののびた息子をふり仰ぎながら、墓にぬかずき涙声になった。

「見てくいやんせ。よか青年《にせ》になって。小夜が帽子を買うてくれたそうじゃ」

祖母の卒塔婆はまだ文字が読める。父親のは朽ち果てて土饅頭だけになり、竹の花筒だけ、年々母が替えるとみえて新しい。いつか、と三之助は思う、父と祖母とに石塔を建ててやらねばならない。

帽子を取り出そうとバスケットに手をかけ、やめにした。雨風の日にかぶることもなかろう。それに、こういう日和の中の馬の蹄の音と、あえぎ声は気がめいる。

育ち盛りの頃、村の物持ちの家に馬を見に通った。そこの下男が、人間にものいうよりも馬を敬っていたのが思い出される。葦野の町にも港ゆきの客馬車はあるが、人を乗せる馬車に乗るのは長崎へくるようになってからである。「荷を曳かせるのは別として、足を持っとる人間が、馬車に乗るちゅうは、まっこてけしからん」とその下男は言っていた。帽子をつかむ手つきで、三之助はバスケットの柄を握りしめた。

馬車を降りたとたんに全身雨風にとらえられた。傘はあっても役に立たない。こういう日には長崎の細い坂道はことに難儀である。日も暮れないのに家々は戸をとざし、いつもならのぞいてみたい市場の小さな店々もしまっている。坂のあちこちにある樟《くすのき》の枝が吹き飛んで、水の流れ下る道に落ちていた。見下せば、いつもはさして波も立たない大波戸も様子が変り、船を案じて、吹き降りの埠頭をあちこちする人影がみえる。

姉も心細がっているにちがいないと、はじめて小夜のことが気になった。下したての帽子がバスケットの中で濡れたのではあるまいか。描きためた仏画もぐしょ濡れで駄目になったろう。着いたら全部とり出して、広げてみなければならない。

頭の上で風の音とともに庭木の枝が折れる音がする。盆すぎにくる大風は荒れるというが、えらいな二百二十日じゃと思いながら見ると、見覚えのある枝折戸《しおりど》が風で吹き開けられて、これはやっぱり、女一人では不用心じゃと思う。小さな赤い草の実が目に入った。鬼灯《ほおずき》が色づいて、七つ八つばかり、地面につくばっている。小夜は小さいときから鬼灯が好きで、あの赤い実を口にくわえて鳴らすのを、弟にもやらせたがった。舌の先と唇をどう使うのか、姉の方が上手に鳴らし、三之助は歯がゆがって、嚙んでのみ下してしまったことがある。甘酸っぱい味だった。ついこの間のことだった気がして、微笑みが出た。そういえば綾も盆に供えたお下りをもらって、熱心に種を出し、口に含んではやわらかい響きを出してよろこんでいた。どういうものか、おなごの児というものは一時期、鬼灯遊びに熱中する。小夜は奉公先からこの家へ来て、一人で鬼灯などを飾り、盆の供養をしたのだろうか。主がいないときは縁側に座って、よく大波戸を見下していた。亡くなった祖母がみたら、安楽な身分になったことよ、というかもしれない。

はじめて長崎入りしたときの爆竹のにぎわいを思い出した。そういえばさっき街角の坂に古物の盆提灯が転がり出て、雨に打たれていた。

ここは別天地だという気がする。一昨日出て来たばかりの薩摩の離れ島が、ひどく遠い所のように思える。声をかけた。返事はなかった。渡されていた合鍵をとり出して戸を開ける。湿気を吸った家の匂いが鼻に来た。便所も台所も綺麗に掃除してあった。舟小屋とかわらぬような、島のわが家を思い出した。小夜はお針の稽古にでも出かけたのか。

バスケットの荷をとり出してひろげる。鳥打帽は案の定、濡れそぼたれていた。出窓の上に古新聞を敷き、丁寧に乗せる。それにしても小夜の帰りがおそい。主が留守だものので、ゆっくりしているのだろうか。それともこういう日和になって、どこかに降りこめられているのかもしれない。婆やさんもいないのをみれば、二人で南座にでも出かけたのだろうか。腹がへった。

湿気がきて燃えにくい薪をなんとか燃やしつけて飯を炊いた。晩になっても小夜は戻って来なかった。

あくる日の午《ひる》すぎ、婆やさんがさばさばとした顔でやってきた。

「盆休みもろうて、戻っとりました。不自由にあんなさいましたろ」

姉は、とたずねるつもりが訊きそびれた。

「旦那さまもご一緒に？」

「いいえ、まちっとおそうならいます」

「あら、ええ」

前掛けをとり出してひろげながら彼女は言った。

「そんなら、内々のおかずでよかですね。小夜さまは」

たずねられてうろたえた。

「はあそれが、行き違いで。盆に帰ったかもしれんです」

つい嘘をついた。

主の書院に無断で入るような三之助ではなかったが、胸さわぎがして障子をあけた。丸い唐テーブルの上に手紙があった。ひとめで小夜とわかる下手な文字である。「だんなさまへ」。裏を返すと小夜とある。

何よりその手紙を婆やにみせたくなかった。空になったバスケットに入れ、帽子をのせて蓋をするとその場に座りこんだ。目が行った先に三之助宛の封書があった。どうして昨夜気がつかなかったろう。

事情があって、この家にはいられない。ご恩になったことだから、一生かかってでもお返しをせねばならないが、いまいますぐにはそれはできない。いずれかならず先々にと思うが、姉さんのわがままで、お前もさぞかし居り辛かろう。ゆるしておくれ。おっかさまにはあとでどこからか便りをする。

電信を打つべきか、今すぐとって返して報告すべきか、判断がつかなかった。

ご飯に呼びにきた婆やが顔をみていぶかしがった。

「食べなはりませんとな。あら、顔色の悪さ。病気じゃござせんと」

「はあ、ちっと気分の悪うして」

「そりゃいかん。昨日の雨風がいかんじゃったとですよ」

「たいした凪じゃのうして、よござんしたのう」

いつものようにパイプを片手にしながら、萩原の家に飛松船長がやってきた。

「うむ、五島の方へでもそれたかもしれん」

昨日の名残りで波が荒いから船をやすんだなと、甥の顔を見やりながら直衛はおもう。頬いっぱいにもじゃもじゃ鬚がある。山太郎蟹が笑うたような顔じゃと人がいう。

「今日はやすみか。よかのう、毎日わが天下で」

「いいや、叔父どのにくらぶれば、凪にも雨にも、逆らわんようにしとりもすわい」

のほほんとした声で答えておいて、船長はあらたまったように尋ねた。

「十五夜がくれば、祭りも近うなりもすなあ」

「それよ。すぐにも祭りじゃ」

「この波が凪《な》げば、鳥居船の段取りにしようと思うが、どうでやしょう」

「いかにももう段取りせんばならん。おう、それで来てくれたわけか。こりゃ悪かった」

船長はパイプを口からはなし、いたずらをたのしむ子どものような表情になった。

「伊達に今日も、船を降りては来ませんわい」

「おお、すまんじゃった。いつもの挨拶癖じゃ」

　この甥の機嫌をそこなったら、すこぶる都合の悪いことになる。

「諸準備も、おいおい調うたごたる。ただ、もひとつおくれとる」

「ことが多すぎるけん、そういっぺんには、何もかもは調いませんじゃろ」

「男どもの袴は調うたようじゃが、女どもの紋服がまだとどかんちゅうて、お咲がやきもき言いよるぞ」

「はあ、お咲か」

　いとこ同士で幼い頃から一緒に育ったから、船長は今でも幼いときのまま呼び捨てにいう。

「あれも近頃は、のんびり顔に似ん、目配りができるごつなって、儂もうかうかしとれば、とりしきられますわい。ひょっとすれば、お高さまの後継ぎになるやもしれんなあ。姪と伯母は似るちゅうけん」

　つりこまれて直衛も苦笑いした。

「あれはお高さまよりは、こだわりがのうして、わしゃ助かる」

「そうじゃ、そうじゃ。お咲がおおらかじゃけん、この家はなにもかも、丸うにいっとる」

「そのお咲がのう、飛松兄しゃまは、紋付袴を、ちゃんと着てくれるじゃろかちゅうて、心配しよったぞ。丈合せもせんばならん、ちゅうて」

「儂が、でござすか」

「もちろんじゃ。あの人は、赤チョッキが好きじゃけんちゅうて」

「赤チョッキが好きか。お咲め、そげんいいよるか」

「まさか鳥居あげの日に、赤チョッキ着ては来らいますまいな、ちゅうて、本気で心配しよるぞ」

　躰をゆすりあげて、船長は笑った。

「ちがいなか。まさか羽織袴着せられるちゃあ、思うとらんじゃったわい。よしよし、飛びきり真っ赤っかの羅紗のチョッキをば、当日用にあつらえとるち、いうてくだいもせ」

　船長はパイプの先を握りこむと、うまそうに煙を吹きあげた。

「それじゃあ、叔父御。次の風のこんうち、積みこみの手はずにかかりもす。紋服のこともあろうばってん、風と船は待ってはおらん」

「国太郎とよう詰めてすすめてくれい。祝い膳の手配りもこの度は入念にせんばならん。赤山の方の、お初穂の手配りは、国太郎がしよる。幸い今年は出来がよさそうじゃ、あそこは水配りのよか村じゃけん。儂ゃ、その間に長崎に行たて来んばならん」

「そういえば今度は、なごうゆかれませじゃったな。お戻りの頃にゃ、荷積みができるように、詰めておきましょうわい」

婿の国太郎はつむった目の裏で相手の心を見抜く眼力があるが、この叔父御はどういう人間にも信を置いて、しかも威を低くするところがない。とはいっても、泥棒や寸借詐欺のたぐいに至るまで追い銭をするようなところがあって、逃げる者もいるのだった。今に貸し倒れするのではないかと身内たちがいうのも肯ける。船長は一瞬むずかしい顔になった。たった一人の息子は病弱で、仙人のように書物ばかり読み暮し、別格官幣大社と仇名されている。そういうことの一切を呑みこんで、国太郎が割にあわぬ所をひきうけているが、女どもにまで紋服を揃えさせるのなんの、叔父御はよっぽど気を入れているらしい。今度のことを乗りきれたら、萩原の家もあらためて基礎固めが出来てよいのだがと船長は思った。

「それから、樫人《かしひと》じゃがのう」

「はい、樫人どのがどうさいたか」

「相変らず、書物の虫じゃが、珍しゅう、意見を出した」

「ほう、そりゃ珍し」

「長崎のおくんちやら、若宮さまのシャギリのような、笛と三味の道行囃子を献納すればどうかと」

「ほう、珍しさ、樫人どのがな。いや、それはなかなかばって」

船長は思案するような目つきになったが、パイプの火がもうないのに気づき、吸い滓を捨てようと、しきりに大きな詰め口を掌に叩きつけた。

「囃子方はまさか、長崎から連れて来るのじゃありますまいな」

「いやいや、そうじゃなか。お初穂を出してくるる赤山に、祭り笛の名人がおる。かねては百姓爺さまばって、弟子を育てとる」

「ああ、四年前の雨乞いの赤山の笛。あの爺さまか」

「うむ、知っとったか。並の笛とはちがう」

「あの笛聴いたものは忘れませんわい」

「みごとに降ったよのう、あの時は。上米を出すあの村から、お初穂とともに、あの笛も来てもらえば、何よりの花じゃろと樫人がいう。三味は、村々に婆さまたちもおれば、町の芸子たちもおる」

「いやあ、それはよか趣向じゃなあ」

「うむ、樫人もいうが、あのときの雨乞いは、山からといわず谷筋からといわず、残らず繰り出して来て、えんえん三里ばかりもあったろうな」

「儂も、ああいう雨乞いははじめて会うて、今に忘れ得ん。男衆たちが白粉塗って、花《はな》襷《だすき》で繰り出したときは、これはと思いもした」

「あれがよかったのう。稽古の時とは、がらりと様子がちごうた」

ふだん家業のことには、きれいさっぱり口出ししない病弱な樫人が、絣の衿をゆったり掻き合わせながら、珍しく進言をした。四年前に行われた雨乞いの行列は、みている者たちを、背筋から慄えがのぼるような、この世を越えたところに参入してゆくような気持にさせたものだ。ひとえにあの笛が行列を導いたからにちがいない。

あのときの笛吹き名人を頼んできて、鳥居献納の魂入れをしたらどうであろうか。祭りに供えるお初穂を頼んでいる村の人だし、ついでにあのとき、装束も際立っていた男衆たちの、化粧も色鉢巻も手甲脚絆《てっこうきゃはん》も、花襷も、そっくりあのときのまんま来てもらい、豊年太鼓を叩いてもらえばどうだろう。町の衆も何か出すのではあるまいか。鳥居が出来て、お諏訪さまもいよいよ正式のお宮になられることだから、それにふさわしい祭りの形を創ったがよいとおもう。それには赤山の笛をおいてほかにはあるまい。

心臓病持ちの樫人について、器《うつわ》がおおきいとまわりからよくいわれる。別格官幣大社という仇名には、浮世とは縁の切れた、損得勘定の外で書物ばかり読んでいられる者への、半ば羨望、半ばは揶揄がこもっている。樫人さまが並のお躰であれば、どのように萩原の家も栄えることかと、親類たちが直衛にいう言葉には、どこか咎め立てめいた、あたらおおきな器を、病弱とはいえ、よくまあ遊ばせておけるというような響きがあった。このごろよっぽど気分がよいとみえ、自分から言い出して障子の切り張りなんぞを手伝っている。珍しいことである。女衆たちが溜息をついていた。

——樫人さまが切って張られると、ただの障子じゃなか、透かし絵の屏風《びょうぶ》を仕立てたように生き返るよ。何という頭じゃろう。それに手つきの、おなごよりもなまめかしさよ、羨やましさ。

そういう女衆にもの静かにうち交り、笑わせている長男の姿をみていると、直衛は心が洗われる。病弱でなくとも、この子は学者か僧侶にすれば似合ったろうにとおもう。

その樫人がはじめて父親の事業に自分からものをいうてくれた。それが叔父御は嬉しいのだと船長はうなずいた。

「国太郎どのは、どのようにいわれ申したか」

「花のあるこつでござすと、二つ返事じゃった」

「やっぱ国太郎さんじゃ。それで、そっちの段取りは誰が」

「国太郎しか出来ん。赤山には顔がよう知れとる。一軒一軒の内証まで、あれはようわかっとる」

「そうじゃな、安心じゃな。そんなら儂ゃ、いよいよ、鳥居の積み出しにかかりましょうわい」

長崎に向かって出港した直衛は、葦野には帰って来ず、三之助を伴って鳥居の荷積みのととのった長島にあらわれた。

「お前もこれからは、そうちょくちょく、里へも帰れまい。おっ母さまの様子をみて来てはどうか」

直衛にいわれ、低くお辞儀をした三之助を眺めて、船長は、

「ちっと面やせしたな。大人びて来た」

と思った。失踪したお小夜の消息をたずねて来いと言っているのだとは、もちろんまだ船長にはわからない。

お諏訪さまの沖に石柱を積みこんだ樫人丸が姿をみせたのは、祭りを控えて二十日ばかり前の午すぎであった。

船の名は国太郎が進言して総領の名をつけた。はなから樫人にそういえば遠慮するにきまっているので、みなで決めたこととして承諾させた。消耗のはげしいこれまでの石積船は萩原の一号舟、二号舟とよばれ乗り捨てられていたが、神事が済んだあとは最初の目論見どおり、客も荷も積める船にもどすので、ちゃんと名をつけたのである。

迎えの舟の一つに、紋付袴姿の樫人が乗りこんでいた。病気持ちでも体格はよいから威がそなわり、舟の上で働く者たちの中できわ立ってみえる。

「あれが惣領さまじゃと」

「めったに外には出んお人じゃ。珍しかのう」

渚の舟着き場に出迎えた一門や氏子たちの間でささやきあう声がする。お咲は父につ

きそって沖を見ていた。本来なら母の志乃がそこにいてよい場所である。病人の兄までが、

「今日だけは特別じゃ。出迎えなりとせずば、下働きをしてくれた衆にあいすまぬ」

と小舟に乗って出向いたのだ。志乃には急に大人びて無口になった三之助をつけ、留守をさせてある。樫人は、自分の名のついた船には、晴れがましゅうてよう乗られん、仕事の段取りの邪魔になるばかりと言って、新造船に乗るのを遠慮した。

国太郎は鳥居の台座の付近にいて据えつけの采配役をつとめている。ふだんの紺の腹掛けに同じ色の、洗いたての長地下足袋を脛まできりりと履き、家紋入りの白鉢巻を向うに締めているのが、お咲には頼もしく思われた。お前はおなごでも、一門の顔じゃから紋付を着よといわれ、お咲は白と薄紫の小菊を染め出した留袖を出してみたが、本式の鳥居上げの日に着るからと父にはことわって、ふだんの大島紬で傍についた。近寄ってくる船のみよしに、従兄の姿を認めて微笑が湧いたが、脇にいるのは長崎から来てもらった荷揚げ頭であろう。

よか船じゃ、うちでつくった船ではいちばんじゃと思う。飛松はどことして変らぬいつもののんびり顔で、茶色のチョッキを着こみ、陸の上の国太郎と何やら手合図を交わしている。パイプはどこにしまったろう。お義理のように白鉢巻をしているのがちぐはぐだけれど、そんな従兄の姿を見ているとお咲は気持が落ちついた。やわらかくうねる

潮の中に、そろって動く櫓の先がみえる。沖までは帆で来たのが、川口にはいってから櫓になった。

「ほう、片側が八丁、十六丁櫓ぞ」

渚の者たちがあちこちで囁く。

「お諏訪さまだけではなか。一門の神事でもある。くれぐれも粗相のなかように、つとめねばならん」

出がけに直衛はそう言い渡した。父の言いつけで、綾の髪と三之助の髪を切りとったものを、帆柱の下に入れてある筈だ。その髪がたぶん船霊さまになることだろう。志乃はしかしこの船を見ることはない。櫓さばきを見ながらお咲は泪ぐんだ。それでなくとも志乃がこの頃、ひどく切羽つまった声で、あらぬことを人さまに尋ねることがある。

「もうしなあ。湊口に、大舟の来ては、おりまっせんじゃろかえ」

志乃の待っている舟というのは、このたびの石積船であるはずがない。それは志乃が、この世におらぬ重左を伴って、どこかへ乗ってゆくつもりの舟にちがいなかった。「樫人丸という船が出来もした」と教えてみたが、志乃は軽く肯いたばかりだった。大舟は、と尋ねられた者は困惑し、たいてい笑って胡麻化《ごまか》してしまう。それを小さな綾が尋ね返したことがある。

「お志乃さま。その舟は、どこにゆくと?」

おどろいたように志乃は答えた。

「どこにゆくか、わたしは知らんとばって、お迎えに来て下さい申《も》す」

「どこのお人の、迎えに来らい申す？」

志乃は深くくぐもってゆく声で笑った。

「あのなあ、よかお人の、迎えに来らいます」

櫓が潮のしたたりとともにひきあげられて、水手《かこ》たちの鬚までみえる近さに船が接近して来て、碇《いかり》がおろされた。

菰《こも》に包まれていた石柱がほどかれ、姿をあらわした。参道の狭さをおもんぱかって、二本の石柱と笠木と貫《ぬき》、それに額束《がくづか》も、積み出し口の近くで、船に余分な重さがかからぬように、荒彫りをすませてあった。陸上げされれば、その場で幾日か仕上げにかからねばならない。組み立てて起き上がらせるまでは気を抜くわけにはゆかないのだ。足場のこしらえには充分気を配ったつもりである。是が非でも無事に船からおろさねばならなかった。

神主の祝詞が渚に流れて消えた。やぐらのまわりから人波がひいた。

二つのクレーンがきしり音をたてながらゆっくりと、腕をあちこち移動させたのち、目ざすものを探り当てたというように、巨大な石柱の根元の上にとまった。ロープがかけられはじめた。人びとは押し黙ってクレーンの腕と、石柱にとりついた人夫たちの姿を見まもった。

満々たる潮であった。参道の松影が波にうつってやわらかくうねり、クレーンの影が、不安定な橋めいて波の上にのびていた。樫人丸は大きな吐息をつくかのごとくに、沈んでは浮きあがった。ぎりりぎりりと、この世の一角がねじ切れるような音をクレーンが立てた。うめき声が人びとの口から洩れ、お咲は自分の立っている渚がおおきく傾いてゆく気がして、思わず目をつぶった。

人びとの口から、さっきとはちがう吐息がどっと洩れた。白っぽい緑青色の、とてつもない石柱が、勁《つよ》い力を宿してゆっくりと空を横切り、渚に築かれた注連縄張りの台場に置かれるのをお咲はみた。

「おう、ようもこういう大石があったのう」

「おっとろし。石の中に大蛇か竜か、おるとじゃなかろうな」

「しいっ、竜かもしれんぞ」

押し殺した声がまわりから聞こえた。

「南無普賢大菩薩、怪我人がなかように」

父の直衛の言葉を耳元で聴いて、はっと気をとり直すと、その羽織の袂を、後ろからお咲は摑んでいる。おなじことを祈念していたのだ。いかに危険を伴う仕事であるか、はじめて胸にきた。

「本式の鳥居上げはもひとつ先になるが、神事のはじめじゃから、おなごはなおさら身を清めてのぞむように」

父親がいつになく念押ししたのは故なきことではない。常の工事現場とは、ここは違うのだとお咲は気づいた。今この渚辺はお諏訪さまの参道の脇というだけでなく、一族がはじめてむかえる祭場なのである。だからこそ、日ごろ余計なものをいわぬ兄までが、舟に乗って迎えに出たのではないか。あらためて波の上に目をやった。小さな舟の帆柱の脇に立った兄の面が、いかにも白い。眉目が秀でて大きいので落ちついてみえる。いつもは控え目にしておらいますばかりの兄しゃまじゃが、今日は男ぶりじゃと、お咲は心が昂ぶった。

真新しい船をよくみれば、みよしの先に、白い御幣《ごへい》が青笹に結びつけられて立っている。二本目の柱も笠木も貫も、まだ船上に残っている。

樫人丸は御幣をつけたまま大きく上下して、二本目の石柱が横ざまになって空に浮き上った。鋼鉄のロープは、天から下がってきたただ一度きりの綱のようにお咲には思えた。垂直に張った銀色の綱は光ったり消えたりしながら、澄み切った空の一点を、今にも切り裂くような音を立てた。足許にひろがる渚全体が、人も舟も社もすべて、まくれ上がってくるようにお咲には感じられた。

――どうか、一人の怪我人もありませんように。

お咲は冷たい潮の中にすうっと、意識がひきこまれてゆくのを覚えて座りこんだ。そこは非常になつかしい景色の中だった。波の間に間に聴えてくる声がある。ずうっと昔に聴いた声だと思って耳を傾ける。自分でも知らなかった心の底の、いちばんさびしいところを撫ぜてゆく風にも似た、すすり泣くような声明《しようみよう》の声。ああ、あの行者さま方だとお咲は思う。白衣をまとった病人の行者たちの祈りの声だ。

頬も肩も冷たかった。雪が降っている。

雪が降って真夜中になると、ここの渚にはあの行者さま方がどこからかやって来て、禊《みそぎ》をなさる。いっしょにわたしも禊をしているのだったとお咲は思う。子どもの時分からずうっとそれを願っていたにちがいない。なんのための禊かを。

ひとつの景色が想い浮かんだ。

母の志乃が並の人ではないことを、はっきり思い知らされたのは十時《とお》分のことである。

「ああ、いやじゃ、いやじゃ」

後ろから囃し立てる声がして立ち止まった。ぴたっと止んだ声が、今度は勢いづいたかのように追っかけてくる。

「つづれ小袖がお大事じゃ。ほう、ほう」

思わず振り返ってみると、短い縞木綿の裾から膝小僧をはねあげ、男の子が二人、足踏みしている。その後ろに女の子が三人ばかり隠れこむのがみえた。先頭の躰の大きいのが首を振り振り目をつむって、着物の袖をたたむ仕草をはじめた。

ああ　いやじゃ　いやじゃ
つづれ衣《ぎん》　ぎん
つづれ　しんけーい
しんけい殿《どん》

あきらかに母の志乃のひとり言や、すっかり古びて綴れ下がってしまった、白無垢の小袖を手放さぬ仕草を、揶揄してみせているのである。はためはどうであれ自分の親だから、おかしなところも大切とお咲は子ども心に思いこんでいた。そうか、「神経殿」とよばれるお人なのかと、その子ども心がはじめて納得した。お咲がそのとき、赤んぼたちのことを思い浮かべたのはなぜだったろう。

お咲は、赤んぼをみるのが好きな子であった。近所に赤んぼが生まれると、日が暮れるまでもそばについていて、握りしめている小さな拳にそっとさわったり、足のうらに掌をあててみたり、お襁褓《むつ》さえ替えたがった。赤んぼが泣くと、この世の一大事という顔になり、けんめいにあやした。伯母のお高が来ている時は、そんなお咲を迎えに行って礼をいう。

「ほんにもう、一日中、ややさまと遊ばせてもろて、ご厄介かけましてなあ」

するとその家ではこういうのだった。

「いんえ、大切なあずかりお子でございますけん。不思議なお子であんなはる。この人がものいいなはれば、赤児が語って笑います」

母の仕草をまねている少年たちを前にしたとき、お咲の当惑は、お襁褓の匂いをさせてあどけない声を立てていた、あのよその赤児たちが、見なれぬものに変貌したというような思いだった。見なれぬものを見たというおどろきから、悲しみがどっと来た。赤んぼを見るとき、今から先は悲しかろう。それから、よその母親よりはいくぶん違う志乃の心の内側に、はじめてしんから、ひたと寄りそった気がして、この世のちぐはぐなことが、すべて母親の姿に重なっているのを直感した。人間たちのいる世界がみるみる遠のいてゆき、さびしい野原の真ん中で、どっとゆき昏れてしまった気持に襲われた。それとともに、雪の降りそめる渚で、肘から先や手首を失って、潮の中に漬かりにゆく病人の行者たちの姿が、前世の色に染め出された絵草紙めいて、まなうらに浮かび出たのである。

お咲は赤い別珍の肩かけ鞄を抱き、足ずりしながら号泣した。よもやここまで、母のお志乃が泣き声をききつけて、やっては来まいと思って号泣した。日が昏れるまで帰れずに、草の穂のゆれるのをみては泣き、小鳥の飛ぶのをみてはしゃくりあげ、流れの音が耳に入っても泪がふくらんだ。川塘《かわども》をいきなり走り出してみた。暗くなって、その塘《とも》が父の事業で出来上った道であるのに思い当ると、しんとなってとぼとぼときびすを返した。

瀬の音は低くおだやかに流れて続いた。ときどきあがってくる泣きじゃっくりを袂でおさえ、その端をぎりりと嚙む。立ちどまっては瀬の音に耳を澄ます。するうち、人の声がする気がしてはっとした。母の声ではあるまいか、まさか。けれどもたしかに、志乃の細い声が遠くからするのである。走り出した。

お咲の帰りがおそいので手分けして探しに出かけ、騒動に気づいた志乃も手近にあった杖を曳き、爪先探りで川塘までやって来たのではないか。そう思うと身も世もなくひたすらに狂気の母が懐かしく、心配だった。笛のひび割れるような志乃の声がまたとどいた。身悶えしながら走った。

――わたしのおっかさまは、しんけい殿じゃ。さびしかろう、つらかろう。ようし、しんけいさまなら、わたしは志乃さまの親になる。歳はまだ十《とお》でも、わたしは志乃さまの親になりたい。

川面の光だけが土手道にそって続く中に人の影がみえた。片手で宵闇をかきわけかき払い、前のめりになりそうな足どりである。

「おっかさまあっ」

小さなお咲はひしと志乃の腰にとりすがった。

みえない炎のようなものを口から吐いた気がして、お咲はふっと眩暈から醒めかかった。しかしすぐまたさっきの、渚の波浪がめくれあがってくるような幻覚にふたたびとらえられた。砂の上にいる人びとが、みえない波浪に揉みこまれ、手を差し伸べているのがみえる。声明《しょうみょう》の声が湧いている。やっぱりここは、あの雪の夜の行者たちが寒行をする渚なのだ。

眉も睫毛も鼻も、指も失って、ただただ沖の闇にむかって祈っている白衣の行者さま方の上に、雪が降る。雪が降る。

天からの綱がよじ切れそうな音が、幾度か頭上を走った。お咲は幻覚の中に沈みこみ、そして浮上しながら祈念しつづけた。

――鳥居が無事に立ちましたならば、わたしも必ず行をいたしまする。あのご病人さま方といっしょに。雪が降りましたならば、必ずいっしょに、いたしまする。

しぼり出すような父の声が、すぐ耳元に聞こえ、お咲はわれに返った。

「南無普賢大菩薩、南無諏訪宮大権現……。ああ、これは、ご加護じゃ、ご加護じゃった……」

誰にいうのでもない、それは父が自分の内心にいう声だった。あたりの気分がいっせいにほぐれた。

「ああ、寿命がちぢまったぞ」

そんな声とともに、人びとの動き出す気配がした。目をひらいて見上げると、直衛は両の腕を紋服の袖口に突込んで腕組みし、遠い沖に向かって、心をひそめるような真摯なまなざしになっている。お咲に袂を摑まれているのを感じると、父親らしい目遣《まなづか》いでうなずいてみせたが、そのまなざしは、ゆっくり沖へと移ってゆき、やがて一点に釘づけになった。そして両の袖口から、もどかしげに腕をひき抜くと、かっと目を見ひらき、前方をわし摑みするように差し出した。

お咲は父の目と腕の先にある波の上をみた。さっきから樫人丸のつつましい伴船のように、つかず離れず漂っていた舟の上の兄の姿が、漕ぎ手の足許に倒れこみ、うずくまったところだった。散りはじめていたのが、また集まってきた人波の間に、父親は立っていた。浜風が袴の裾をふくらまし、白い足袋が、あてどないもののように砂を踏むのがみえた。

――兄しゃまが、命をさし出さいました。

まさかとお咲は幾度も瞬きながら、腰の力がすうっと抜けた。

「ああ、おっかさま」

風車《かざぐるま》のまわる音が、からからとついてまわる。片手でかざしてみては綾がはなさない。三之助は、姉があのように姿を消したあとも、自分はこのまま萩原のお家にいてよいのだろうか、いやすぐにもこの家を出て働いて償いをせねばと考えて、頭がずきんと傾き、目を開けて綾の手を握りなおした。

「お前より儂が地獄ぞ。どうせならずっと儂の家に居よ。綾が離れんじゃろうが」

主の声音が耳について離れない。そのときの主の目つきを、三之助は見ることが出来なかった。

「よか祭り日和じゃ。今朝は初霜じゃったなあ」

参詣人がまぶしげに空を見上げながら行き交っている。

職人たちがうち揃って家を出る前、直衛はこう言った。

「ふた七日を済ましたばかりじゃ。儂とお咲は、今日の奉納式は遠慮する。国太郎、おぬしが総代じゃ。みんなを連れて出てくれよ。忌中じゃからというて、出ぬわけにはゆかん」

うなずきながら国太郎は、あらたまったように目をあげた。

「じつは赤山の衆たちが、仏さまに参ろうごたるちゅうて、待っておらい申すが」

「赤山の衆が。どこに」

「はい、さきほどから、朝方暗かうちに発って来らいましたそうで。お宮さまにゆく前、樫人どのにお参りしたかちゅうて、前庭の先に」

「もう、来らいましたのか」

「はい、最前から、あっちで休んでおらいます」

お茶をいれかけていた手をとめ、お咲は心打たれて父親の顔を見上げた。もうまぶたの縁が赤くなりかけている。

「それは」

と言ったきり、直衛はじっと裏庭の苔石に目をやっていた。受け取った湯呑みがかすかにふるえ、呑み干してしばらくして、言葉を継いだ。

「それは、なんとも深甚《しんじん》なことじゃ。上ってもらえば、樫人もよろこぼうぞ」

紋服姿の長老を先頭に、笛頭の丈吉老人と赤山の衆が、慇懃《いんぎん》な腰つきで仏間に案内されて来た。ひと渡り焼香を終ってから、長老が挨拶した。

「こたびの祭りには、この上もなか役目をば、勤めさせてもらうことになって、のちのちまでも誉れに思うとります。こちらの仏さまのおひき合わせと聞いとります。生きておらした耳に」

しばらく声をつまらせて、ややあって、

「お耳に、聞かせならん、ちゅうが、いかにしても……」

残念、といいたい声が、顔に押当てた手拭いの中から洩れて出た。祭装束の男たちは藍色の手甲のまま頭を垂れている。しばらく言葉のない刻がながれた。

「いやこれは」

数珠を握った直衛のこぶしの、何かを探すように膝の上を移動するのを見て、赤山の長老は、だいぶ頬がこけられて白髪がふえられた、よっぽどこたえておられると思った。非常に枯れた声で、頭を下げながら一同に向かって直衛は礼をのべた。

「思いもかけん冥加《みょうが》なことじゃ。祭りの日に赤山の衆が、樫人に参りに来てくるるとは。生きておったなら、どのように喜うだやもしれん」

「どうぞ手を上げて下されまっせ。それどころか、笛が励みになって、いつもより、段違いのお初穂が出来ました。あれもどうぞ、樫人さまに」

促された一人が、障子をあけた。真新しい米俵が一俵、庭石の上に置いてあった。

「おお、これはおお、重畳《ちょうじょう》よ。なんと冥加なことよ」

そう言ったきり直衛は絶句していたが、ややあって背中をのばした。

「ご一同に、折入って頼みがあるが」

赤山の衆たちはわずかに座り直した。

「何でござんしょ。何なりと」

「ほかでもなか。お前方が今日奉納する笛じゃ。察しのことと思うが、儂は忌中でな、せっかく精進した笛を聴くことができん。樫人が言い遺したことじゃが……。じつをいえば、しんから聴いてみろうごたる。ひと節でもよか、儂ゃ聴こうごたる」

長老と笛頭の丈吉が座ったなりのまま、まるで何かを打ち消すように手を振りあげながら膝を進めた。長老は直衛と自分の村の者たちを交互に見くらべた。

「わかりもした萩原さん。あとは言わんで下はる。ようわかります。なああみんな。じつは儂どもも、そげん思うとりました。樫人さまに聴いてもらおうぞちゅうて、稽古も積んだことでござす、なあみんな。ここのお仏間を仕上げ場所とおもうて、吹かせてもらいます。よかなあ、今、このご仏前で仕上げるぞ。太鼓は忌中じゃからいかんな、うん、太鼓組はまあ座っておれ。踊りの組は庭に控えさせてもろうて」

そのとき直衛がくぐもった声を出した。

「いや踊りは、踊りもその、やってもらうわけにゆくまいかのう。この前庭でほんの出だしのところでよか。樫人が、今日の花じゃというておったが」

座っていたものたちは、はっと直衛の顔をみた。やつれはてた、人懐かしげな顔が、ほとほとと昼間の闇に漂ってみえた。

長老は背筋をのばして断言した。

「よござんすとも！　否はなかです」

手甲をつけていた男衆たちの庭に下りてゆく足音がしばらく聞え、準備の様子がうかがえた。再び障子が開けられた。

いつの間にか化粧をし花襷をあやどり、鉢巻をしめた男衆たちが、舞い立つ構えをとってそこにいた。それは凜々とした気配だった。直衛は、心のずっと奥のところが、覚醒してゆくような心持を覚えていた。長老の声がした。

「丈吉やん、よかじゃろうな」

手作りの笛を丈吉老人は袋からとり出すところだった。くすんだ小桜織りの袋は、連れあいの婆さまが帯の端を切って縫ってくれたものだという。とり出す手つきを、みんなみつめていた。続いて七人ばかりが笛をとり出した。

「そうじゃな。行の笛と草の笛と、そうじゃな、真の笛までぜんぶ、吹きまっしょかな」

老人は横笛をとり出すと、吹き口をしめした。笛を構え、見渡して、口をひらいた。

「よかな、みんな。ここのお仏間からもう、神寄せが始まるとぞ」

お咲は最初の試し音《ね》を、志乃の離れで聴いた。笛の音が母の神経にどう作用するか気がかりだった。

思いがけなく志乃の方から、ものやわらかい声で話しかけてきた。

「よか音色じゃなあ。樫人の好きそうな笛ぞ。どこのお人かえ」

お咲はぎくりとしてその顔をみた。庭明りに背を向けて、眉間の縦皺が切りこんだようにみえる。志乃は二の腕をあげて髪の根元をほどきにかかっていた。髪をほどくときは何か気持が動いているときである。

弔問客の応対や、初七日ふた七日と法事に追われ、ろくに髪をかまってやることもできなかった。志乃はどうかした日には自分で櫛箱をひき寄せ、入念に髪をすき上げるときもあったが、いったんざんばら髪で沈みこみ、胸につきあげてくる声でひと言いいはじめると、小さく身悶えしながら、短い口説《くぜつ》がとぎれとぎれに幾日も続く。どういう脈絡かときどき耳を立ててみるが、つながり目のひき裂けているような業な姿を、まじまじと眺めるしかない。

盲人の常で耳はさといから、樫人の死をもうとっくに感づいているのではあるまいか。そのことをしかと教えた者は誰もいないはずだった。とはいえ、人のざわめきや読経の声が聞えぬはずはない。

直衛は家の守り神であった一人息子の死がよっぽどこたえているらしく、身内の者がものを言いかけても、おおっと身震いするような声を出して首を振るだけで、返事を忘れている。赤山の衆がみえた今日、やっと一家の主らしくなってものを言ったのである。長崎の妾宅のことを胸の奥で嚙み潰しているなど、もちろんお咲の知るところではなかった。

お咲が後ろに座った気配をさとって、志乃は櫛箱を探す手つきになった。右の手が畳の上を這い、うろついている。見なれたいつもの仕草である。試し音を出していた笛が、本調子になって鳴りはじめた。

高い空を一気につき抜けて澄み渡るような音色だった。お咲は躰がずうんとしたが、畳の上をさ迷ってふっと止まった志乃の手に目がゆくと、にわかに胸迫り、思わずその上に自分の掌を重ねた。志乃の指がもの問いたげにぴくりとしたあと、ふたつの掌はしばらく無心に、ひっそりと呼吸し合っていた。まるで母親を掌であやしつけてでもいるような、安らいだ心持ちをお咲は覚えた。嫋々《じょうじょう》とした音色がその二人をとり包んだ。ずうっと昔から、母と娘とは、そうやって来たのではないかとお咲には思われ、忘れていた懐かしい時間が、笛の音とともに訪れた気がした。人には知りえぬ母なる人の、沈められた日々を、笛の音が訴えかけているように思える。哀れなおっかさま。つーっと鼻の奥が痛くなる。

音色が変るにつれて志乃の指先がかすかに動いている。

――おっかさまが、指で語って遊んでおらいます。

お咲は心を集中して、握った掌をやわらかくひらいた。

いつ来たのか、綾が志乃のかたわらにぴったり座り、そのようなお咲をじっと見上げていた。時ならぬ笛に誘われて来たのであろう。さっき祭り衣裳を着せてやったばかりだった。肩をひき寄せてその眸を見つめ、お咲は志乃の指先を、小さな綾の手にそっと移し替えた。

笛の音はひとりひとりの心にぴったりと寄りそっているようだった。現世の境界を超えてゆくような、高いあえかな音色が吹き抜けた。祖母の指を握って、身じろぎもせずにいた綾のおおきくみひらいたまなこから、ふいに泪の雫がこぼれ、赤い半衿の縫取模様をすべり落ちた。笛の音が、いまこの幼い児に、並とはちがう祖母の胸の内を、教えてくれているのだとお咲はおもう。

「おっかさま」

声をふり絞ってお咲は言った。

「兄しゃまの好きな笛じゃなあ」

志乃は黙ったままわずかに首を傾けた。

「兄しゃまは、死ないました。ふた七日前に、おっかさま、鳥居の来た日に」

いうなりお咲は盲目の母親にしがみつき、そのやせた胸元に額を押しつけてゆさぶりながら、おいおい泣き出した。綾ははっと立ち上ると後ろから寄りかかり、母親と祖母とをかばいでもするように、片方の振り袖を二人の肩に投げかけたまま、流れてくる笛の音を追うような目つきになって立っていた。しかしその目も細くゆがんできて、稚児髷のほそいうなじが震えはじめるのを、持って来た鉄瓶を沓脱石《くつぬぎいし》に置いたまま、三之助がみていた。

祭りの賑わいも消えかけて、参道の常夜燈がゆらめいていた。昼の間に散らばった紙屑が黒い松影の間に舞い上っている。海風がいつもより強い。石垣を打つ浪の音がするから満潮なのだ。

「おお暗さ。灯りの心細さなあ。三やん、灯りを消さぬようにな」

お咲は自分の提灯を袖で囲った。

「どこに行かいましたろう。やっぱり、言わん方がよかった」

涙声になってくる。顔見知りの人が祭りに招ばれての帰り、酒の香をまき散らしながら教えてくれたのだ。

「お宅のご病人さまが、はだしで、参道の外れの土手ばゆきおらしたですよ。危なかと思うて声かけましたら、『船の来とりましたかえ、うちの船は来とりましたろかえ』ちゅうて尋ねなはりましたです」

参道の外れの土手といえば、お宮の沖の中洲に続く道である。汐が満ちてくればこちらの砂地とは切断される。祭りの人波が減ってきた夕刻のことで、家をさまよい出たのを怪しむ人も少なかったろう。赤山の衆の接待に追われて、抜け出ているのに気づかなかった。こういう夜の海辺の松風の音を、志乃はどこでどんな気持で聴いていることか。

「おっかさまあ」

声を出すと不安で、足許が崩れてしまう気がした。笛の音に促されて樫人の死を口ばしってしまったが、何を想いながら家をさまよい出たのだろう。鳥居のある浜辺に行ったところをみると、祭りの次第も、志乃には前々からわかっていたのかもしれない。何事も知らせないようにと、人より幾層倍も聡くておとなしい志乃を、ないがしろにして来たのだとお咲はおもう。杖を曳いていたというから、足許の要心はしていたのだ。それが頼みだった。

「みんな出て、探しておりますけん」

気やすめにもならぬことを口にしながら、三之助は胸がうそ寒くなるのを覚えた。姉の小夜のことが頭をはなれない。それにもまして主の気持がつかみ難く、志乃というお人がこれまでになく恐ろしい。暗い波の向うを三之助はすかしみた。かそかな灯りが動いているようにみえる。

「あ、灯りがみえます」

向いの洲に金比羅さまがあるのだ。満潮になってもそこだけは沈まない。あそこまで行っておられたならば、お籠りの人の目にとまったのではないか。昼間なら、土手の低くなって消える先に、茱萸《ぐみ》や松の林があって、小さな赤い鳥居がみえるのだが、暗い波間がひろがっているばかり、赤い鳥居なぞ見えやしない。

「金比羅さまのところまで、舟出してもらいまっしょ。わしが漕ぎます」

舟ならば、直衛の組の中で、誰よりちゃんと漕げるのだ。

「ああ舟、舟出そうすぐに。けども、ひょっとしてもう」

もう溺れて、と口に出すのが恐ろしくて、お咲はあとの言葉をのみこんだ。不意に腰のあたりで小さく鳴るものがある。綾が手にした風車だった。

「なんで風車のなんの持って来た」

こういう晩にという声が、風にとまどって消える。とがめるつもりではなく、何か言わねば不安でならない。綾はだまって振り仰ぎ、とられまいとでもするように、風車を後ろ手に隠した。昼間お宮の境内で、三之助から買ってもらったらしい。ばばさまに風車の舞う音を聴かそうと言っていたのに、とりあう暇がなかった。

さわさわと風鳴りがして、夜目にも葦竹がしないながら、長い葉を打ち振っているのがみえる。欠けた月が、天草の島影の上にかかっていた。目がなれてきて、たぷたぷと打ち寄せる波がみえる。土手の根元のゆるやかな石垣に、小舟がつながれて揺れている。人夫衆に弁当をとどけに来たりして、潮の干いているときは綾を連れ、石垣に着いている貝を採って遊ぶ場所だった。おっかさまあと呼びながら振り返ると、参道のはずれの常夜燈の火影《ほかげ》を、若い男女の衣裳がよぎって、すぐにみえなくなった。お詣りの人影が絶えたわけではない。

「御灯りがもう、消ゆる頃では、なかろかなあ」

お咲は常夜燈を眺めて心細げな声を出した。

「蠟燭はまだあるばって」

「今年から氏子の組がまわって、祭りには、晩も消えんようにするちゅう話でしたが」

「ああ、どうぞそうして貰おうなあ。これがもう消えそうで」

提灯が消える時は母の命が消えると、お咲は思ったにちがいない。風向きがかわるのか、葦竹の葉が巻き取られるように、もつれるのがわかる。

返事はないものかと、風の合間に耳を澄ます。すると、思いもかけぬ近い海面から、むうと呻くような、くぐもった声が湧いた。一人や二人ではない。それは声明《しょうみょう》のような、ご詠歌のような声だった。

帰命頂礼《きみょうちょうらい》地蔵尊
無始よりわれら流転して
いつか生死《しょうじ》を離るべき

ひょっとして、あの行者さま方ではないか。まさか。いやしかし、と思って闇をすかしてみる。雪の降る頃苦行をするあの人たちが、祭りの夜も参道を離れて人目を忍び、葦竹のしなう淀みのような満潮に漬かりながら、祈願をしているのではないか。波の寄せる合間に、その声明はとぎれとぎれに聴えた。

生老病死の苦しみも
みなこれ火宅の焔にて
魂中有《ちゆうう》に入りぬれば
一人も随うものぞなき
このとき誰《たれ》をか頼むべき

また強い風が来て、葦竹の繁みが振り分け髪のように左右に分れた。淡い月光に揺れる黒い波間のひとところ、白衣をまとった人びとが肩だけ波の上に出して、身を浸しているのが一瞬みえた。お咲ははっと目をみひらき、繁みをかき分けて、灯りをそっと、海の面にさし出した。それから声明の声にひき寄せられたかのように、石垣に足先をおろし、草履を履いたまま潮の中に一歩はいった。そして三之助を振り返った。

「綾を頼みましたよな。あそこの人たちに尋ねてくる」

石垣を降りてしまえば、潮はお咲の胸の下まで来るだろう。止めるひまはなかった。降りてゆく提灯の火をみつめ、三之助は綾の手をひき寄せた。しばらく進んだと見えるあたりで、提灯が横倒しになり、燃えあがりもせずにすぐ立ちあがった。窪みにはまったらしい。全身濡れてしまったのではないか。

「大丈夫かえ」

と言っている。自分が転んだので、陸に残した児を心配したのだろう。束ね髪が崩れ落ちたのが夜目にもわかる。三之助は大きく灯りを振ってみせた。綾がしがみついてくる。

「大丈夫でござす」

お咲は進んで行った。潮はわずかに冷たかった。見えない海の中を心配しているより、いっそ這入って探した方が早いと思う。砂を踏み、躰が浮かぬよう用心しながら波の中を歩く。生身の人の口から吐かれる声明の声が胸をしめつけた。

　　無間焦熱大叫喚
　名を聞くだにも恐れあり
　まさしく魂ひとりゆき
　焔に入らんかなしさよ

「もうし、もうし」

提灯をさし出しながら、お咲は胸をしぼって声をあげた。

「もうし、お祈りの邪魔をいたして、すみまっせん。うちのおっかさまが」

近づくにつれ、顔の定かならぬその人たちが、波に身を任せるようにして、ゆっくりと後ろを向くのがわかった。声明の声は途切れない。お咲は思い当った。そうだ、この人たちの中には、合掌する手のない人も、口の溶けた人も、耳たぶを失った人もいる。

ああわたしも、灯りなど打ち捨てて一緒にお祈りせねば。

提打を沈めようとして手が止まった。行者たちの端に、ひとりこちらを向いて、漂っているような首がある。白衣ではなかった。お咲は目を凝らした。祈りの邪魔をしてはならなかった。月の光がもどかしく、波が躰にもつれこんでくるようだった。そこまでゆくのが無限の遠さに思われた。ひとまわり小さくなって見えるが、やっぱりそれは志乃にちがいなかった。手をとり、両の肩を抱きとった。波のしぶきがわずかに光りながら、二人の躰をとり包んだ。冷えきったその耳に口をつけ、お咲はこれ以上はない親しさをこめて呼んだ。

「おっかさまっ、おっかさまあっ」

「舟の来たちゅうわな、この雪降りになあ」

かすれてふるえる声で志乃は呟き、首を振った。月の光に煙っている海が、雪原にみえる。

吐息といっしょにお咲は言った。

「ほんにおっかさま、雪かもしれん」

「よか雪じゃ。あの笛がなあ、連れてゆくとばえ」

岸の繁みの蔭から綾が三之助に支えられ、片手を高くさしあげ、海に向って呼んでいた。

「ばばしゃまぁ、お志乃さまぁ。風車じゃあ、風車あげまっしょうぉ」

その声はよく透って海の中の二人の耳にとどいた。沖にむけていた面をふりむけて志乃がささやいた。ほほ笑みを含んだやさしい声音《よ》だった。

「風車じゃと。乗せてゆこうわな風車をば。美か舟じゃなあ」


（終）

解説　悲哀の連鎖する海

米本浩二

「石牟礼道子を『苦海浄土』の作者という身分から救い出さなければならない」と書いたのは作家の池澤夏樹である（河出書房新社『日本文学全集24　石牟礼道子』解説）。『苦海浄土』の印象があまりに強く、他の作品への関心が寄せられにくいというのだ。

詩人、小説家の石牟礼道子（一九二七〜二〇一八）には、水俣病患者の惨苦や闘争を描いた『苦海浄土・三部作』以外に、『西南役伝説《せいなんえきでんせつ》』『椿の海の記』『おえん遊行《ゆぎょう》』『あやとりの記』『十六夜橋』『水はみどろの宮』『天湖』『春の城』の八つの長編小説がある。

代表作『苦海浄土・三部作』が聞き書きの記録文学とみなされがちなのとは対照的に、『十六夜橋』は小説らしい小説と受け止められている。『苦海浄土』初稿発表の一九六五年から道子没年まで編集者を務めた渡辺京二は「『十六夜橋』はロマネスクな物語性に富む点で、彼女の全作品中最も古典的に「小説的」」と評している（『預言の哀しみ』）。

『十六夜橋』完成時、道子は六五歳。「ロマネスクな物語性」にどのように至ったのか。五〇歳頃から、父母の出身地で、みずからの生誕地でもある天草を訪れるようになった。

天草は水俣の対岸にある。「天草をまじまじと海の向こうに眺め暮らしていたにもかかわらず、舟に乗ってゆくということを、長い間わたしは思いつかずにおりました」（「あやとり祭文」）。

天草ゆきは、謎の多い父の半生を探るのが目的であった。舟に乗り、山を歩くうち、「この世と自分との反りのあわなさの間に、風土がわだかまっている」（同）と感じる。「天草へゆく距離とは、暦を逆さにめくってゆく旅でもありました」（同）と気づいたのである。天草とつながりの深い水俣と長崎も一緒にした不知火海を抱くエリアを、時間的・空間的に丸ごと描きたいという構想を抱く。

『十六夜橋』執筆開始時、道子は五五歳。『苦海浄土　わが水俣病』出版から一三年がたっており、年齢もキャリアも不足はない。道子の実家のリアリズム家族史は四九歳のときの『椿の海の記』に尽くされている。『十六夜橋』は物語空間を実際の家族の実年齢よりも古く一九二〇～二三年と設定した。フィクションの大胆な導入が可能である。ちょんまげの従僕を登場させ、青銅の鈴、白檀の扇子など古い道具も配して、「ロマネスクな物語性」をふんだんに盛り込むつもりだった。

『十六夜橋』は、熊本県南部の素封家《そほうか》、萩原家の物語である。天草から対岸の「葦野」に移住してきた土木請負業者の萩原直衛、妻、娘、石工修行の少年、天草の親族など、道子の父母、祖父母らがモデルだ。「葦野」という架空の地名は水俣を指す。

主人公は直衛の妻、志乃である。盲目で狂気の母方の祖母「おもかさま」として道子の愛読者にはおなじみの人物が志乃のモデルなのだ。「何を描こうとしても必ず、脳を病んでいた祖母が原像となって出てくるのである」（「彼岸への虹」）と道子はいう。

志乃にはお糸という大叔母がいた。お糸は意に染まぬ男との婚礼のあと、恋情を交わしていた別の男と海を赤く染める舟心中を果たす。「志乃さまもやはり業というものを背負うておらいますのか、稚い綾とて、先々どうなるものかわからない」（『十六夜橋』「第一章　梨の墓」）。「作者の近代的な個に刻印された存在のかなしみの根は、前近代の過去の闇に深く降りている」（渡辺京二『もうひとつのこの世』）という事態が「業」という語で示される。

志乃がお糸の業を引き受けるなら、その娘お咲（道子の母ハルノがモデル）も、その子の綾（道子がモデル）も累代の業を背負うことになる。悲哀の無限の連鎖である。志乃と綾だけではない。志乃と奉公人重左の関係は、綾と石工の少年三之助の関係に似ている。さらに三之助の姉小夜と薬種屋に奉公する仙次郎。「無限ループ」と呼びたくなるほど、同じような生の形が繰り返しあらわれるのだ。

「人の来て立つ気配も座る気配も千差万別でいて、ひとりひとりが重なるものを持っていた。志乃は死んだものたちの思いの累りのようなものをいつも感じる。自分はもう未来永劫の中の人間だけれども、前世のように思えるこの世と、ぷつんと切れているわけではない」（『十六夜橋』「第三章　十六夜橋」）。

作中、墓と舟が頻出する。墓はあの世との交感の場であり、舟はあの世へ渡る手段である。お糸さまの墓を探す途中、志乃は綾らと、あの世への架け橋である十六夜橋を目指す。「十六夜橋の向うに、お糸さまがおらいますと？」。橋は流され、存在していない。狂気の志乃の意識はあの世に向かっており、「ここの橋の袂に、上ってくる舟のおる。潮が来とるけん」と言う。あの世からこの世を見る志乃の視点が物語の基底部を支えるのだが、どうしてもあの世へ渡る橋はなく、十六夜橋を思いながらも、この世に踏みとどまるしかない。

「ちょん髷結うた爺さま」である重左は「漬物石」と呼ばれるほど独自の存在感を示す。彼は舟心中したお糸さまの血潮で着物をぬらした。作者はどんな気持ちで重左を添わせたのか。石牟礼道子の評伝を書くため道子の仕事場に日参していた私は、二〇一五年六月二三日、道子に直接訊いた。「じゅうさは……」と私が言いかけると、「じゅうざです」と即座に訂正する。「一番力を入れて書いたのが重左です」と言うのだ。

「書き進むうちに、この男の素朴というだけではない魂の深さがたいそう好もしくなり、気を入れて描いた。（中略）神の目は裁くけれども、裁かないで、悲しみを吸いとるだけの静かな目が、志乃のためというより、私の心の失調のために必要であった」（「彼岸への虹」）

道子の生涯を振り返ってみるならば、重左のような男性がいつも彼女を鼓舞してきたのではなかったか。徳永康起《やすき》（代用教員時代の恩師）、志賀狂太《きょうた》（歌人仲間）、谷川雁《がん》（詩人の先達）、上野英信（『サークル村』以来の盟友の記録作家）、橋本憲三（高群逸枝の夫で編集者）、そして、『苦海浄土』誕生にかかわり道子の最期まで同伴した渡辺京二。重左の面影には、上述した男たちの「思いの累りのようなもの」が感じられる。とりわけ渡辺京二の気配が濃厚である。

その渡辺は「『十六夜橋』とは何よりもまず志乃物語であり、そうであることで作家石牟礼道子の中心主題の表出でありえている」と指摘する（『預言の哀しみ』）。「作者の作意は志乃を自己と同一視する方向」に働いている。長崎の宿で、お咲が志乃の座る座布団の向きを変えようとすると、志乃は「いらんことしてもう」と拒否する。直衛が買ってきた櫛に対しても「櫛のなんの、どうでもよか」とそっけない。これらのシーンに渡辺は「紛れもなく石牟礼道子自身を感じる」（同）というのだ。

道子死去の二五日前の二〇一八年一月一六日、道子が詩のようなものを語り始めた。私は耳を寄せた。「……役せんもんな　しーね死ね／綿入れン綿も　ちーぎれ／男もおなごも　べーつべつ」。盲目で狂気の祖母おもかさまのお供は道子の仕事だった。雪の中でおもかさまが発した言葉である。「男もおなごもべーつべつという、おもかさまの独り言が私にもうつりまして。私はそれを考えるために生まれてきた」と道子は言うのである。おもかさまをモデルに小説を書いてみれば、出会ったのは自分自身だった。『十六夜橋』の志乃は「お迎え舟」を待ち望む。道子の実際の生活でも、おもかさまはお迎え舟を待っていた。家が没落し、海に近い村に移った。おもかさまは杖をついて河口に出かける。常識的に考えれば、決して来るはずのない舟である。しかし、おもかさまは、「港に大きな船の来とりやっせんじゃろうか」と、舟の到来を信じている。

おもかさまのただならぬ様子や、それを見守る人々の態度から、お迎え舟とは、生涯かけて見届けねばならぬ、もうひとつのこの世からの、恩寵の光のごときものかもしれないということは、幼いながらに道子は感じていた。ずっと考えつづけ、「お迎え舟」は道子の文学の主題のひとつとなった。道子七二歳の大作『春の城』をひもとこう。日本最大規模の一揆である島原・天草の乱を描く。民衆の心のよりどころとなる指導者の天草四郎は天上から舟でやってくるではないか。

『十六夜橋』のラストで志乃が夜の海に入る。「生老病死の苦しみも／みなこれ火宅の焔にて」。白衣をまとった行者たちの声明の声。行者だけではない、弱いもの、虐げられた人たちの声も聞こえるような気がする。そこに人間だけがいるはずがない。水俣病闘争（一九六八〜七三）のさなか、道子が共に道行きをしたいと願った、鳥、虫、魚、草など、生類全体を含むのであろう。

「ああわたしも、灯りなど打ち捨てて一緒にお祈りせねば」とお咲は思う。漂っている志乃の顔がはっきり見えた。「おっかさまっ、おっかさまあっ」「舟の来たちゅうわな、この雪降りになあ」と志乃は言う。月の光に煙る海が雪原にみえる。「ばばしゃまあ、お志乃さまぁ。風車じゃあ、風車あげまっしょうぉ」と孫娘の綾は志乃がいる海に向かって叫ぶ。

恋の道行き、うつつとまぼろし、生と死……。業にあらがうのではなく宿命としてわが身に引き受ける。お迎え舟とは、病気や災害の無限ループから逃れられない人間という存在への一瞬の慰藉の光であろうか。観念的な思考をいくら重ねても、そこへは至らない。具体的な、あくまで具体的な萩原一族の描写を重ねてこそ、光をのぞむ地平に抜け出ることができる。舟は来た。なつかしい祖母の声がする。幼い者の希望の風車が回り始める。

本書は一九九二年五月、径書房より刊行され、その後一九九九年六月にちくま文庫として刊行された。この新版はちくま文庫版を底本とした。

ちくま文庫

十六夜橋《いざよいばし》　新版《しんぱん》

二〇二三年一月十日　第一刷発行

著　者　石牟礼道子（いしむれ・みちこ）
発行者　喜入冬子
発行所　株式会社　筑摩書房
東京都台東区蔵前二―五―三　〒一一一―八七五五
電話番号　〇三―五六八七―二六〇一（代表）
装幀者　安野光雅
印刷所　株式会社精興社
製本所　株式会社積信堂

ISBN978-4-480-43860-7 C0193